LOUIS XIV ET LE GRAND SIÈCLE

Gonzague Saint Bris est un écrivain et journaliste français né en 1948. Il est l'auteur d'une quarantaine d'ouvrages – essais, romans, biographies – dont *La Fayette*, qui rencontre un grand succès, ainsi que d'une « trilogie royale » composée de *François I*[er] *et la Renaissance, Henri IV et la France réconciliée, Louis XIV et le Grand Siècle*. Gonzague Saint Bris organise chaque année en Touraine, à Chanceaux-près-Loches, la Forêt des livres, qui ouvre traditionnellement la rentrée littéraire. Il a reçu le prix Interallié en 2002 pour son roman *Les Vieillards de Brighton*.

GONZAGUE SAINT BRIS

Louis XIV
et le Grand Siècle

ÉDITIONS SW-TÉLÉMAQUE

© 2012, Éditions SW-Télémaque.

ISBN : 978-2-253-17666-4 – 1re publication LGF

À la Comtesse Saint Bris,
ma mère, pour ses 88 ans.

SOMMAIRE

GÉNÉALOGIE SIMPLIFIÉE
DE LOUIS XIV

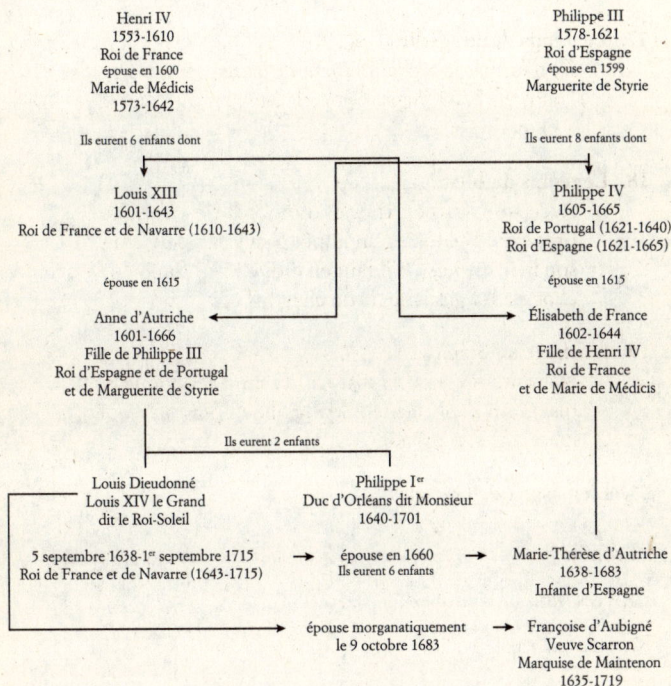

Henri IV
1553-1610
Roi de France
épouse en 1600
Marie de Médicis
1573-1642

Philippe III
1578-1621
Roi d'Espagne
épouse en 1599
Marguerite de Styrie

Ils eurent 6 enfants dont

Ils eurent 8 enfants dont

Louis XIII
1601-1643
Roi de France et de Navarre (1610-1643)

Philippe IV
1605-1665
Roi de Portugal (1621-1640)
Roi d'Espagne (1621-1665)

épouse en 1615

épouse en 1615

Anne d'Autriche
1601-1666
Fille de Philippe III
Roi d'Espagne et de Portugal
et de Marguerite de Styrie

Élisabeth de France
1602-1644
Fille de Henri IV
Roi de France
et de Marie de Médicis

Ils eurent 2 enfants

Louis Dieudonné
Louis XIV le Grand
dit le Roi-Soleil

Philippe Iᵉʳ
Duc d'Orléans dit Monsieur
1640-1701

5 septembre 1638-1ᵉʳ septembre 1715
Roi de France et de Navarre (1643-1715)

→ épouse en 1660
Ils eurent 6 enfants

→ Marie-Thérèse d'Autriche
1638-1683
Infante d'Espagne

→ épouse morganatiquement
le 9 octobre 1683

→ Françoise d'Aubigné
Veuve Scarron
Marquise de Maintenon
1635-1719

Avant-propos

REGARDEZ,
IL VIENT VERS VOUS…
LE VOILÀ, GRAND ROI
PARCE QU'IL EST VRAI !

« Entrè la vie et le songe, il y a une troisième
chose : devine-la. »

Antonio Machado

Il traverse la galerie de sa grandeur pour venir
vous parler. Il avance lentement, non pour paraître
majestueux, mais pour lutter contre la compression
du temps. Il sait que, en fin de compte, la vérité des
propos perce plus vite l'épaisseur des siècles. Il se
confie sans s'exposer. Il se dévoile sans se renier parce
qu'il pense que l'expression de son pouvoir est aussi
dans le dépouillement de la sincérité : « À qui peut
se vaincre soi-même, il est peu de chose qui puisse
résister. »

Il est si loin de l'image qu'il a installée au profit
de sa gloire, quand ses propres mots restituent son
authenticité. Est-ce un stratagème pour plaire ? Est-ce
de la lucidité ? Est-ce de l'intelligence ? Il se veut le roi
nu, défait de tous les vêtements du mensonge : « C'est

sagement fait que d'écouter tout le monde, et de ne croire entièrement ceux qui nous approchent, ni sur leurs ennemis, hors le bien qu'ils sont contraints d'y reconnaître, ni sur leurs amis, hors le mal qu'ils tâchent d'y excuser. » Il sait que la parole est toujours libre, même s'il pense que le comportement doit rester corseté : « Aussitôt qu'un roi se relâche sur ce qu'il a commandé, l'autorité périt, et le repos avec elle. » Il a l'habitude de réfléchir avant de s'exprimer et montre beaucoup de discernement : « Ce qui nous occupe est quelquefois moins difficile que ce qui nous amuserait seulement. » Il est subtil, rassemblant pensée et observation en une seule maxime : « Il est d'un petit esprit, et qui se trompe ordinairement, de vouloir ne s'être jamais trompé. »

Il a compris qu'au sommet du pouvoir le grand art était dans le renoncement : « Cette douceur qu'on se figure dans la vengeance n'est presque pas faite pour nous, elle ne flatte que ceux dont le pouvoir est en doute. » Quand les malheurs l'accablent, quand le sort s'acharne contre lui, le grand roi en appelle à son âme de serviteur et se rebiffe. Lui, le tenant de la monarchie absolue, s'autorise la rébellion et, comme toujours, cela commence par une question : « Dieu a donc oublié tout ce que j'ai fait pour lui ? » Dans la balance du jugement, il sait qu'il y a deux poids et deux mesures : la sincérité de ce qu'on énonce et la confiance qu'on prête à son interlocuteur. Ne nous confie-t-il pas son secret : « Encore qu'il soit de la probité d'un Prince d'observer indispensablement ses paroles, il n'est pas de sa prudence de se fier absolument à celles d'autrui. » Et, s'adressant à sa descendance, il s'offre la souveraineté de la simplicité. En considérant là où il est, c'est-à-dire son état de Roi au sommet du pouvoir, il fait une réflexion d'alpiniste parvenu au pic, mesurant maintenant les difficultés de la descente : « Il est bien plus facile d'obéir à son supérieur que de se commander à soi-même ; et quand on peut tout ce que l'on veut, il n'est pas aisé de ne vouloir que ce que l'on doit. »

Ayant l'expérience de la culmination dans l'art de gouverner, il s'offre parfois le luxe du lâcher prise. Est-ce par prudence ? Est-ce par respect ? Est-ce par cette pratique de la politesse des rois qui les empêche en principe de choquer, qu'il fait cette remarque : « Il est très malaisé de parler beaucoup sans dire quelque chose de trop » ? En principe, il sait se dompter pour n'aller pas jusqu'à l'excès : « En voulant le superflu, on perd le nécessaire. » Le bonheur, il le sait, est dans l'équilibre : « Quiconque pardonne trop souvent, punit presque inutilement le reste du temps. » Parfois son langage est contemporain : « Les riches d'aujourd'hui, c'est comme les fromages trop faits, ça ne sait plus garder les distances. » Parfois il est comme un stratège trop policé : « Tout l'art de la politique est de se servir des conjectures. » Parfois il est d'une sincérité désarmante : « Ce n'est pas de ma faute si j'ai soixante-cinq ans, j'ai mis suffisamment longtemps pour les avoir. »

Pourquoi écrire encore un livre sur Louis XIV ? La réponse est dans Saint-Simon : « Ce fut un prince à qui on ne peut refuser beaucoup de bon, même de grand, en qui on ne peut méconnaître plus de petit et de mauvais, duquel il n'est pas possible de discerner ce qui était de lui ou emprunté, et dans l'un et dans l'autre rien de plus rare que des écrivains qui en aient été bien informés, rien de plus difficile à rencontrer que des gens qui l'aient connu par eux-mêmes et par expérience, et capables d'en écrire, en même temps assez maîtres d'eux-mêmes pour en parler sans haine ou sans flatterie, de n'en rien dire que dicté par la vérité nue en bien et en mal. »

Une nouvelle biographie du Roi-Soleil ? Oui, ne serait-ce que pour aller au-delà des images toutes faites comme celle dont Vauvenargues est l'un des héritiers : « Louis XIV avait trop de dignité, je l'aurais aimé plus populaire. » Mais en vérité ne l'était-il pas ? Pour le savoir, il faut aller voir. Saint-Simon l'a fait : « Il traitait bien ses valets, surtout les inférieurs. C'était parmi eux qu'il se sentait le plus à son aise, et qu'il se communiquait le plus familièrement. »

À propos de l'incroyable faculté d'écoute du roi, nous bénéficions d'un témoignage capital. Écoutons Louis de Rouvroy, duc de Saint-Simon et pair de France, qui mourut à 80 ans. Il avait attendu l'âge vénérable de 64 ans pour commencer à écrire ses *Mémoires* à la plume d'oie, sur trente carnets secrets. Ce travail dura dix ans et, jusqu'à la fin de ses jours, son œuvre demeura cachée. Toute sa vie, il avait été assis à la meilleure place pour contempler le spectacle fabuleux du siècle de Louis XIV : un fauteuil ducal à la cour de Versailles. Même si ce grand seigneur que Sainte-Beuve appelait « un Tacite au naturel et à bride abattue », était un portraitiste implacable, à la verve cruelle, il ne put s'empêcher, lui qui avait vécu l'expérience des audiences royales, de saluer l'humaine humilité du souverain : « Là, quelque prévenu qu'il fût, quelque mécontentement qu'il crût avoir lieu de sentir, il écoutait avec patience, avec bonté, avec envie de s'éclaircir et de s'instruire ; il n'interrompait que pour y parvenir. On y découvrait un esprit d'équité et un désir de connaître la vérité, et cela quoique en colère quelquefois, et cela jusqu'à la fin de sa vie. Là, tout se pouvait dire, pourvu encore une fois que ce fût avec cet air de respect, de soumission, de dépendance, sans lequel on se serait encore plus perdu que devant, mais avec lequel aussi, en disant vrai, on interrompait le roi à son tour, on lui niait crûment des faits qu'il rapportait, on élevait le ton au-dessus du sien en lui parlant, et tout cela non seulement sans qu'il le trouve mauvais, mais se louant auprès de l'audience qu'il avait donnée, et de celui qui l'avait eue, se défaisant des préjugés qu'il avait pris, ou des faussetés qu'on lui avait imposées, et le marquant après par ses traitements. » Ainsi, lui qu'on a toujours présenté comme un Soleil solitaire, n'a cessé toute sa vie, pour employer une expression contemporaine, de « jouer collectif » avec ses ministres comme avec ses artistes.

« Ses discours les plus communs n'étaient jamais dépourvus d'une naturelle et sensible majesté. » Ainsi quand Saint-Simon nous brosse le portrait d'un roi de 23 ans, il insiste d'abord sur le fait que n'ayant pas reçu l'éducation qu'il méritait, le jeune Louis dut se former lui-même : « Né avec un esprit au-dessous du médiocre, mais un esprit capable de se former, de se limer, de se raffiner, d'emprunter d'autrui sans imitation et sans gêne, il profita infiniment d'avoir toute sa vie vécu avec les personnes du monde qui toutes en avaient le plus, et des plus différentes sortes, en hommes et en femmes de tout âge, de tout genre et de tous personnages. » Ensuite, il note que sa splendeur physique était indépendante de son statut de roi et va jusqu'à dire, en le voyant dans la maison de la comtesse de Soissons, que même s'il n'avait pas bénéficié du prestige attaché à sa haute naissance et de la splendeur du sacre, il serait resté dans l'histoire ne serait-ce que par l'éclat de sa carrière amoureuse et par sa légendaire beauté : « Ce fut dans cet important et brillant tourbillon où le roi se jeta d'abord, et où il prit cet air de politesse et de galanterie qu'il a toujours su conserver toute sa vie, qu'il a si bien su allier avec la décence et la majesté. On peut dire qu'il était fait pour elle, et qu'au milieu de tous les autres hommes sa taille, son port, les grâces, la beauté, et la grande mine qui succéda à la beauté, jusqu'au son de sa voix et à l'adresse et la grâce naturelle et majestueuse de toute sa personne, le faisaient distinguer jusqu'à sa mort comme le roi des abeilles et que, s'il ne fut né que particulier, il aurait eu également le talent des fêtes, des plaisirs, de la galanterie, et de faire les plus grands désordres d'amour. »

Pourquoi revenir sur lui à l'orée du XXIᵉ siècle ? diront certains. Parce que notre démarche est placée sous l'égide de la pensée de l'auteur des *Trois Mousquetaires* et de *Vingt ans après*, Alexandre

Dumas, pour qui « l'Histoire, il faudrait la réécrire à chaque époque ». Parce que l'écriture de l'histoire est toujours à recommencer et que ce sont avec les contributions les plus personnelles que progressent les esprits, et notamment ceux des plus jeunes qui, à juste titre, veulent de nouvelles réponses aux questions qu'ils se posent sur le passé de la nation. « Quoi de neuf, aujourd'hui ? Molière ! » avait dit en son temps André Gide ; cette lumineuse formule vaut évidemment pour Louis XIV, dont on verra dans ce livre comment et pourquoi il est, par bien des points, toujours d'actualité.

Les Français savent d'instinct que le troisième souverain de la Maison de Bourbon a été un des rois qui ont le plus marqué l'histoire de France, non seulement parce que son règne fut le plus long – plus d'un demi-siècle ! – mais encore parce qu'il fut l'un des plus fascinants par les multiples domaines dans lesquels il se déplia : la politique, la diplomatie, la guerre, l'architecture, la sculpture, la peinture, la musique, et même les sciences, sans compter l'amour, puisque celui qui fut le modèle des rois fut aussi un grand amoureux.

Ainsi le Roi-Soleil a-t-il marqué son temps, mais encore ceux qui ont suivi, dans la mesure où, bien au-delà de sa simple vie, si riche fût-elle, il a véritablement posé les bases de la France moderne, avec, entre autres, la toute-puissance de l'État, la création d'une armée permanente, le concept d'aménagement du territoire, la suprématie donnée à ce qu'on appelle aujourd'hui « la culture » ou l'essor du grand commerce. Malgré les échecs – il y en eut – ces avancées ont laissé de ce roi une image éminemment positive, comme après lui Napoléon et Charles de Gaulle et comme avant lui François Ier et Henri IV, auxquels nous avons consacré les deux premiers volumes de cette trilogie.

L'histoire ne peut s'aborder que dans la longue durée. Louis XIV, en effet, s'il fut le principal maître d'œuvre du « Grand Siècle », et son metteur en scène le plus génial, n'aurait pas été surpris par ce que ses successeurs ont accompli – y compris la Révolution, les deux Empires et les trois Républiques qui les ont suivis. Au fond, ceux-ci ont été ses continuateurs, même si *a priori* ce principe peut apparaître paradoxal. Tous ces régimes n'ont-ils pas œuvré pour que la France devienne plus riche, plus puissante, plus glorieuse ? Et le monde entier ne l'a-t-elle pas admirée, comme les ambassadeurs de Siam ou de Perse fascinés par la splendeur de Versailles ? Si aucun chef d'État n'oserait, de nos jours, danser grimé en Soleil pour incarner la prédominance de la France, le message que cet art véhiculait demeure, lui, éternel, celui de la suprématie de l'Hexagone et de son image à travers le monde.

Et pourtant, cet homme à nul autre semblable, qui a probablement inventé la « communication politique » au sens que l'on donne à ce terme aujourd'hui, était tout sauf sûr de lui. Jusqu'à son lit de mort, il se demanda s'il avait bien fait ou non, s'il ne s'était pas trompé, ou s'il eût pu faire autrement. Parfaitement conscient qu'il n'était pas infaillible, que son instruction n'avait pas été fameuse et qu'il ne valait pas ceux qui le servaient, Louis XIV sut, toute sa vie, écouter les avis, parfois contradictoires, avant de trancher *in fine*. Il sut également reconnaître ses torts et même, dans l'épreuve, appeler son peuple à l'aide, lorsque la nation, cernée par la coalition européenne, était au plus bas.

Ainsi fit-il de « grandes choses » – Voltaire le reconnut. Ainsi commit-il aussi de lourdes erreurs, qui aujourd'hui nous paraissent monstrueuses, mais qui, en fait, lui ont été inspirées par ceux qu'il écoutait, parfois trop et qu'il croyait de bonne foi, faute de pouvoir vérifier par lui-même ce qu'on lui disait. Chacun le sait, il y a deux faces du règne, celle des réussites (Versailles, Molière, Racine, Bossuet, Mansart, Lully, le passage du Rhin, la marine, les manufactures, l'Académie des sciences, le « pré carré »), et celle des échecs (la famine, la guerre des Camisards, la révocation de l'Édit de Nantes, le Code noir ou l'affaire des Poisons), pour n'en citer que quelques-uns.

Mais n'oublions pas que le Roi-Soleil, d'une part, n'était qu'un homme et un homme de son temps, avec tous les préjugés qui en découlent, et d'autre part que, placé au sommet de cette pyramide qu'était la monarchie d'Ancien Régime, il ne pouvait pas tout voir. Cela n'excuse pas l'envers du Soleil, mais que cela plaise ou non, le roi ne vit jamais, de ses propres yeux, les esclaves noirs maltraités aux Antilles, les galériens dans leurs cales, les fous, les mendiants et les prostituées enfermés à Bicêtre, les protestants périssant sous les dragonnades ou leurs filles et épouses recluses. Son horizon, c'étaient les forêts entourant Versailles, les peintures de Le Brun chantant sa gloire au plafond de la galerie des Glaces, les comptes rendus de l'exploration de la Louisiane ou du Canada.

Tout règne – c'est une évidence – comporte une haute part de rêve et d'idéal. Celui de Louis XIV n'échappe pas à la règle. Peut-être plus que d'autres, il a transcendé les frontières étroites de la réalité, son chef voulant, du commencement jusqu'à la fin, porter haut et loin le génie de la nation, en dépit des conjonctures économiques, politiques, diplomatiques et militaires. Et ce, avec l'aide de toute une génération d'hommes qu'il sut apprivoiser pour faire rayonner la France. Sous son autorité, le Grand Siècle fut bien celui d'une équipe, grâce à laquelle ce temps, à l'instar de celui de Périclès, a fini par porter son nom. Voilà pourquoi, avec Louis XIV et au-delà, c'est à une « certaine idée de la France » que ce livre est consacré, celle que nous aimons, parce qu'elle est notre raison d'être et d'espérer, au-delà des crises, comme celle que la Nation traverse aujourd'hui, parce qu'elle porte incontestablement le meilleur de nos valeurs.

1

L'enfant du miracle

« Un roi dont la naissance miraculeuse promettait
à tout l'univers une vie pleine de miracles. »

Fléchier

Au palais du Louvre, à Paris, le 5 décembre 1637,
un inhabituel remue-ménage règne dans cet immense
chantier permanent qu'est, depuis plus d'un siècle, le
palais des rois de France, en bordure de la Seine, dont
la noblesse pourtant n'échappe pas au visiteur, même si
le bâtiment est tout sauf confortable. Le roi Louis XIII,
qui rentre d'une chasse à Versailles, ce petit château
qu'il a fait construire au sud-ouest de sa capitale, ne
trouve même pas une chambre prête à l'accueillir en
ce début de soirée ! Il est vrai qu'on ne l'attendait pas,
puisque, de Versailles, il comptait initialement se rendre
à Saint-Maur. Une pluie diluvienne ayant empêché
la réalisation de ce projet, la petite escorte a résolu, *in
extremis* sur le conseil de François de Guitaut[1], le capi-

_____

1. Plus tard, Louis XIV le fera surintendant général des
coches, carrosses et messageries.

taine des gardes, de se réfugier au Louvre, demeure traditionnelle de la monarchie française depuis Charles V,
reconstruite par François Iᵉʳ dans l'esprit de son temps.

Marche rapide du souverain, trempé et crotté,
dans les couloirs ; exclamations de ses compagnons
de route ; rudoiement des serviteurs assoupis. Diable !
Que faire ? Il y a bien l'appartement de la reine, que
réchauffe un bon feu de bois, où le souper vient d'être
servi et le lit déjà bassiné. Va donc pour cette solution.
Le roi se présente, la reine fait sa révérence ; le roi se
restaure, se couche et, dans le silence de la nuit, le
couple fait comme tous les couples à cette heure, dans
le mystère de la vie. Quelques mois plus tard, voici la
reine enceinte, exhibant fièrement ce ventre qui, au
fil des mois, s'arrondit, et pour lequel toute la France
n'a que d'yeux, comme le *Mercure François* : « Depuis
le 22 avril, le mouvement de l'enfant senti presque
tous les jours par Sa Majesté donne cette assurance à
tous les bons Français qu'ils se doivent dire désormais
heureux jusqu'à ce point que d'avoir obtenu accom-
plissement de leurs vœux et cette terreur aux ennemis
de l'État. »

Cette histoire serait d'une banalité confondante
si elle n'était extraordinaire, puisque cette nuit,
consécutive à un orage fortuit, efface d'un coup de
baguette magique vingt-deux années de stérilité, ou
d'abstinence, sur fond de chamailleries ou d'indifférence. Cela faisait en effet plus de deux décennies
que le couple royal était formé sans qu'aucun fruit ne
s'en fût venu pousser dans le jardin de leur hymen.
En cause la mésentente entre le roi Louis, treizième
du nom, fils d'Henri IV et de Marie de Médicis, et

la reine Anne, Infante d'Espagne et du Portugal, archiduchesse d'Autriche, princesse de Bourgogne et des Pays-Bas, fille du roi d'Espagne Philippe III de Habsbourg, et de l'archiduchesse Marguerite d'Autriche. Cette mésentente dure depuis les premiers jours de leur union, depuis surtout la cérémonie de mariage de leur sœur et belle-sœur avec le roi d'Angleterre, où elle n'avait pu dissimuler l'émoi qu'avait suscité en elle le trop beau George Villiers, duc de Buckingham ; depuis aussi la découverte, pendant la guerre de Trente Ans, d'une correspondance secrète d'Anne d'Autriche avec la cour d'Espagne, dans laquelle elle révélait nombre de secrets politiques et stratégiques.

En cause également les goûts ambigus d'un souverain, sans doute plus porté vers les hommes que vers les femmes, qui délaissa longtemps le lit de son épouse, pourtant unanimement considérée par ses contemporains comme particulièrement jolie femme, pour s'épanouir pleinement avec ses favoris successifs, dont le plus célèbre fut Cinq-Mars. Ce goût des jeunes hommes, il le partageait avec son demi-frère Vendôme, pourtant comme lui fils du « Vert Galant », comme si la fatalité avait voulu punir Henri IV d'avoir trop aimé les femmes en détournant d'elles l'attention de ses rejetons !

Quel aurait été le sens de l'histoire sans cet orage providentiel, avec son fracas mythologique, d'où allait naître, comme dans un opéra, le futur Louis XIV ? Et pourquoi ce qui n'avait pas fonctionné jusque-là se mit-il d'un seul coup à marcher ? L'observateur britannique Walter Montaigu s'interroge : « C'est un tour de lit qui étonnera beaucoup de monde. Je voudrais bien savoir à quelle invocation il faut attribuer ce miracle. » Le 10 février 1638, Louis XIII va en effet dédier le royaume de France à la Vierge, mère du Christ, lui qui, de par le sacre de Reims, est non seulement le représentant du Christ sur la Terre, mais le père du futur représentant du Christ sur la Terre, et ceci explique peut-être cela, selon la piété de l'époque.

Car c'est lui-même qui, le premier, parle de « miracle » et, en compagnie de toute la France, se met en prière pour que cette grossesse aille normalement à son terme, usant envers la reine de prévenances dont elle n'a pas l'habitude, la première étant d'exposer partout le Saint-Sacrement. Le suspens est à son comble lorsque la reine entre « en travail », comme on dit à l'époque dès qu'arrivent les premières contractions. Tout se passe bien : le 5 septembre 1638, dans la chambre de la reine, au château de Saint-Germain-en-Laye, Louis-Dieudonné vient au monde et Louis XIII se réjouit d'être le père d'un garçon bien fait et viril à souhait, dans lequel le royaume des lys voit le symbole d'un avenir radieux.

Te Deum, volées de cloches, banquets et bals de Cour, feu d'artifice, fontaines publiques de vin et distributions publiques de victuailles célèbrent, comme il se doit, l'auguste naissance, dont le roi s'empresse d'informer les ambassadeurs : « Tout ce qui a précédé l'accouchement de la reine, notre épouse, sont des preuves certaines que cet enfant nous a été donné par Dieu. » Un seul mécontent dans le royaume, la nourrice de l'enfant qui, étant né avec deux dents,

lui ravage sa généreuse gorge. Il en usera sept,
jusqu'à ce qu'on trouve Élisabeth Ancel, dame de La
Giraudière, qui va résister !

Comme son frère cadet Philippe, né le 21 septembre 1640, puisque le roi s'en est retourné coucher
avec la reine, Bourbon par son père, Habsbourg par
sa mère, mais aussi Médicis par sa grand-mère, Louis-
Dieudonné, ce bébé joufflu est blond avec des yeux
bleus, porte en lui toutes les dynasties de l'Europe de
cette fin de l'époque baroque, avec du sang français,
espagnol, allemand et italien.

Il est déjà ce compromis de tous les talents de l'Europe occidentale qu'il va marquer de son panache,
en ressuscitant le goût prononcé de son grand-père
Henri IV pour les femmes et la guerre, celui de son
père Louis XIII pour la musique et la chasse, celui
de sa grand-mère Marie de Médicis pour les arts et
le faste, sans compter l'héritage espagnol qui lui fera
goûter l'étiquette au-delà du raisonnable. Sont-ce les
fées qui se penchent sur le berceau de celui qui, un
jour, comme un magicien, fera sortir de terre l'extraordinaire château de Versailles ? Les astrologues du
temps, qui, grâce à leurs calculs complexes, prédisent
un grand règne, en sont persuadés. En attendant, il est
solennellement baptisé le 21 avril 1643, recevant pour
marraine sa parente la princesse de Condé, épouse du
chef d'une des branches collatérales de la famille de
Bourbon, et pour parrain le cardinal Jules Mazarin,
le principal ministre de son père, qui, avec plus de
souplesse et non moins d'intelligence, a remplacé le
cardinal de Richelieu à la tête de l'État.

Si cette naissance tardive se situe ainsi au croise-
ment de deux époques, celle où Richelieu s'en va et
où Mazarin arrive, elle reste dans la continuité d'une
même politique : l'affermissement progressif, en
France, de l'absolutisme monarchique, qu'incarnent,
d'un côté, le roi vieillissant et, de l'autre, le petit roi
dans ses langes, envers et avers de la médaille française qui, déjà, impose ses règles à l'Europe, en vertu
de sa démographie en constante augmentation, du
prestige de son État et de la puissance de ses armées.

Tandis que l'enfant se développe harmonieusement
– encore que certains le croient idiot parce qu'il parle
peu, ne bouge guère et ne s'éveille que pour manger ! –, la santé de son père se détériore, sous l'effet
d'une tuberculose intestinale, qui va l'emporter peu
de temps après Richelieu avec lequel il avait partagé
le pouvoir. Conséquence de la naissance très tardive
de son fils, Louis XIII, en effet, ne va pas profiter
très longtemps de ce dernier qui n'aura finalement
que peu de souvenirs de son père, à peine quelques
images furtives et un mot, vrai ou faux, colporté
depuis. Alors que l'enfant est dans sa cinquième
année, quelques jours après son baptême (cérémonie
beaucoup plus tardive à l'époque qu'aujourd'hui), on
lui amène son fils et que lui-même, très malade, gît
dans son lit, Louis XIII aurait demandé à l'enfant :

— Comment vous appelle-t-on, maintenant ?
— Je m'appelle Louis XIV, mon papa.
— Pas encore, mon fils, pas encore...

Louis XIV n'en vouera pas moins un véritable
culte à la mémoire de son père, faisant conserver
le petit château de Versailles que ses architectes

voulaient mettre à bas, et exigeant que toute l'ordonnance de son immense palais se fasse en préservant la structure originelle du lieu. Le 14 mai 1643, en effet, épuisé, Louis XIII meurt – le même jour que son père et après une agonie édifiante – au château de Saint-Germain-en-Laye qui, décidément, restera le cadre des principaux événements de sa vie. Quatre jours plus tard, à quatre ans et presque neuf mois, l'enfant du miracle devient, pour le meilleur et pour le pire, le roi Louis XIV, celui que les peintres représentent désormais en robe fleurdelisée.

Bien sûr, comme le veut la tradition, il va devoir attendre près de neuf années pour être déclaré majeur et, de ce fait, apte à régner, la majorité étant fixée à 13 ans révolus. De ce jour commence une régence, qui ne sera ni la première ni la dernière en France, périodes toujours propices aux crises et qu'on appelle, de ce fait, « les éclipses du soleil ». Celle-ci n'échappera pas à la règle, même si, à la surprise générale, Anne d'Autriche, qu'on disait superficielle et sans caractère, va se muer en une femme politique déterminée, prête à tout pour conserver son trône à son fils. Elle commence par faire casser, par le Parlement de Paris, le testament de son mari, qui ne lui accordait qu'un rôle consultatif au Conseil. Elle veut le pouvoir, tout le pouvoir, pour le remettre intact, le moment venu, entre les mains de son fils.

Contrairement à ce que la Cour pensait d'elle jusque-là, Anne d'Autriche se révèle une politique très avisée qui, le moment venu, saura prendre ses responsabilités, ce que fera à son tour son fils. Ce dernier eût-il pu être ce qu'il fut sans cette mère exceptionnelle qui affermira son trône ? Ce n'est pas certain. Comme Catherine de Médicis avant elle, Anne sait maintenir le cap, montrant, une fois de plus, que ces « étrangères » comprirent la France bien mieux que les Français eux-mêmes. Cette tradition amorcée par Blanche de Castille allait se poursuivre jusqu'à Eugénie de Montijo, toutes devenues plus françaises que les Français lorsqu'elles prirent, souvent à des moments difficiles, la barre du navire national. Le lien unissant la reine veuve et son fils est très fort, comme le montrent plusieurs tableaux, assez inhabituels pour la sensibilité de l'époque, qui les représentent ensemble. Jusqu'à la fin, Louis XIV montrera le plus grand respect pour sa mère, même si l'un de ses premiers gestes de roi sera de l'exclure du Conseil. En attendant cette échéance, l'Espagnole et l'Italien – entendons Anne d'Autriche et Mazarin, par leur contribution au traité de Westphalie puis à la paix des Pyrénées – font non seulement de la France la plus influente des nations européennes, au moment où Louis XIV prendra le pouvoir, mais forment admirablement ce dernier au métier de roi. Rétrospectivement, on se prend à rêver ce que fût devenu Louis XVI s'il avait eu une mère et un cardinal pour veiller sur lui ! La chance de Louis XIV fut bien là, dès son plus jeune âge. Les astrologues, en établissant son horoscope, le voient bien, qui concluent que « ce prince régnera longtemps » et que « son règne sera grand ».

Quand Louis XIII voue la France à la Vierge Marie à laquelle chaque église du royaume se doit d'élever un autel, c'est l'image de la femme qui prend une place primordiale dans la nation dont elle est devenue la « patronne ».

Le 10 février 1638, le roi Louis XIII, si heureux à l'idée d'être père, après tant d'années d'un mariage stérile, décide de vouer la France à la Vierge Marie, mettant ainsi sous le même signe la conception de Jésus et celle de son propre fils, appelé du reste à être son représentant sur la Terre, lorsqu'à son tour, il sera sacré à Reims. Cette image, qui pourrait nous paraître osée, ne surprend personne dans la très catholique France de la première moitié du XVIIᵉ siècle qui assimile le roi à une divinité céleste, donnant ainsi une importance considérable au culte de la Vierge Marie à laquelle chaque église du royaume se doit d'élever un autel et d'organiser une procession chaque 15 août.

Au-delà de celle-ci, c'est bien l'image de la femme qui prend une place particulière dans la Nation, dont elle devient « la patronne » et, avec elle, celle de la mère, ce qui montre, au fond, le haut degré de civilisation de l'Occident chrétien qui met la femme au-dessus de tout, même si, dans la réalité, elle ne compte juridiquement pas encore.

À Paris, c'est tout naturellement en la cathédrale Notre-Dame que Louis XIII décide d'élever cet autel, lui dont Philippe de Champaigne vient de peindre le vœu, sujet repris à son compte, à l'époque romantique, par Ingres. Le roi, cependant, n'a pas le temps de réaliser le monument qu'il projette et ce sera Louis XIV qui, soixante ans plus tard, l'achèvera. Ce somptueux maître-autel est particulièrement révélateur de la psychologie du Roi-Soleil qui, pour la première fois, se met en scène au côté de ce géniteur qu'il a si peu connu, mais avec lequel il poursuit désormais un dialogue ininterrompu pour l'éternité. À droite du grand maître-autel, en effet, Louis XIII, à genoux, par Guillaume Coustou, offre sa couronne à la Vierge, tandis qu'à gauche, Louis XIV, à genoux, parachève la promesse.

Après les dévastations révolutionnaires, l'ordonnance du chœur de Notre-Dame est rétablie. Ce sera désormais devant lui que, du sacre de Napoléon au *Te Deum* de la libération de Paris, la France célébrera les grands moments de son histoire, dans une certaine continuité spirituelle. Aujourd'hui, c'est dans le silence et le recueillement que, sous l'immense nef, on peut, à Paris, voir Louis le Juste et Louis le Grand, dans leur intimité, face au ciel, et prendre ainsi toute la mesure de leur identité d'hommes et de rois.

2

Une jeunesse chaotique
mais formatrice

« Et aux âmes bien nées, la valeur n'attend pas le
nombre des années. »

Corneille

Au Palais-Royal, à Paris, l'été, un enfant de
moins de cinq ans, pas très propre, les habits rapié-
cés, s'amuse entre les herbes folles d'un jardin peu
entretenu, où les orangers vieillissant dans leurs bacs
de bois donnent un aspect italien à ce lieu qu'avait
imaginé, pour montrer à tous la splendeur de sa réussite, le défunt cardinal de Richelieu. Soudain, l'enfant
aperçoit l'eau d'un des bassins et, fasciné par cet élé-
ment liquide, dans lequel le ciel se reflète, veut s'en
saisir. Consciencieusement, le voilà donc qui escalade
le soutènement de l'édifice. Parvenant sur le rebord, il
trempe sa main dans l'eau. Mais la pierre est glissante
et en moins de deux secondes, l'enfant tombe dans le
bassin.

Au bord de la noyade, il a le réflexe de crier, ce qui
a pour heureux effet d'alerter un serviteur qui, sortant

précipitamment du palais, le prend dans ses bras et le ramène immédiatement à l'office où un peu d'esprit de vin lui rend force et vigueur. Ainsi, Louis XIV, pour la seconde fois, est-il l'heureux bénéficiaire d'une sorte de « miracle » ! L'anecdote a souvent été racontée. Elle montre non seulement le désintérêt que les adultes de l'époque manifestent envers les enfants, mais le quasi-abandon dans lequel se trouve le plus illustre d'entre eux, qui, à 4 ans, le 18 mai 1643, a pourtant présidé son premier lit de justice devant l'ensemble du Parlement de Paris réuni devant lui, sa mère la reine et le chancelier de France. Le « lit de justice » était dans l'Ancien Régime une expression de la justice royale. L'enfant y a prononcé ce jour-là la sacramentelle formule : « Messieurs, je suis venu pour vous témoigner mes affections ; le chancelier vous dira le reste. » Singulière contradiction plaçant déjà le futur souverain entre abandon et gloire !

Qu'on en juge par cette autre anecdote rapportée par le valet La Porte, sur les rapports du roi avec son frère cadet : « Ce matin, lorsqu'ils furent éveillés, le roi, sans y penser, cracha sur le lit de Monsieur [titre du frère du roi], qui cracha tout exprès sur le lit du roi qui, un peu en colère, lui cracha au nez. Monsieur sauta du lit du roi et pissa dessus. Le roi en fit autant sur le lit de Monsieur. Comme ils n'avaient plus de quoi cracher ni pisser, ils se mirent à tirer les draps l'un de l'autre dans la place ; et peu après ils se prirent pour se battre. »

Les deux enfants ont pourtant un certain nombre de femmes chargées de veiller sur eux. Dirigées par Françoise de Souvré, gouvernante des enfants de

France, elles sont cependant souvent prises ailleurs, ou inorganisées, et ne s'occupent guère d'eux, mais c'est l'esprit de l'époque. Les enfants naissent, meurent, sans que cela attriste des parents qui ne suivent parfois même pas leurs funérailles. La misère des peuples est en effet si forte qu'on apprend à ne pas s'attacher à ces dérisoires petites choses, si fragiles et parfois si éphémères.

D'une manière tout à fait paradoxale, l'enfance de celui dont le règne va incarner la splendeur inouïe, le faste le plus absolu et le luxe le plus total, se passe dans un dénuement singulier. Des meubles très simples, des habits étroits et rapidement usagés, des voitures branlantes, une nourriture à peine suffisante, tel fut en effet le lot de celui dont Saint-Simon écrit : « Sa première éducation fut tellement abandonnée que personne n'osait approcher de son appartement. »

Et que dire du reste ? S'il n'est pas sage, c'est le fouet ; s'il veut jouer, c'est avec la fille d'une femme de chambre ; s'il veut dormir, c'est près du fidèle La Porte, dont la présence le rassure et dissipe ses angoisses. Bientôt il lit le *Songe de Poliphile* qui marque particulièrement le futur fondateur des jardins de Versailles. Quant à ses plaisirs, ce sont ceux des enfants de son âge : courir parmi les champs et les bois lorsqu'il est à Saint-Germain-en-Laye, au bon air, se tremper dans la Seine et jouer à la guerre avec les fils de paysans, comme jadis, en Béarn, son grand-père Henri IV, à qui il décide de ressembler. Indifférence ? Manque de budget ? Conviction qu'une « enfance à la dure » est gage de réussite ? Il y a de tout cela, ajouté au fait que l'enfant – celui-là comme les autres – n'intéresse que lorsqu'il entre dans ce que l'on considère être « l'âge de raison », c'est-à-dire ses sept ans révolus, l'âge où on peut commencer à lui apprendre quelque chose, celui où, comme jadis dans la Rome antique, on prenait la robe prétexte en sortant du « gynécée », passant d'un entourage de femmes à la société des hommes.

Pour Louis, cela se passe au mois de septembre 1645. Si c'est Mazarin lui-même qu'on lui affecte comme « surintendant au gouvernement et à la conduite du roi », avec pour gouverneur le marquis de Villeroy, c'est le valet de chambre spécifiquement attaché à sa personne, La Porte, qui est le plus proche de lui. À la manière d'un grand frère ou d'un père de substitution, il s'occupe de tout ce qui le concerne. Pour le développement de son esprit, on lui donne un précepteur, Hardouin de Péréfixe, évêque de Rodez et futur évêque de Paris. À ce dernier s'ajoutent le maître d'écriture, Le Bé, le maître de calcul, Le Camus, le maître d'espagnol et d'italien, Oudin, le maître de dessin, Davire et le lecteur, Bernard, ainsi que l'écrivain La Mothe Le Vayer pour superviser l'ensemble. Au fil des jours, ces derniers apprennent à lire, écrire, compter et dessiner à cet enfant, qui n'est en rien stupide et que ses professeurs trouvent non seulement doué mais encore doté d'une bonne mémoire. Ils n'insistent cependant pas trop, le but n'étant pas de faire de lui un clerc, mais un roi, c'est-à-dire un être auquel les autres apporteront leurs lumières, mais qui n'est pas censé en posséder lui-même. *L'Histoire de France* de Mézeray constitue le socle essentiel de ses connaissances ; elle suffit à répondre aux questions qu'il se pose et écarte définitivement l'affirmation un peu rapide de Saint-Simon : « À peine lui apprit-on à lire et à écrire. » Ne dit-il pas lui-même qu'il ne sera jamais « Louis le fainéant », mais le grand roi dans lequel le peuple place tous ses espoirs ?

Certes Louis XIV regrettera plus tard cette instruction plutôt sommaire, que va compléter l'apprentissage du latin, de la guitare espagnole, instrument populaire dont, contrairement au luth, jouait son père et, naturellement, celui de la danse, dans lequel il brillera, même si cet art n'a rien de la dimension athlétique qu'il offre aujourd'hui. Louis ne sera pourtant ni inculte ni sot. En fait, comme une éponge, il saura, jusqu'à la fin de ses jours, absorber le savoir des autres et en faire la synthèse, faisant son miel de toutes les intelligences dont, d'instinct, il s'entourera. Saint-Simon n'a pas dit autre chose quand il a souligné qu'« il était capable de se former, de se limer, de se raffiner, d'emprunter d'autrui sans imitation et sans gêne ».

Plus importante est, sous la férule de l'abbé de Brisacier et du père Paulin, l'initiation au catéchisme, conforme à l'aspect « très chrétien » de la monarchie française, dont la Nation est « la fille aînée de l'église » – et Louis ne transigera jamais sur le dogme ! Importants également les exercices du corps, dont l'équitation, enseignée par l'écuyer italien Arnolfini, venu de Lucques à cet effet, l'escrime, enseignée par le maître d'armes Vincent de Saint-Ange et, avec elle, le maniement des armes à feu par le sieur de

Bretonville. Celles-ci constituent l'essentiel, un roi de France étant naturellement un chevalier. Les représentations officielles lui font d'ailleurs porter l'armure et l'ensemble du protocole entourant sa fonction est essentiellement militaire. Au reste, chacun remarque qu'« il est fort adroit à tous les exercices du corps, autant qu'un prince qui n'en doit pas faire profession le doit être ».

Depuis son âge le plus tendre, où il trépignait de joie en écoutant battre les tambours, Louis est passionné par tout ce qui touche à l'armée, depuis les uniformes jusqu'à, plus tard, la haute stratégie de guerre, ce qu'on voit bien lorsque, avec des camarades de son âge, on lui fait un jour prendre d'assaut un fortin édifié dans le jardin des Tuileries. Un peu de droit public et beaucoup d'histoire vont, avec l'espagnol et l'italien – les deux principales langues diplomatiques de l'époque – le préparer encore à son futur « métier ». Reste que les initiatives de ses sujets sont toujours les bienvenues, comme celle de l'académicien Jean Desmarets qui lui offre un jeu de cartes pédagogique de son invention, lui permettant de se perfectionner en géographie, tandis qu'un camp en miniature est organisé pour qu'il s'initie avec des camarades de son âge à l'art de la guerre. L'instruction forge-t-elle le caractère ? La personnalité de Louis s'affermit, faisant comprendre à ses proches qu'il n'est pas du bois dont on fait les flûtes, mais qu'il faudra composer avec ce qu'on appelle un « caractère ». Seule la reine Anne conserve une réelle emprise sur lui, ce qui n'échappe pas à Charles Perrault qui note « qu'un fils n'a jamais davantage honoré sa mère pendant toute sa vie ». Un seul bémol : le manque de moyens dans lequel on le laisse, pour ne pas parler de véritable « dénuement », ce qui explique peut-être ce besoin effréné de luxe qu'il manifestera plus tard, lorsqu'il sera le maître.

La grande affaire de son éducation reste néanmoins son initiation à la politique et à la diplomatie. C'est Mazarin lui-même qui la prend en charge directement, lui expliquant au fil des jours les ressorts secrets par lesquels on mène les hommes, comment le prince doit gouverner, en dire le moins possible à ses collaborateurs et berner ses ennemis. À cet effet, il le fait entrer très jeune au Conseil, dès 1650, à 12 ans, et lui montre comment faire, ce qu'il n'oubliera jamais. Enfin le cardinal lui donne le goût de l'art, ce grand homme d'État étant également un grand collectionneur qui va familiariser son filleul à l'architecture, la sculpture, la peinture, l'orfèvrerie, la médaille et l'ensemble des arts décoratifs. De petits entretiens à d'autres, plus longs, sur les affaires de l'État, jusqu'à la présence de l'enfant, parfois, au Conseil, où on débat devant lui de haute politique, c'est à une formation progressive qu'il l'invite, sans le forcer pour ne pas le rebuter d'emblée, comme on le fait trop souvent avec les enfants de souverains. Jules Mazarin – ou Giulio Mazzarini – réussit pleinement cet exercice délicat. Et c'est peut-être là que cet aventurier de grande classe brille le plus, lui qui, depuis la naissance de l'enfant, gravite dans l'intimité de la famille royale.

Mazarin est probablement l'un des hommes les plus fascinants de l'histoire de France. C'est certainement lui qui « a fait » Louis XIV en lui inculquant le fondement d'une pensée politique à laquelle il restera fidèle jusqu'à la fin. Issu par son père, qui s'était fait tout seul en entrant au service des Colonna, d'une modeste famille sicilienne, mais par sa mère de la petite noblesse, Mazarin, né dans les Abruzzes, tout à la fois docteur en droit et officier dans l'armée pontificale, avait fini par devenir diplomate. L'un des meilleurs de son temps, il appliqua toujours la même formule : « Je dissimule, je biaise, j'adoucis, j'accommode tout autant qu'il m'est possible. » Nonce apostolique à Paris, il s'était rapproché de Richelieu, qui lui fit avoir son chapeau de cardinal, bien qu'il ne fût pas prêtre. Il entra au service de la France, gagna la confiance de Louis XIII puis de sa veuve et fut nommé principal ministre et parrain du futur roi. Plus souple que son bienfaiteur Richelieu, il préférait le dialogue à la force, tentant toujours de convaincre ou de séduire ses interlocuteurs.

A-t-il été l'amant de la belle Anne d'Autriche, si mal mariée au taciturne et ambivalent Louis XIII, et même son époux morganatique, comme certains l'ont suggéré, affirmant même que ce fut saint Vincent de Paul lui-même qui les maria secrètement ? On ne sait, mais il est incontestable que leur lien fut fort, très fort, plus fort que celui d'un ministre et d'une reine régente. La fascination que la fille de Philippe III éprouva pour le séduisant petit-fils d'un simple pêcheur de Palerme, avec ses beaux yeux bleus, ses cheveux noirs et sa voix veloutée, était évidente, même si, en bonne catholique, elle n'aurait pu coucher avec lui que si elle avait été son épouse devant Dieu. En fait, le scandale fut moindre qu'allaient le répéter à foison les folliculaires du temps, qui, dans quelques années, feront de l'Italien l'unique objet de leur vindicte. Seuls ceux d'une naissance basse peuvent, à cette époque, servir la monarchie absolue, puisqu'ils lui doivent tout, tandis que ceux de la haute noblesse, qui se considèrent donc comme les égaux des rois, constituent une menace permanente. L'exemple, après Mazarin, du cardinal Alberoni, fils d'un jardinier, ou du cardinal Dubois, fils d'un apothicaire, qui seront les arbitres de la diplomatie du début du XVIIIe siècle, le montrera bien. Installés, la première au Palais-Royal, le second dans un hôtel voisin, communiquant avec le premier par un passage secret, la reine et le cardinal passent beaucoup de temps ensemble. À leur manière, ils composent bien ce qu'on appelle un couple, même si, pour l'époque, ils ne sont plus très jeunes, elle âgée de 42 ans, lui de 41 ans, c'est-à-dire alors la maturité. Le très jeune roi, impatienté de voir le cardinal se déplacer, un jour, entouré d'une immense suite respectueuse, se serait-il écrié : « Voici le Grand Turc » ? On l'ignore, mais Louis XIV sera toujours respectueux de sa mémoire et reconnaissant, non seulement qu'il l'ait bien servi, mais qu'il lui ait appris, outre la géopolitique, que, pour être bien servi, il faut prendre des gens de naissance modeste, recrutés sur leur seule valeur et leur fidélité indéfectible. Il ne l'oubliera pas, lui qui, jour après jour, apprend comment on gouverne les hommes, avec ce mentor exceptionnel que le père Léon, dans son éloge funèbre, qualifiera « d'Italien français, soldat docteur aux lois, laïc sans ordres sacrés et éminentissime cardinal, étranger et domestique, banni et plénipotentiaire, sujet et ami des rois ».

Et ce n'est pas tout. Non seulement Mazarin lui léguera ses extraordinaires collections d'art – peintures, bustes de porphyre, camés antiques, pièces d'orfèvrerie, sans compter la musique, la danse et l'opéra –, mais il développera son goût dans ce domaine. Il lui laissera enfin l'équipe de grands commis, avec lesquels il dirigera le royaume, petit groupe dans lequel on distingue un certain Nicolas Fouquet et un certain Jean-Baptiste Colbert, bien le plus précieux, incontestablement, de l'héritage du cardinal, en raison de ses qualités de travailleur acharné, de sa vision de l'administration et de la détermination de son caractère. Louis XIV rendra plus tard hommage à cet « homme très habile et très adroit, qui m'aimait et que j'aimais, qui m'avait rendu de grands services ».

En attendant cette échéance, Mazarin poursuit la politique de son prédécesseur, à l'extérieur en contenant la puissance de la maison de Habsbourg hors des frontières du Nord et du Sud, et à l'intérieur en continuant de tenir à bonne distance du trône la morgue des grands, tout en poursuivant l'implantation des Français au-delà des mers, aux Antilles, en Acadie et à Madagascar. Au reste, cette régence de la reine, dont il ne se dit que le plus zélé des serviteurs, commence sous les meilleurs auspices, puisqu'en son nom, le jeune duc d'Enghien, le futur « Grand Condé », remporte l'éclatante victoire de Rocroi, dans laquelle l'opinion publique voit la promesse d'un bel avenir pour la France.

Les choses allant leur cours, il ne reste plus qu'un ultime détail : vérifier, sa puberté achevée, que le futur souverain soit bien apte à ce qu'on attend aussi d'un roi, se perpétuer. Une ancienne servante de la reine, Catherine Bellier, dite « Cathau la Borgnesse » se charge de lui mettre les mains dans les chausses et de lui faire faire ce que les hommes font aux femmes. Examen réussi pour le garçon de 15 ans, confirme la servante à la reine et au cardinal, rassurés sur son mariage prochain auquel on peut commencer à penser, rassurés aussi qu'il n'ait point hérité des goûts de son père, qui vont passer à son frère cadet, Philippe. Si ce dernier mettra autant d'application à aimer les garçons que son aîné les filles, l'un comme l'autre le feront avec une belle vigueur toute « bourbonienne ». Manifestement, l'adolescent, dans ce domaine, est en parfaite santé. Ses leçons terminées, on le laisse donc bientôt galoper à bride abattue, s'initier à l'art de la chasse, le genre noble par excellence qui, jusqu'à la fin de sa vie, va constituer sa distraction favorite, et courir les servantes à sa guise, puisqu'il est manifeste que sa première expérience a été une révélation.

Cette robustesse lui permet, en 1647, de réchapper de peu, à 9 ans, à la petite vérole, le fléau de l'époque, contre laquelle le corps médical est impuissant, n'utilisant contre elle que les saignées à répétition. Il connaîtra certes d'autres pathologies, parmi lesquelles la fièvre typhoïde, qui le laissera chauve et l'obligera à porter perruque, ainsi que le diabète, dont les effets secondaires finiront par l'emporter, ce qui ne l'empêchera pas de vieillir jusqu'à l'âge, plus que mémorable pour l'époque, de 77 ans. Cet âge respectable illustre son extraordinaire capacité de résistance qui fera de lui, en son temps, le plus vieux souverain de la Terre, surtout si on considère l'effroyable mode de vie qui sera le sien, marqué par une absence totale d'hygiène corporelle et dentaire et une nourriture quasi exclusivement basée sur du gibier faisandé et des sucreries. Mais peut-être que le génie de la France veille sur celui dont la naissance a été si improbable que le destin ne peut que lui réserver un avenir d'exception. Croyons La Porte sur parole, nous confiant que, très jeune, voire tout enfant, « il a fait voir qu'il avait de l'esprit, voyant et entendant toutes choses ». N'a-t-il pas demandé un jour à sa mère « quand il serait en âge de gouverner son État, parce qu'il faisait bon d'être le maître » ?

Toute enfance de roi – c'est une évidence – comporte, dans sa mystérieuse alchimie, sa part de légendes. Il est donc naturel que les historiens de jadis aient toujours cherché, dans ces arcanes, les signes avant-coureurs annonçant les hommes d'exception. Louis XIV n'échappe pas à la règle. Il n'est d'ailleurs pas faux de souligner que, dans la complexité de sa personnalité, le futur Roi-Soleil a, très tôt, montré ce qui allait le caractériser : le calme, la patience, la dissimulation, la réflexion, l'écoute, le courage, l'obstination, ensemble de qualités ou de défauts qui, assemblés, allaient lui permettre d'être ce « roi idéal » vers lequel il tendit toute sa vie. Bien sûr, comme les autres, son règne comportera des zones d'ombre et de lumière, de grandeur et de petitesse, d'éclats et de tragédies, des réussites et des échecs, ensemble constituant un règne majeur et un grand moment de notre histoire nationale. Cette période marquera profondément non seulement l'histoire de la monarchie française, mais encore celle de la République qui, de

Félix Faure à Charles de Gaulle, s'en inspirera. Et c'est peut-être là la grande différence avec son aïeul Henri IV, devenu roi par hasard, alors que lui, depuis le commencement, savait qu'il était né pour cette fonction, assimilant totalement son destin à celui de la France et redevable devant elle de tout ce qu'il est et sera !

L'Italien Primi Visconti nous le dit d'emblée : « Le roi a un bon jugement naturel ; il a des connaissances universelles sur toute chose, ce qui est supérieur à toutes les sciences ; il parle de tout, aussi bien d'affaires que de guerre, de bâtiments, de dessin et de musique, mieux encore qu'un ministre, un architecte, un mathématicien et que Lully lui-même. »

C'est vrai qu'il n'est pas donné à n'importe quel royaume d'avoir un souverain musicien, architecte, jardinier ! Un prince pluridisciplinaire à l'image des rois de la Renaissance : François Ier, l'ami de Vinci, le premier roi à se faire appeler « Sa Majesté » et à parler de son « bon plaisir » ; Charles Quint, l'ami de Titien ; Henri VIII, le théologien, et Soliman le Magnifique, le poète. Comme le confirme Alexandre Maral, conservateur du château de Versailles : « Louis XIV s'intéresse à l'art de manière concrète, souhaitant connaître le fonctionnement, la pratique, les secrets de chaque discipline : c'est l'un des traits essentiels de la personnalité du souverain. Il aime voir les œuvres se faire sous ses yeux. C'est ainsi qu'il va visiter Le Brun peignant *La Tente de Darius* dans son atelier à Fontainebleau, qu'on le voit se rendre jour après jour aux chantiers de Versailles, s'entretenant de tel ou tel détail avec Hardouin-Mansart, qu'il passe de longues heures aux côtés de Le Nôtre dans ses jardins, améliorant sans cesse l'aspect d'un point de vue ou le dessin d'un bosquet, qu'il assiste aux répétitions des premiers opéras de Lully, qu'il observe Lalande composer ses grands motets et qu'il éprouve lui-même l'acoustique de sa nouvelle chapelle… »

Non content d'être un danseur divin, il est également un musicien accompli avec ce goût qui signe sa singularité : être joueur de guitare ! À cet égard, Hélène Delalex, attachée de conservation au château de Versailles, écrit à propos du souverain le plus mélomane de l'histoire de France : « Comme tout prince, à l'âge de neuf ans, il apprend le clavecin auprès d'Étienne Richard et le luth, instrument privilégié de la noblesse, auprès de Germain Pinel. Mais cela l'ennuie rapidement et, vers douze ans, il réclame d'apprendre à jouer de la guitare. De la guitare ? C'est alors impensable pour un roi ! En comparaison du luth aristocratique, la guitare, originaire d'Espagne et jouée en Italie à la *commedia dell'arte*, est un instrument exotique populaire. Par ailleurs, la guitare est un instrument qui accompagne la danse, qui se joue en marquant le rythme par des accords frappés sur les cordes, tandis qu'avec le luth, on privilégie la mélodie en détachant les notes. Mais devant l'obstination du jeune roi, Mazarin fait venir de Mantoue Francesco Corbetta, le plus grand virtuose de son temps. En dix-huit mois dit-on, l'élève égale son maître. Désormais, l'instrument sera bien reçu à la cour de France puisque son fils, le Dauphin, ou sa fille légitimée, Mademoiselle de Nantes, en joueront. » La guitare connut son heure de gloire à la cour du Roi-Soleil grâce à l'œuvre de Robert de Visée, guitariste vedette auprès du roi. Le compositeur sut adapter l'influence latine au goût français, comme le montre cette suite de danses dans le plus pur style de la Cour. Un ouvrage intitulé *Livre de pièces pour la guitare dédié au Roi* montre cette influence d'un instrument plébéien.

Cette faculté pluridisciplinaire portée au sommet de l'État a fait beaucoup pour la pérennité de la gloire du grand roi. Le film de Sacha Guitry *Si Versailles m'était conté*, tourné durant l'été de 1953, l'a fixée dans l'éternité des images lors de cette scène inoubliable où la marquise de Sévigné, jouée par Jeanne Boitel, venue à Versailles, lance à la cantonade : « Messieurs, quand je vous vois, lorsque je nous regarde, Mansart, Turenne, Colbert, Racine, Boileau lui-même, et Vauban, et Louvois, et Monsieur de Meaux [Bossuet] que l'on entend, et La Fontaine qu'on relit, et vous, Molière, qu'on adore, et même aussi votre servante, je m'émeus en pensant que nous vivons à la même heure, et j'ai l'impression, ne nous ayant encore jamais vus tous ensemble, oui, j'ai l'impression que c'est nous, Louis XIV ! »

3

Le traumatisme de la Fronde

« Soyez le maître. »
Louis XIV (à son fils)

À Paris, dans la nuit du 5 au 6 janvier de l'année 1649. Aux alentours de minuit, la grande ville est endormie dans la froidure d'un rude hiver de neige et de glace qui paralyse la France, ses hommes et ses animaux. Nul n'aurait envie, à cette heure, de mettre le nez dehors, d'autant que, comme il est d'usage, les portes d'une cité, encore fortifiée et gardée par les archers du roi, sont fermées.

Pourtant, du côté du Palais-Royal, on s'agite avec une certaine fébrilité, en tentant, ce qui est difficile, de faire le moins de bruit possible. Mais comment empêcher les chevaux de piaffer, les bagages, qu'on entasse à la hâte, de tomber et les gardes, perdus dans l'obscurité, d'entrechoquer leurs hallebardes ? Tout, en ce moment, sent la pression, pour ne pas dire la panique. « Dépêchons, dépêchons », entend-on de toutes parts, à l'adresse des valets en livrée qui font ce qu'ils peuvent pour ne rien oublier, tandis que les voitures attendent leurs passagers pour commencer ce qu'il faut bien appeler, non pas un voyage, mais une fuite. Enfin, les silhouettes attendues traversent la nuit : une femme en longs voiles avec deux enfants et quelques suivantes, un petit homme en armure, son corps enveloppé dans une vaste cape, un autre, manifestement grand seigneur, mais que la goutte fait boiter, quelques officiers civils et militaires, des clercs, des domestiques s'entassant à présent comme ils peuvent. Un coup de fouet et tout ce petit monde de filer vers le Cours-la-Reine, jadis ouvert par la mère du feu roi, afin de gagner Saint-Germain-en-Laye, à l'abri des fureurs de la grande ville.

Vers trois heures du matin, l'équipée franchit le porche de la vieille demeure. Les passagers, dont les principaux sont la reine de France Anne d'Autriche et ses deux fils, Louis XIV et le duc d'Anjou, le cardinal de Mazarin et Monsieur, l'oncle du roi, commencent enfin à respirer lorsque le lourd pont-levis se redresse derrière eux. Cependant, rien n'est prêt pour les recevoir. Les appartements sont vides ; il n'y a pas de bois pour allumer le feu, pas de meubles pour se coucher. On apporte des bottes de paille qui serviront de lit. Seuls les deux enfants royaux s'endorment aussitôt, avec l'innocence de leur âge, tandis que les adultes confèrent à voix basse jusqu'au petit matin. C'est la première fois qu'une famille royale fuit Paris dans la nuit. La prochaine aura lieu au siècle suivant, le 21 juin 1791, lorsque Louis XVI, Marie-Antoinette et leurs enfants grimperont à leur tour dans une lourde berline, dont la course s'achèvera à Varennes. Dans l'un et l'autre cas, il a fallu donner le change.

Quelques heures avant de quitter le Palais-Royal,
Anne d'Autriche a tiré les rois en public, allant même,
ayant trouvé la fève dans sa part de gâteau, jusqu'à
boire à la santé des convives !

Cette révolution, ou mieux cette véritable guerre
civile, qui a conduit la reine et ses enfants à quitter
Paris, est ce que l'histoire appelle la Fronde ou, plus
exactement, les Frondes – car il y en eut plusieurs.
Elle constitue une période de troubles graves étagés
de 1648 à 1653 – soit presque sept années ! –, c'est-
à-dire pendant pratiquement toute la minorité de
Louis XIV. C'est une réaction épidermique à la montée en puissance de la monarchie absolue, d'abord
incarnée par Richelieu puis par Mazarin, à laquelle
s'opposent la haute noblesse, les parlements, le peuple
de Paris, celui des provinces entraînés par quelques
figures de poids, qui se comportent sur la scène politique comme des personnages de l'opéra baroque.
Parmi eux, le prince de Condé, le cardinal de Retz, le
conseiller Broussel, le duc de Beaufort, la duchesse de
Longueville et même un temps le frère de Louis XIII,
Gaston, duc d'Orléans, « Monsieur », selon la titula-
ture officielle, ainsi que sa fille, Anne Marie Louise
de Montpensier, « la Grande Mademoiselle », jouant
tous à être des « personnages », en d'autres termes le
point de mire de leurs contemporains.

Le règne de Louis XIV avait pourtant bien
commencé, puisque, lors de son avènement, la joie
populaire avait éclaté, comme en témoigne la Grande
Mademoiselle : « Ce n'étaient que réjouissances per-
pétuelles en tous lieux. Il ne se passait pas un jour
qu'il n'y eût des sérénades aux Tuileries et dans la

Place royale. » Religieusement monarchistes depuis toujours, les Parisiens adorent ce petit roi si beau, mais détestent le cardinal qui gouverne en ses lieu et place. Commencée par une protestation émise contre une pression fiscale croissante pour payer la guerre contre l'Espagne et par une atteinte aux privilèges des officiers de robe, la Fronde est d'abord une révolte de notables contre la Couronne, avant d'attirer à elle des éléments plus populaires, manipulés par les grands ou, comme on dit alors, « la cabale des importants ». Celle-ci suscite les premières barricades, qui se dressent à Paris. En réaction à ces menaces, Mazarin, directement concerné, organise la fuite à Saint-Germain de la reine régente et du roi, désormais protégés par quelque 4 000 mercenaires allemands. Après Paris, une partie des provinces, écrasées d'impôts et victimes des mauvaises récoltes, se soulèvent à leur tour – le Bordelais et la Provence en particulier – pour le plus grand bonheur de l'Espagne, qui profite de la confusion pour envahir la Picardie. Écartelée entre les factions, la France devient un champ de bataille permanent, où chacun fait ce qu'il veut face à un État impuissant, de surcroît caricaturé par ces innombrables libelles qu'on appelle « les mazarinades ». Mazarin est en effet la cible et l'objet de la haine générale. Le désordre est au plus fort ; les alliances se nouent et se dénouent, de même que les liaisons amoureuses qui jouent aussi leur rôle. On ment. On triche. On embastille. On libère. On se bat. On s'injurie. On applaudit. On égorge. Et, pendant ce temps, comme toujours, le pauvre peuple est à la peine, qui voit les récoltes brûlées et le bétail pillé.

C'est le temps des « folies » des grands et des « émotions » populaires tirant à hue et à dia cette France « dont le prince est un enfant ».

À compter du printemps de l'année 1649, un certain nombre de personnalités, parmi lesquelles le raisonnable Mathieu Molé, finissent cependant par comprendre que la France court à sa perte, d'autant que les divisions dans les deux camps font qu'aucune cause n'avance et que personne n'est capable de comprendre où on va. Certains s'entremettent donc pour permettre à la reine, sous couvert de Mazarin, de négocier avec les différentes parties. La paix de Saint-Germain est ainsi signée le 1er avril ; elle marque une trêve et permet au jeune roi de faire son entrée officielle dans sa capitale, le 18 août suivant, ce qui constitue pour les témoins un bien « glorieux spectacle ». Hélas, l'encre du traité est à peine sèche que commence une nouvelle Fronde, celle des princes, menée surtout par les Condé contre Mazarin, qui soulève à nouveau les provinces.

On a beau enfermer à Vincennes Condé, son frère Conti et leur beau-frère Longueville – « le lion, le singe et le renard » ! – la révolte n'en continue pas moins, d'autant que Monsieur se met de la partie. Pour laisser les coudées franches à la reine, Mazarin feint alors de s'éloigner, au moment où celle-ci et le roi sont virtuellement prisonniers des Parisiens et de Condé, qui est à présent le maître. La foule ne va-t-elle pas jusqu'à encercler le Palais-Royal pour vérifier que le jeune roi s'y trouve bien, lui qui, en cette autre terrible nuit, fait semblant de dormir pour ne pas avoir à soutenir le regard de ses sujets révoltés ?

Heureusement, Turenne se rallie enfin au roi et l'arrivée de son armée sous les murs de Paris permet le renversement des alliances, au moment où, comme au théâtre, Mazarin revient en scène, affirmant sans état d'âme : « Qu'importe une promesse de plus ou de moins, quand on est décidé à n'en observer aucune ? » À la fin de l'été 1652, bien que la propre cousine du roi ait fait tirer au canon sur ses troupes, les frondeurs sont confondus et Condé, après un baroud d'honneur en Guyenne, s'enfuit en Espagne, tandis que Paris, affamé, finit par se soumettre à la Couronne. Le Grand Condé, au terme de multiples aventures, sa vie étant un véritable roman « de cape et d'épée », ne rentrera en grâce qu'un quart de siècle plus tard.

En attendant, le 7 septembre 1651, la majorité du roi, qui vient de fêter ses 13 ans, est proclamée. Si cela ne met pas fin à la révolte, les combats se poursuivant jusqu'au printemps de l'année suivante, c'est le chant du cygne des frondeurs qui, peu à peu, se soumettent à la Couronne, les uns après les autres. Le 21 octobre 1652, le roi, à cheval, fait, pour la seconde fois, son entrée officielle à Paris, vivement applaudi par ses habitants, séduits par cette débauche de faste, dont ils avaient perdu l'habitude, avec ces régiments richement équipés, la magnificence des uniformes et des bannières et le fracas des tambours et des trompettes. Il prend ensuite ses quartiers au Louvre où il réunit son Conseil. Mais Mazarin, qui revient bientôt de son second exil, compte garder la main le plus longtemps possible, son filleul, même majeur, n'étant encore que ce que notre époque appelle un adolescent.

C'est donc à une sévère reprise en main de l'appareil d'État qu'il se livre pour éteindre les derniers incendies de la Fronde agonisante, et, cette fois-ci, plus personne ne remet en question son autorité, pas même les parlementaires à qui le jeune roi, le 13 avril 1655, vient en personne dicter leur conduite : « Chacun sait combien vos assemblées ont excité de troubles dans mon État, et combien de dangereux effets elles ont produits. J'ai appris que vous prétendez encore les continuer sous prétexte de délibérer sur les édits qui, naguère, ont été lus et publiés en ma présence. Je suis venu ici tout exprès pour en défendre la continuation. » Omer Talon comprend parfaitement la harangue, qui répondra quelques années plus tard : « Vous êtes, Sire, notre souverain seigneur ; la puissance de votre Majesté vient d'en haut, laquelle ne doit compte de ses actions qu'à Dieu, après sa conscience. » Bossuet ne dira pas mieux : « Ô rois, vous êtes des dieux ! »

À bon entendeur, salut ! La France n'est pas l'Angleterre et les Bourbons ne sont pas les Stuarts, comme ce pauvre Charles Ier, dont les sujets viennent de trancher la tête ! La monarchie est absolue et les parlements de simples chambres d'enregistrement, même si, à la longue, le roi fera grâce à la plupart des frondeurs, dans la mesure où la société de ce temps est fondamentalement chrétienne. Le pardon y occupe donc une place de choix, même en politique. La conclusion, totalement paradoxale, de la Fronde, contrairement à la « glorieuse révolution » britannique, est qu'elle a renforcé l'autorité de la Couronne de France ou, à tout le moins, celle de ceux qui l'exercent en son nom, Anne d'Autriche et Mazarin, dont l'extraordinaire est que ni l'un ni l'autre ne sont français ! Louis XIV rendra plus tard cette justice à sa mère qui, tout au long de l'épreuve, aura su garder la tête froide : « La vigueur avec laquelle elle a soutenu ma dignité, quand je ne pouvais pas la défendre moi-même, était le plus utile service qui me pût jamais être rendu. » Une conclusion différente de Mazarin, qui se contente de lancer : « *Quam frustra et murmure quanto* », qu'on pourrait traduire par « Beaucoup de bruit pour rien ».

Pour autant, la Fronde en général, et plus particu-lièrement cette nuit d'exil à Saint-Germain-en-Laye, Louis XIV ne l'oubliera jamais, qui, malgré son jeune âge, sait lire l'angoisse sur les traits de sa mère et l'inquiétude sur ceux du cardinal ou, pis encore, cette autre nuit où une délégation de Parisiens vient s'assurer, dans sa propre chambre, qu'il est bien au Palais-Royal. Jamais il ne pardonnera à cette ville de s'être révoltée contre lui, méditant déjà, bien avant de monter sur le trône, l'idée de régner un jour sur les Français ailleurs qu'à Paris. Jamais, non plus, il n'ai-mera cette ville, à laquelle il ne rendra que de brèves visites, pour des raisons incontournables, comme les lits de justice au Parlement ou l'inauguration de monuments officiels. Jamais, enfin, il ne lui accordera la moindre autonomie de gestion, déléguant à son représentant, le lieutenant général de police, des pou-voirs exceptionnels.

Et tous ses successeurs feront de même, jusqu'à la seconde moitié du XIXᵉ siècle, où Paris, enfin, sera dotée d'une municipalité de plein exercice, dernière ville de France à bénéficier d'un droit accordé à toutes les autres depuis longtemps ! Pourtant, c'est une statue de marbre de Louis XIV, représenté en Hercule terrassant la révolte, que les échevins de Paris, soucieux de s'en faire bien voir, commandent bientôt pour l'Hôtel de Ville. Une autre, en bronze, suivra, celle-là même que le musée Carnavalet conserve dans sa cour d'honneur. Elle sera inaugurée le   14 juillet 1689, cent ans jour pour jour avant la prise de la Bastille. Tout un symbole ! En attendant, la Fronde aura un visage, celui d'Encelade, ce géant de la mythologie, dressé contre Jupiter, vaincu par lui et englouti sous l'île de Sicile, que Gaspard de Marny sculptera pour l'un des bosquets de Versailles, pathétique image de la force domptée et asservie qui, à l'image de la noblesse de France, n'aura désormais plus qu'un seul état, la domestication, et un seul but, servir son dieu-soleil, le roi son maître. Mais la Fronde annonce aussi Versailles lui-même, cette prison dorée, dans laquelle le roi enfermera sa noblesse, désormais seulement bonne à jouer les faire-valoir, tandis que lui-même ne gouvernera qu'avec des bourgeois. Ces hommes, avec leur « naissance basse » – l'obsession de Saint-Simon ! – lui permettront, paradoxalement, de conduire la France au plus haut de son histoire, conformément au vieil adage « *Ordo ab chao* », l'ordre naissant du chaos. « Quand je serai le maître », répète-t-il à plusieurs reprises, dès ses 13 ans, « vous verrez », en matière d'avertissement. On verra en effet, qu'il ne sera pas indécis, comme son père, la nature secrète du pouvoir lui étant innée.

Car tout n'est pas négatif dans la Fronde : cette crise permet en effet à Louis XIV, non seulement de prendre très tôt et très jeune conscience de sa fonction de roi, mais encore d'être initié, plus tôt que d'habitude, à l'art de la guerre, Mazarin le conduisant à plusieurs reprises sur le théâtre des opérations militaires opposant les belligérants. Ne reçoit-il pas, à 11 ans, au printemps de l'année 1650, son baptême du feu sur les remparts de Bellegarde, sur la Saône ? La grande convulsion de la Fronde, ou mieux des Frondes, avec sa quête de liberté, va avoir pour effet inverse d'accroître l'absolutisme, d'abord dans la tête du roi, ensuite dans celle de ses sujets. C'est déjà tout le sens des portraits le représentant, tel celui de Charles Poerson, en 1667, qui peint l'adolescent en « Jupiter vainqueur de la Fronde », portant la cuirasse, tenant dans sa main la foudre, foulant de son pied un bouclier portant la tête de Méduse, et accompagné d'un aigle, symbole de sa puissance.

Anne d'Autriche désigne « Cathau la Borgnesse », pour déniaiser son fils Louis Dieudonné à l'âge de 15 ans. Chaque fois que le roi la croisera à Versailles, il s'inclinera profondément et la saluera chapeau bas !

Quel curieux personnage que cette Catherine-Henriette Bellier, baronne de Beauvais, dite Cathau la Borgnesse !

L'histoire la tient pour avoir déniaisé Louis XIV. Née en 1614, morte en 1690, elle est la fille de Martin Bellier, négociant en textiles. Issue d'une famille attachée depuis trois générations à la domesticité de la Maison de France, elle entre dès son adolescence à la cour de Louis XIII et devient dame de compagnie d'Anne d'Autriche. En 1634, elle épouse le baron Pierre de Beauvais, seigneur de Gentilly, conseiller d'État et substitut du procureur général au Parlement de Paris, né vers 1610. Pendant son mariage, elle entretient des liaisons, notamment avec l'archevêque de Sens, qu'elle paye grassement, comme tous ses amants. Elle devient bientôt la confidente de sa maîtresse Anne d'Autriche, qui l'appelle affectueusement « Cathau ». Petite, laide, grosse, borgne, selon le portrait que nous en fait Primi Visconti, elle est par la suite surnommée Cathau la Borgnesse. Henri Pigaillem donne d'elle un portrait vif et savoureux dans son *Dictionnaire des favorites*. Il nous conte admirablement comment elle est entrée dans une si grande intimité avec la reine que même

Mazarin s'en inquiète. Il sait qu'elle a souvent servi dans des intrigues de cour. Dans l'entourage du cardinal, on considère qu'elle a une mauvaise influence sur la souveraine : « Le ministre, écrit Madame de Motteville, savait que cette femme était libre, capable de tout dire et de tout penser. » En 1649, elle consent à jouer un rôle d'intermédiaire pour son ami le marquis de Jarzé, et remet de sa part à la reine des lettres passionnées. Mazarin en conçoit de la jalousie pour le jeune soupirant, cherche à le perdre, et, dans un premier temps, exile sa complice. Catherine quitte le Palais-Royal en novembre pour sa terre de Gentilly. Personne ne s'accorde vraiment sur la date de son retour à la Cour, mais on sait qu'en février 1651 elle se trouve aux côtés de la reine lorsqu'elle est retenue prisonnière au Palais-Royal avec son fils.

On prétend qu'en 1653 Anne d'Autriche la désigne pour déniaiser le roi, alors âgé de 15 ans. Catherine a presque vingt-cinq ans de plus que lui et s'acquitte de cette tâche un jour où il sort de son bain. Les seules sources relatives à cet épisode proviennent des potiniers de la Cour : « C'est elle, nous dit Primi Visconti, qui a eu la virginité du Roi alors qu'il était tout jeune ; une fois qu'il sortait du bain, elle lui donna sa première leçon d'amour. Aussi, quand le Roi la voit maintenant, il ne peut s'empêcher de rire. » La Porte, valet de chambre de Louis XIV, ajoute : « Le jour de la Saint-Jean de la même année 1653, le roi ayant dîné chez Son Éminence [Mazarin] et étant demeuré avec lui jusque vers les 7 heures du soir, il m'envoya dire qu'il se voulait baigner ; son bain étant prêt, il arriva tout triste, et j'en connus le sujet sans qu'il fût nécessaire qu'il me le dît ; la chose était si terrible qu'elle me mit dans la plus grande peine où j'aie jamais été, et je demeurai cinq jours à balancer ; mais considérant qu'il y allait de mon bonheur et de ma conscience de ne pas prévenir, par un avertissement, de semblables accidents, je la lui dis enfin [à la reine], ce dont elle fut d'abord satisfaite, et me dit que je ne lui avais jamais rendu un si grand service. »

Quelques jours après s'être fait prendre son pucelage par Catherine, Louis est étrangement atteint d'une « tumeur squirreuse au sein droit et des dartres par tout le corps », dont le médecin Vallot le guérit grâce à un emplâtre de son invention. Ce n'est peut-être qu'une rumeur. S'il faut en croire du reste certains esprits malveillants de la Cour, c'est après cet apprentissage de l'amour que Louis est gagné par sa passion légendaire pour les femmes : « Il poussait la galanterie jusqu'à la débauche, écrit d'ailleurs la princesse Palatine ; tout lui était bon pourvu que ce fussent des dames, des paysannes, des filles de jardiniers, des femmes de chambre, des dames de qualité ; elles n'avaient qu'à faire semblant d'être amoureuses de lui. » D'autres assurent que par la suite Catherine vint à plusieurs reprises le rejoindre dans son lit. Le chansonnier Maurepas confie même que « tout affreuse qu'elle était, ce prince étant fort jeune, elle lui mit un jour la main dans les chausses, l'ayant trouvé seul à l'écart dans le Louvre où, pour ainsi dire, elle le viola, ou du moins le surprit, en telle sorte qu'elle obtint ce qu'elle désirait, le feu de la jeunesse ayant empêché le prince de réfléchir sur ce qu'il faisait ». En 1654, en récompense des bons services rendus, Anne d'Autriche verse à l'initiatrice du roi une pension qui lui permet de se rendre propriétaire du bâtiment de l'abbaye de Chaalis ainsi qu'un hôtel pour son fils, à l'entrée de la rue de Grenelle. Catherine reçoit également de la reine un terrain situé au faubourg Saint-Antoine. Elle désigne Antoine Lepautre, premier architecte du Roi, pour lui construire sur cet emplacement un magnifique hôtel particulier, rue François-Miron. C'est du balcon de cet hôtel que, le 26 août 1660, la reine mère, en compagnie de Mazarin, de Turenne et de la reine d'Angleterre, assistent à l'entrée solennelle à Paris de Louis XIV et de Marie-Thérèse, au lendemain de leur mariage à Saint-Jean-de-Luz.

Au procès de Nicolas Fouquet, Catherine est accusée d'avoir échangé avec le Surintendant deux propriétés de quatorze arpents de parc contre deux maisons situées rue de Jouy et rue Saint-Antoine. On lui reproche également de lui avoir indiqué les sommes dont Anne d'Autriche avait besoin pour ses œuvres de charité. Fouquet, à l'insu de Mazarin, avait alors constitué un fonds secret réservé à la reine mère. Le nom de Catherine, plus exactement celui de « Cathau », apparaît à plusieurs reprises dans le pamphlet *L'Innocence persécutée*, rédigé en vers, attribué tantôt à La Fontaine, tantôt à Molière, et dirigé contre Colbert et le chancelier Séguier au lendemain du procès Fouquet.

Le 30 avril 1663, Catherine perd prématurément sa fille Jeanne-Baptiste, née en 1637, épouse de Jean-Baptiste-Amador de Vignerot du Plessis-Richelieu, marquis de Richelieu. On lui connaît un second enfant, Louis de Beauvais, élevé avec Louis XIV et qui a été « de ses ballets et de ses parties ». Il tient de lui la capitainerie des plaines autour de Paris. En 1667, le roi concède à Catherine le privilège des carrosses et des messageries de Versailles. Cependant, ruinée à la mort de son époux, en 1674 elle se retire de la Cour : « Je l'ai encore vue, écrit Saint-Simon, vieille, chassieuse et borgnesse, à la toilette de madame la dauphine de Bavière, où toute la Cour lui faisait merveilles, parce que de temps en temps elle venait à Versailles, où elle causait toujours avec le Roi en particulier, qui avait conservé beaucoup de considération pour elle. »

4

Le temps des belles espérances

« Le roi sur vos soins se repose,
Et vous a fait l'arbitre, et du mal, et du bien. »

Scarron

À Reims, le dimanche 7 juin 1654, à midi, les cloches de la cathédrale sonnent à toute volée tandis que, dans la nef archi-comble, retentit le cri de « Vivat Rex in aeternum ». Au même moment, des milliers d'oiseaux, subitement libérés, s'envolent sous les vénérables voûtes du temple le plus abouti de la monarchie capétienne. Heureux de se dégourdir enfin, après tant d'heures assignés à leur place, les participants tentent d'apercevoir le cortège royal. Il quitte à présent la place pour gagner le palais du Tau, où un grand dîner (notre actuel déjeuner) va réunir les privilégiés admis dans l'intimité de celui qui vient d'être élevé au rang de représentant du Christ sur la Terre, au terme d'une interminable et complexe cérémonie, durant laquelle il a été sacré (c'est-à-dire oint par l'huile sainte), couronné et intronisé (c'est-à-dire accompagné jusqu'à son trône). Nul doute que, dix-huit mois après la fin de la Fronde, la monarchie a recouvré la totalité de son prestige et, avec lui, la ferveur de ses sujets acclamant le héros du jour, le bel Achille, dont toutes les femmes rêvent, suivi à bonne distance par sa mère, digne dans sa toilette noire, par le cardinal, tout en rouge, et par son jeune frère, d'une élégance déjà remarquée.

Le jeune roi de 15 ans, vêtu d'une dalmatique rouge, portant sur ses épaules le long manteau bleu semé de fleurs de lys et doublé d'hermine immaculée, la couronne fermée (symbole de l'indépendance de son royaume) coiffant sa longue perruque brune, ne manque pas d'allure. Bien proportionné, arborant une fine moustache qui donne à ses lèvres un petit air sensuel, il a le visage long, le nez suffisamment busqué pour lui donner une allure martiale, mais point trop pour ne pas tomber dans la caricature, le regard vif et pénétrant, quoique souvent impassible, comme le sont souvent ceux des grands timides qui ne se livrent pas facilement. Selon les critères de l'époque, malgré les sillons creusés sur son visage par la petite vérole, il est plutôt virilement bel homme, d'autant que, d'instinct, il sait se mouvoir avec une noblesse et une grandeur naturelles et dépourvues d'affectation, qu'il soit à pied ou à cheval – c'est un très bon cavalier –, à la chasse comme à la guerre, à table comme en prière. Toujours élégant, il est volontiers « tiré à quatre épingles », à l'instar de ceux qui détestent le négligé. En bref, il est roi, « jusque sur sa chaise percée », comme le soulignent tous ceux qui, un jour ou l'autre, ont eu affaire à lui, tout en reconnaissant que, même s'il dissimule souvent, il reste parfaitement abordable.

Cette présence, que Justus Van Egmont souligne, dans le portrait qu'il fait de lui dans la tenue du sacre et que le Bernin va magnifiquement souligner, lorsqu'il réalisera son buste, cravaté de haut, et que tant d'autres peintres tentent de saisir – Mignard et Le Brun en particulier –, est incontestablement ce que reconnaissent les scrofuleux qu'on lui amène, et qu'il touche en prononçant la formule traditionnelle : « Le roi te touche, Dieu te guérit. » C'est la même, au fond, que les soldats avaient remarquée, lorsqu'il avait participé, sans se plaindre, à la rude vie des camps, avec ce naturel et cette autorité innée qui manqueront tant, plus tard, à l'infortuné Louis XVI !

Pourquoi les Français se sont-ils toujours mépris sur la taille du roi ? Est-ce à cause des talons rouges qu'il portait comme la plupart des membres de la noblesse ? Est-ce à cause du cadeau de la République Sérénissime de Venise qui offrit au roi une armure pour une personne d'une taille de 1,60 mètre, aujourd'hui exposée dans la salle royale des Invalides ? Quoi qu'il en soit, Louis XIV était grand, et encore aujourd'hui, il serait grand puisqu'il mesurait plus de 1,80 mètre. La comtesse de Paris insistait sur le fait que la grâce physique du roi s'accompagnait d'une haute et fort belle taille. Et Nicole Voilhes, professeur de lettres et auteur de la tétralogie *Le Cœur du Soleil*, précise : « Louis XIV, contrairement à tout ce qui s'est dit, écrit et filmé, était loin d'être petit, on estime sa taille à 1,84 mètre. »

Afin de se faire une juste idée de la taille du roi, il est bon de consulter les témoignages de ses contemporains.

Pour la Grande Mademoiselle : « La taille de ce monarque est autant par-dessus celle des autres, que sa naissance, aussi bien que sa mine. Il a l'air haut, relevé, hardi, fier et agréable, quelque chose de fort doux et de majestueux dans le visage, les plus beaux cheveux du monde en leur couleur et en la manière dont ils sont frisés. Les jambes belles, le port beau, et bien planté ; enfin, à tout prendre, c'est le plus bel homme, et le mieux fait de son royaume. » Pour Alvise Grimani, ambassadeur de la Sérénissime République : « Il est de complexion vigoureuse, de grande taille, d'aspect majestueux ; son visage est ouvert et imposant à la fois, son abord courtois et sérieux ; il est de tempérament sanguin mais point trop vif, car il est mêlé de tempérament mélancolique, ce qui le rend pondéré. »

Pour Saint-Simon : « Il eut de grandes qualités qui brillèrent d'autant plus qu'un extérieur incomparable et unique donnait un prix infini aux moindres choses. Une taille de héros, toute sa figure si naturellement imprégnée de la plus imposante majesté qu'elle se portait naturellement dans les moindres gestes et dans les actions les plus communes sans aucun air de fierté mais de simple gravité. »

Nos meilleurs historiens actuels partagent le même avis :

Pour Simone Bertière dans *Les Femmes du Roi-Soleil* : « Sur la personne du jeune roi, les contemporains s'extasient : il est infiniment séduisant. Et pour une fois, on peut penser qu'en dépit de l'inévitable flatterie, ils ne malmènent pas trop la vérité... De bonne taille, contrairement à une légende tenace, il possède l'assurance d'un homme fier de son corps, bien dans sa peau, comme nous disons familièrement. »

Pour Jean-Christian Petitfils, enfin, l'évidence s'impose : « Rectifions ici une légende qui s'est développée récemment, celle du roi de petite taille, inventée au vu d'une armure en fer poli offerte par la République de Venise et faite pour un homme mesurant tout au plus 1,68 mètre. Tous les contemporains attestent le contraire : le "grand roi était grand". À Saint-Jean-de-Luz, Madame de Motteville écrivit qu'on n'eut aucune peine à le voir car il dépassait d'une tête don Luis de Haro et Mazarin, qui pourtant étaient des hommes de belle prestance. La Grange-Chancel estimait sa taille à cinq pieds huit pouces, soit 1,84 mètre. À l'origine de cette fausse opinion, popularisée en 1966 par Philippe Erlanger et Roberto Rossellini dans leur célèbre film *La Prise du pouvoir par Louis XIV*, se trouve l'étude de Louis Hastier "Le grand roi était-il grand ?" dans *Vieilles histoires, étranges énigmes.* »

Si son apparence physique est parfaite et sa politesse impeccable – le roi salue les femmes de chambre qu'il rencontre dans les couloirs ! –, il n'est pas pour autant homme à souffrir les familiarités ou à en prodiguer.

« Son abord est froid, note encore sa cousine, il parle peu ; mais aux personnes avec qui il est familier, il parle bien, juste et ne dit rien que de très à propos, raille fort agréablement ; a le goût bon, discerne et juge le mieux du monde, a de la bonté naturelle, est charitable et libéral. » Est-il homme de retenue ou, parce qu'il est roi, préfère-t-il prendre ses distances avec les autres ? Il y a sans doute des deux, dans ce masque qu'il arbore, mais qui n'en dissimule pas moins un tempérament passionné – comme le montreront ses amours – et aussi artiste, sensible à la danse, à la musique et au théâtre. Enfin, et c'est le moins qu'on puisse attendre de Sa Majesté très Chrétienne régnant sur « la fille aînée de l'Église », il est, comme sa mère qui, très jeune, lui a inspiré la crainte de Dieu, fondamentalement religieux ou tout au moins fondamentalement respectueux de la religion catholique, même si ses sujets sont plus gallicans qu'ultramontains, c'est-à-dire non soumis à Rome et attachés à une Église française indépendante. Cette piété, à laquelle il demeurera fidèle jusqu'à son lit de mort, ne l'empêche pas de goûter à un fruit, qui ne lui est nullement défendu, les femmes. Si Catherine Bellier ne compte guère, il semblerait que sa première maîtresse officielle soit Mademoiselle de La Motte d'Argencourt, qui lui fait découvrir ses premières voluptés.

Les fêtes du Sacre achevées, il est temps de retourner à Paris, où la ville se prépare à cette autre cérémonie, laïque cette fois, qu'on appelle l'entrée officielle. Celle-ci se déroule avec le faste dont seule la cour de France est capable, si on se fie au témoignage des ambassadeurs étrangers. L'entrée officielle achevée, le roi prend ses quartiers au Louvre, qu'il préfère au Palais-Royal, et, à cet effet, fait redécorer son appartement au goût du jour, ce qui ne l'empêche pas de voyager plus ou moins loin, selon les impératifs de son emploi du temps militaire. Chef d'une monarchie essentiellement militaire, il se doit en effet d'entretenir des relations directes avec les soldats – et il le fait fort bien ! –, qu'ils soient officiers, bas-officiers ou hommes de troupe. De Fontainebleau à Compiègne, de Paris aux marches de l'Est et du Nord, en Flandre principalement, le peuple l'aperçoit plus qu'on ne le croit généralement. Mais au terme de tant de voyages, de cérémonies et d'émotions, il est temps, sinon de prendre du repos, du moins de sacrifier à ce qu'il faut bien appeler la jeunesse. Mazarin et Anne d'Autriche, qui exercent conjointement le pouvoir dans la sérénité de leur amitié ou de leur amour, d'une manière complice et fusionnelle, y consentent, d'autant que Louis XIV a ses entrées au Conseil lorsqu'il le souhaite.

En fait, le jeune roi, avec une bande d'amis, se lance dans les plaisirs de leur âge, c'est-à-dire la chasse et l'amour, exercices dans lesquels ils ne manquent pas d'audace, comme lorsqu'ils se défoulent en pratiquant l'escrime ou les armes à feu. Si la chasse demeure la principale activité de la noblesse – Louis y consacre au moins un jour sur trois dans les giboyeuses forêts de la verdoyante Île-de-France –, l'amour en constitue la seconde, présente dans toute la littérature de l'époque. Se voulant l'incarnation d'Amadis, le chevalier amoureux de l'*Amadis de Gaule*, le roi dévore, comme tous les gens de sa génération, les romans à la mode, de *La Jérusalem délivrée* du Tasse au *Roland furieux* de l'Arioste, en passant par *Le Grand Cyrus* de Madeleine de Scudéry. Et justement, Louis est amoureux, et même fou amoureux.

Arrivée en France en 1653, Marie Mancini paraît la même année à la cour du jeune roi Louis XIV. Le souverain ne semble alors pas y prêter attention. À l'instar de ses deux sœurs, Laure et Olympe, il en fait une simple compagne de jeu. Brune, plutôt maigre, elle n'est pas, selon les critères du temps, particulièrement jolie, mais l'intensité de ses yeux noirs, sa bouche infiniment désirable, son esprit et sa forte personnalité finissent par troubler le roi. Très rapidement, il tombe sous son charme éminemment italien, bien qu'elle soit totalement de culture française, elle qui connaît par cœur les tirades du *Cid* ou d'*Horace*. C'est pour cette très jeune femme d'à peine 15 ans, mais qui joue de la guitare et chante à ravir, et connaît mieux que lui le grec et le latin, que, déjà grimé en Soleil, il danse dans *Le Ballet de l'Impatience* ou, déguisé en empereur coiffé de plumes, qu'il caracole dans les carrousels donnés dans la cour du Louvre. Leur liaison débute en décembre 1656. Pour elle, il apprend l'italien et se plonge dans les livres de Plutarque pour ne pas lui sembler ignorant.

Quatrième fille de la sœur de Mazarin, Marie est la nièce du principal ministre de Louis XIV. Et c'est bien là que le bât blesse, dès lors que le roi décide de l'épouser, après avoir flirté jusqu'aux limites de l'engagement, comme le lui a conseillé la reine Christine de Suède, de passage à Paris, jouant les fées marieuses. Ne se jette-t-il pas à ses pieds, un jour de bal, en l'appelant « Ma reine » ? Mais ni Anne d'Autriche, ni Mazarin, qui montre là un sens de l'État bien plus élevé que sa propre ambition, ne sauraient tolérer que le roi de France convole avec la nièce d'un aventurier, ce dont l'Europe ferait des gorges chaudes. Le roi a beau menacer de tout quitter pour elle, pleurer pour tenter d'amadouer sa mère, rien n'y fait. Elle doit quitter la Cour.

Le 22 juin, accompagnée de Madame de Venel et de ses sœurs Hortense et Marie-Anne, la jeune femme monte dans le carrosse qui doit l'emmener loin de Paris. Le roi assiste au départ, les larmes aux yeux. Saint-Simon nous assure que les adieux entre Louis XIV et Marie sont déchirants. La jeune femme a ces mots : « Vous m'aimez, vous êtes roi, vous pleurez et je pars. » Racine s'en inspirera pour écrire dans *Bérénice* : « Vous êtes empereur, Seigneur, et vous pleurez ! », réplique de Bérénice au « Hélas ! que vous me déchirez ! » prononcé par Titus. Le roi part se consoler à Chantilly, mais il est si bouleversé que le médecin Vallot « doit le saigner deux fois aux pieds, six fois aux bras et le purger quatre fois ». Marie épouse le connétable Lorenzo Colonna en 1661 quand Louis « avait encore les yeux rouges d'avoir renoncé à Marie Mancini, malgré elle et malgré lui ». Elle s'éteindra dans la misère en 1715, quelques mois avant Louis XIV, son premier amour.

Il convient donc de marier le roi au plus vite, tant pour lui faire oublier Marie que pour assurer au plus tôt la continuité dynastique. Renonçant à celle qui possède son cœur – et qu'on s'empresse de marier au prince Colonna, duc de Tagliacoli, connétable de Naples –, il accepte de se rendre à la raison d'État, c'est-à-dire épouser sa cousine germaine l'Infante Marie-Thérèse d'Autriche, fille de son oncle, le roi d'Espagne Philippe IV. Cette décision relève naturellement de la plus haute politique, puisque la France est toujours en guerre contre l'Espagne. Elle a pour but d'instaurer enfin la paix en Europe, au lendemain de cette guerre de Trente Ans qui l'a épuisée, conclusion à laquelle parviennent les deux royaumes après une longue et difficile négociation, le cardinal ayant menacé de marier le roi à une princesse de Savoie si l'Espagne ne se montrait pas plus conciliante.

Cette paix, enfin signée le 7 novembre 1659 sur l'île des Faisans, à Fontarabie sur la Bidassoa, qui sert de frontière entre les deux États, on l'appelle « des Pyrénées ». Elle prévoit la cession à la France, au sud, du Roussillon et de la Cerdagne, au nord de l'Artois et de plusieurs places fortes, de Lille au Luxembourg, tandis que Paris restitue à Madrid ses conquêtes en Belgique. La main de l'Infante – et une fabuleuse dot de 500 000 écus d'or – en est la caution, d'où la nécessité d'aller la chercher en grande pompe, dans les Pyrénées. À cette occasion, la cour de France se met en mouvement, l'été suivant. Ces quelque deux cents lieues qu'il faut parcourir font office de merveilleuses « grandes vacances » rappelant le beau temps des Valois, où le roi se déplaçait ainsi, régulièrement, d'un point à un autre du royaume. Naturellement, le jeune roi est l'objet de tous les regards, qu'il chevauche, le jour, à la tête des troupes ou escorte galamment le carrosse de sa mère, ou s'amuse, la nuit, avec les dames qui ne sauraient refuser les assauts d'un jouvenceau ardent, achevant en leur compagnie son éducation sentimentale, en particulier la comtesse de Soissons, qui sert désormais de maîtresse officielle.

Orléans, Tours, Bordeaux sont autant d'étapes où la France est fière de dire à son roi combien elle lui est fidèle. Enfin, après Bayonne, voici Saint-Jean-de-Luz, simple village de pêcheurs où seules deux maisons bourgeoises – qui existent toujours – sont dignes d'accueillir le roi et la future reine. Sur l'île des Faisans, près d'Hendaye, le 6 juin, la fiancée a été, selon l'usage, entièrement déshabillée pour recevoir des habits français. Sa suite a été congédiée et de nouvelles suivantes lui ont été assignées. Il ne lui reste plus qu'à être présentée, ce jour où Anne d'Autriche retrouve avec émotion son frère, Philippe IV, qu'elle n'a pas revu depuis plus de quarante ans et qui, en son honneur, arbore à son chapeau le plus gros diamant de l'époque, dit « le roi du Portugal ». En voyant Louis, dans la splendeur de sa jeunesse, Marie-Thérèse est émerveillée. Mais lui, jette-t-il un regard à cette presque naine aux traits ingrats et maladifs, malgré ses yeux bleus et ses cheveux blonds, gage de beauté à l'époque, qui de surcroît ne parle pas un mot de français et aura le plus grand mal à l'apprendre ? Quant au roi d'Espagne, sa grande curiosité est de découvrir, plus que son gendre, le célèbre Turenne qui a donné tant de fil à retordre à ses armées !

Le consentement des époux est reçu le 9 juin, par l'évêque de Dax, en présence de toute la Cour, dans l'église de Saint-Jean-de-Luz, à quelques encablures d'une autre bourgade dont personne ne connaît le nom, Biarritz. À cette occasion, le roi porte un somptueux habit de drap d'or et la reine une tout aussi fascinante tenue de velours violet. Charles Le Brun en fera le carton d'une tapisserie fameuse. Outre la paix, cette union permet un meilleur développement du commerce entre les deux royaumes. Deux produits alimentaires, issus de l'immense empire américain espagnol, vont ainsi modifier l'alimentation française. Le premier est le maïs, dont la culture se généralise dans le Grand Sud-Ouest, permettant d'éviter les famines. Le second, apporté directement par la nouvelle reine, est… le cacao !

La cérémonie achevée, et le mariage prestement consommé, il ne reste plus qu'à effectuer le chemin en sens inverse pour remonter sur Paris, à petites étapes, dans cette ambiance de fête et de jeunesse si caractéristique du début d'un règne. S'il finira figé et compassé, il commence, de l'avis général, comme un enchantement. Dans chaque ville traversée, en effet, ce ne sont qu'applaudissements, y compris à Paris où, le 26 août, le roi et la reine effectuent leur entrée solennelle. En leur honneur, la capitale pavoise de toutes parts, depuis la barrière du Trône (l'actuelle place de la Nation), par laquelle le couple entre dans la ville, jusqu'au Louvre, qu'il met quatre heures à gagner. Entre deux fêtes on offre à la Cour une pièce allégorique de Corneille, *La Conquête de la Toison d'Or*. Personne ne le sait encore, mais ce sera la dernière entrée royale dans Paris !

Qui croirait, en voyant cette foule enthousiaste, estimée par certains à un million d'individus, ces arcs de triomphe en fleurs, ces mouvements de troupes, de pages, de clercs, de parlementaires et même de docteurs en Sorbonne et la si respectueuse ordonnance des corps constitués, chacun dans son costume, face aux souverains, que la grande cité, quelques années plus tôt, s'est révoltée ? Aujourd'hui, dans la liesse retrouvée, la Fronde est bien loin !

Pieuse et totalement dénuée d'esprit comme de grâce, Marie-Thérèse va, de ce jour, commencer une existence insignifiante aux côtés d'un mari qui, jusqu'à la fin, sera respectueux, mais s'en ira ailleurs chercher l'amour et la volupté, même s'il aura ce joli mot, le jour de sa mort, annonçant que c'était « le premier chagrin qu'elle lui causât ». Entre-temps, elle lui donnera six enfants, avant de rendre l'âme vingt-trois ans plus tard. Un seul survivra à sa petite enfance, Louis, dit le Dauphin, puis « le Grand Dauphin » lorsqu'il deviendra père à son tour.

Le roi marié, il ne reste plus à son frère qu'à faire la même chose, même si chacun, dans le royaume, connaît son homosexualité. « Monsieur » – c'est son titre officiel – duc d'Orléans, épouse en premières noces Henriette d'Angleterre, qui lui donne deux filles, puis, après son veuvage, Charlotte, princesse Palatine, qui lui en donne d'autres, ainsi qu'un fils, le futur Régent. Un extraordinaire tableau de Jean Nocret représente la famille royale sous la forme de dieux et déesses de la mythologie, revêtus de costumes fabuleux.

Cette belle année, gage de toutes les promesses de l'avenir, va être bientôt attristée par la fin de celui qui aura été l'artisan du renouveau, au royaume des lys, Mazarin qui, le jour de l'entrée des souverains dans Paris, au balcon de l'hôtel de Beauvais, à côté de la reine, avait pu mesurer l'étendue de son œuvre. Épuisé, dès l'automne, il se traîne pendant tout l'hiver, devenant la proie des médecins qui, à l'instar de ceux des pièces de Molière, font à cet homme à peine âgé de 58 ans mille supplices. Il succombe au printemps, le 9 mars 1661, à Vincennes, désolé de devoir quitter le pouvoir, sa fortune et ses trésors artistiques, désolé peut-être aussi de n'avoir pas eu le temps de devenir pape, projet que ses ennemis le soupçonnaient de caresser en secret. Quoi qu'il en soit, c'est un royaume en ordre qu'il laisse à son filleul, une nation restaurée à l'intérieur et respectée à l'extérieur.

Comme sur les planches d'un théâtre, Mazarin quitte le monde d'une manière quasi parfaite, au moment précis où Louis XIV, dans sa vingt-troisième année, décide, parce qu'il se sent pleinement prêt, de faire le roi. Le cardinal s'en va reposer sous la voûte du collège des Quatre-Nations qu'il a fondé, et sous laquelle siège aujourd'hui l'Institut de France et, plus particulièrement, l'Académie française. La pieuse Anne d'Autriche, elle, qui malgré le respect que lui témoigne son fils, n'a plus accès au Conseil, ne va pas tarder à se retirer du monde, dans son abbaye du Val-de-Grâce, à Paris, qu'elle s'est fait bâtir. C'est dans cette retraite sereine qu'elle se reposera d'une régence dans laquelle elle a su donner le meilleur d'elle-même, après avoir marié son second fils à la princesse Henriette d'Angleterre, son ultime triomphe diplomatique.

Tous deux cèdent ainsi la place à l'astre montant qui, de Paris d'abord, de Versailles ensuite, n'en finira pas d'étonner le monde, à l'heure où il prend en main ce qui, pour beaucoup en Europe, et même dans le monde, est « le plus beau des royaumes ».

Avec quelque vingt millions d'habitants – quand l'Angleterre n'en compte que le quart ! – la France fait en effet figure de puissance continentale. C'est un pays largement agricole, mais sa frontière maritime est vaste, ouverte sur trois mers et un océan, ce qui va bientôt assurer le brillant avenir de la Compagnie des Indes Orientales et de la Compagnie des Indes Occidentales gérant un fructueux « grand commerce » Bien sûr, comme partout, la misère règne en maître chez les habitants des campagnes, mais dans les villes, le commerce est en plein essor, de même que l'industrie, même si elle n'est qu'embryonnaire. Partagé en trois ordres, la noblesse, le clergé et le tiers état, ce dernier regroupant 90 % du pays, la France est une société sinon figée du moins strictement hiérarchisée. C'est ensuite un pays profondément chrétien, quadrillé de part et d'autre par des évêchés et d'innombrables monastères, et plus spécifiquement catholique, même si, depuis Henri IV, les protestants y ont droit de cité. Ils sont du reste très largement minoritaires, comme les juifs, qui ne sont qu'une poignée. Après le roi, l'Église tient tout, depuis l'état civil jusqu'à l'Université, et c'est autour d'elle que s'articule la suite des jours.

Cette France rurale, où les villes sont encore modestes, à l'exception de Paris – et encore ! – domine largement l'Europe, faisant de son chef l'arbitre des nations, dont aucune ne peut véritablement rivaliser avec elle. Certes, au sud, l'Espagne, dont *Le Cid* de Corneille témoigne du prestige, est encore puissante, avec son empire américain, mais faute de savoir s'organiser, elle est souvent considérée comme

« un cadavre gisant sur un tas d'or » : pauvre, en somme, parce qu'elle est trop riche, le métal d'Amérique servant à construire de somptueuses églises et non à aménager son territoire ou à doper son économie. Au nord, l'Angleterre n'est certes pas un pays de néant, mais cette nation de marins, qui vient à peine de se remettre d'une révolution, n'a que la maîtrise des mers, ce qui n'est pas rien, mais est insuffisant pour s'imposer. À l'est, l'Allemagne et l'Italie ne sont que des conglomérats d'États, plus ou moins riches et plus ou moins influents, mais dépourvus d'unité, et souvent rivaux, dont les Habsbourg, le pape et quelques autres se disputent le contrôle. La Suède, bien qu'elle soit l'alliée de la France, la Pologne, encore en proie à des troubles permanents, la Russie, qui émerge à peine, et l'Empire ottoman, peu ouvert sur l'Europe, les Pays-Bas – on dit alors les Provinces-Unies – constituent la seule menace – d'autant que ce petit peuple de marchands est constitué en République, ce qui, avec Gênes, Venise et la Suisse, demeure une exception.

À l'heure où Louis XIV accède aux affaires, la paix générale règne cependant, ce qui renforce la place de ce roi de France qui décide de changer de vie, lui qui sait, dès le commencement de son règne, que pour la première fois, sans doute, de sa longue histoire, la France n'a pas de rival en Europe. Il va falloir rapidement satisfaire son grand appétit de terres, et avec lui le rêve de plus de vingt millions de sujets prêts à se fondre dans un État aspirant à se moderniser, à s'industrialiser et à parachever son évolution tout à la fois juridique, littéraire, militaire, économique et artistique. C'est dans ce chaudron bouillonnant qu'un très jeune souverain va concocter une véritable mutation de civilisation, qu'on appellera bientôt « l'âge classique » ou « le Grand Siècle », dont la France ne cessera jamais de se réclamer, voyant toujours en elle, avec nostalgie, une incontournable référence.

C'est le sentiment général qui prédomine en France, dans toutes les couches de la population et nul ne doute plus que « la fille aînée de l'Église » soit effectivement bénie par son Dieu, comme elle s'en est persuadée lorsque Louis échappe à cette fièvre typhoïde qui manqua de peu de l'emporter. Celle-ci, en effet, mit en branle des centaines de processions, de messes et de prières collectives dans tout le royaume demandant à Dieu la conservation de son souverain, aspiration collective d'une France encore monarchiste avant de devenir un jour si républicaine.

Les trois commères d'un grand règne : Saint-Simon, l'écrivain prodigieux, Élisabeth-Charlotte de Bavière, princesse Palatine, la mémorialiste du siècle, et Madame de Sévigné, la Précieuse non ridicule

Chaque règne eut son ou ses chroniqueurs, mais ils ont rarement eu la qualité, la force et la prolixité de ceux du règne de Louis XIV !

À tout seigneur, tout honneur. Louis de Rouvroy, deuxième duc de Saint-Simon, a laissé du Grand Siècle une indélébile image. Ce ne fut pourtant qu'après la mort du Roi-Soleil, que, retiré des affaires, dans son château de La Ferté-Vidame, il rédigea ses fameux *Mémoires* à la hargne subtile, au style halluciné et à l'imagination excessive, plus baroque que classique par son vocabulaire archaïque et sa grammaire fantaisiste. « Romantique » avant la lettre, si on prend ce terme dans le sens shakespearien, ce fut d'ailleurs au XIXe siècle qu'il connut véritablement la notoriété, époque où le public était plus apte à le comprendre que celui du XVIIe siècle. Fils d'un favori de Louis XIII, gendre du maréchal-duc de Lorges et lui-même maître de camp de l'armée royale, Saint-Simon ne se remit jamais d'avoir été écarté des Conseils du roi, et avec lui la haute noblesse de France, dont il fut l'infatigable défenseur. Si la Régence lui donna sa chance en le faisant ambassadeur, ce qui permit au petit duc de devenir « grand » d'Espagne, il se vengea du destin en requérant à charge contre tous ses contemporains, à commencer par le premier d'entre eux, Louis XIV, qui le fascina autant qu'il l'horripila. Prodigieux écrivain, avec un sens extraordinaire du mot, une élocution fiévreuse, un humour décapant, il s'y montre excellent psychologue, politologue averti, maître en suspens et conteur frénétique, même s'il ne faut pas toujours croire sur parole ce qu'il nous dit. Chateaubriand après lui, de même que Balzac et Proust – son admirateur le plus fervent – s'en sont abondamment inspirés pour peindre, eux aussi, la société de leur temps, quoique avec moins de violence, sinon de talent.

Tout aussi imbue de sa caste que le précédent, tout aussi peu objective et emplie de préjugés, Élisabeth-Charlotte de Bavière, princesse Palatine, épouse de Monsieur, duc d'Orléans, et à ce titre belle-sœur du roi, est, elle aussi, l'un des grands mémorialistes du siècle de Louis XIV. Elle inonda son Allemagne natale de lettres écrites à la diable, dans lesquelles elle raconta les quelque trente années qu'elle passa à la cour de Versailles, dans l'intimité de la famille royale, avant de se brouiller avec le Soleil pour avoir écrit pis que pendre sur sa seconde épouse, Madame de Maintenon. Comme Saint-Simon, rien n'échappa à cette femme, certes disgraciée par la nature, mais infiniment intelligente et cultivée. Elle vécut auprès d'un mari notoirement homosexuel tout en mettant au monde un être de sa trempe, Philippe, le futur Régent du royaume.

Merveilleusement drôle, appelant un chat un chat
– « Ma belle-fille ressemble à un cul, comme deux
gouttes d'eau » –, cette grande dame du temps
jadis, qu'on surnomma « l'Océan d'encre », fut,
sans la prétention de l'être, un écrivain majeur du
Grand Siècle.

Infiniment plus belle que la précédente, d'autant
que, fait rarissime, elle passait pour la seule dame
de la Cour ayant gardé ses dents passé 40 ans,
Marie de Rabutin-Chantal, marquise de Sévigné,
fut la dernière des précieuses, le ridicule en moins.
Dans ses innombrables lettres adressées à sa fille,
Madame de Grignan, épouse d'un gouverneur de
Provence, elle raconte inlassablement la Cour, la
ville et le monde de son temps. Petite-fille d'une
sainte, Jeanne de Chantal fondatrice de l'ordre de
la Visitation, et cousine d'un écrivain sulfureux,
Roger de Bussy-Rabutin, cette jeune veuve, qui
vit son mari tué en duel sous ses fenêtres et
qui demeura vertueuse, partagea son existence
entre son château des Rochers, en Bretagne,
et son hôtel parisien appelé à devenir un des
plus beaux musées de la capitale. Elle cultiva
de nobles amitiés, comme celle qui l'unit à la
Grande Mademoiselle. Auteur de plus de mille
lettres, tardivement publiées comme celles de la
Palatine, elle y déploya toute la limpidité de style
d'une contemporaine de Molière, mais aussi la
sensibilité d'une femme d'esprit, au demeurant

merveilleuse mère et hôtesse de choix. Jusqu'à son dernier souffle, elle sut renouveler ses centres d'intérêt et aborder avec la même grâce les sujets les plus frivoles, comme les plus sérieux : « Je hais mortellement à vous parler de tout cela ; pourquoi m'en parlez-vous ? Ma plume va comme une étourdie... »

5

La prise du pouvoir

« Le métier de roi est grand, noble et délicieux, quand on se sent digne de bien s'acquitter de toutes les choses auxquelles il engage, mais il n'est pas exempt de peines, de fatigues, d'inquiétudes. »

Louis XIV

Au château de Vincennes, cadre référentiel de la vieille monarchie capétienne, le 10 mars de l'année 1661, à sept heures du matin, la dépouille du cardinal de Mazarin, victime d'une crise d'urémie, est en train d'être ensevelie dans le sarcophage de marbre que va bientôt surmonter son effigie, accompagnée d'un ange portant la francisque et, à ses pieds, des trois allégories féminines, en bronze, représentant la Fidélité, la Paix et la Prudence, œuvre commune de Coysevox, Le Hongre et Tuby. Pendant ce temps, le Conseil attend, dans la salle des États, le nouveau maître de la France. Un grand serviteur de la nation vient de s'éteindre ; un autre s'apprête à prendre la relève !

Ils sont huit ministres, dont les principaux, le chancelier Pierre Séguier, qui porte les sceaux du royaume, et le surintendant des Finances, Nicolas Fouquet. En leur compagnie Hugues de Lionne, les Brienne père et fils, Le Tellier et La Vrillière, Guénégaud. Quelques minutes à peine et voici le jeune roi de 22 ans. Vêtu avec sa recherche habituelle, dans un costume chatoyant, où brille sa plaque du Saint-Esprit en diamants, son cou cravaté de dentelles et la longue perruque qui encadre son visage. S'il conserve encore un air adolescent, son regard est déterminé. Autour de la riche tapisserie qui recouvre la table, ils sont tous debout, un seul fauteuil étant prévu pour le souverain, comme le veut l'étiquette. Aussitôt, sans perdre de temps, le roi prononce cette harangue à l'adresse du Chancelier :

« Monsieur, je vous ai fait assembler avec mes ministres et mes secrétaires d'État, pour vous dire que jusqu'à présent j'ai bien voulu laisser gouverner mes affaires par feu M. le Cardinal ; il est temps que je les gouverne moi-même. Vous m'aiderez de vos conseils quand je vous les demanderai. Hors le courant du sceau, auquel je ne prétends rien changer, je vous prie et vous ordonne, M. le Chancelier, de ne rien sceller en commandement que par mes ordres, et sans m'en avoir parlé, à moins qu'un secrétaire d'État ne vous les porte de ma part. [...] Et vous, mes secrétaires d'État, je vous ordonne de rien signer, pas même une sauvegarde ni un passeport, sans mon commandement ; de me rendre compte chaque jour à moi-même, et de ne favoriser personne dans vos rôles du mois. [...] La face du théâtre change. Dans le gouvernement de mon État, dans la régie de mes finances et dans les négociations au-dehors, j'aurai d'autres principes que ceux de feu M. le Cardinal. Vous savez mes volontés, c'est à vous maintenant, messieurs, à les exécuter. »

La petite assemblée est stupéfaite. Nul ne s'attendait à une telle sortie d'un jeune homme qu'on croyait seulement occupé de ses plaisirs et qui, jusqu'à la mort de Mazarin, avait su dissimuler son appétit de pouvoir qui semble à présent aussi grand que son amour des femmes ou sa passion de la chasse.

Comment ne pas sourire devant le mot de Louis XVI qui, roi à 20 ans, tombe à genoux avec sa femme en s'écriant : « Dieu, protégez-nous, nous régnons trop jeunes » ? Et quel art de la concision ! Tout est dit en deux phrases : le roi entend diriger seul le royaume, certes avec l'étroite collaboration de ce qu'on n'appelle pas encore un gouvernement, mais qui n'est là que pour l'informer, le conseiller et lui proposer les solutions aux problèmes. Lui seul, en dernier ressort, prendra les décisions, puisqu'il est désormais « le maître de toutes choses ».

En moins d'une minute, le jeune Louis XIV énonce le principe de la monarchie absolue, même si ce terme n'apparaîtra qu'au siècle suivant : un seul maître, qui n'a de compte à rendre qu'à Dieu, qui cumule tous les pouvoirs, exécutif, législatif et judiciaire, qui sera tout à la fois chef de l'État, chef de l'armée et chef de l'Église, et qui n'aura jamais de principal ministre pour lui faire de l'ombre ! Tout doit lui céder, tant à l'intérieur du royaume qu'à l'extérieur, aucune révolte (on dit à l'époque « émotion »), aucune insoumission collective ou individuelle, aucun manquement à la grandeur du royaume, de quelque puissance que ce soit, ne pouvant être tolérés. On le voit bien dans ce dernier domaine, à l'occasion de petits incidents diplomatiques qui ont alors tant d'importance, tel ce jour où, à Londres, à l'automne 1661, le carrosse de l'ambassadeur d'Espagne croit bon de dépasser celui du roi de France qui, en principe, a la préséance, écrasant qui plus est au passage un certain nombre de Français. Il faudra que le roi d'Espagne présente des excuses officielles pour éviter une guerre. Même scénario, l'été 1662, lorsque les gardes corses du pape Alexandre VII molestent ceux de l'ambassadeur de France. Aussitôt, le roi de France fait occuper militairement Avignon et le Comtat Venaissin, propriété du souverain pontife, ne les restituant qu'après excuses publiques de ce dernier.

Certes, l'absolutisme n'est pas nouveau, puisque depuis Louis XI, il est la règle, une règle qu'ont singulièrement accrue François Ier, Henri IV et, via Richelieu, Louis XIII. Mais il va être porté à un degré que personne ne devine encore et que personne ne critique, ou mieux, ne songe à critiquer, tant il est normal, dans ce pays profondément chrétien et monarchiste. Le roi gouverne, lui qui est le début et la fin de toutes choses, même s'il n'a jamais prononcé la célèbre formule, « L'État, c'est moi ». Il en ira différemment cent ans plus tard, mais à ce jour, c'est une règle intangible, dont Louis XIV prend toute la mesure qui, en choisissant pour emblème le Soleil, analyse ainsi l'essence même de son action future, dans le fameux carrousel de 1662 : « Ce fut là que je commençai à prendre celle que j'ai toujours gardée depuis, et que vous voyez en tant de lieux. Je crus que, sans s'arrêter à quelque chose de particulier et de moindre, elle devait représenter en quelque sorte les devoirs d'un prince, et m'exciter éternellement moi-même à les remplir. On choisit pour corps le Soleil, qui, dans les règles de cet art, est le plus noble de tous, et qui, par la qualité d'unique, par l'éclat qui l'environne, par la lumière qu'il communique aux autres astres qui lui composent comme une espèce de cour, par le partage égal et juste qu'il fait de cette lumière à tous les divers climats du monde, par le bien qu'il fait en tous lieux, produisant sans cesse de tous côtés la vie, la joie et l'action, par son mouvement sans relâche, où il paraît néanmoins toujours tranquille, par cette course constante et invariable, dont il ne s'écarte et ne se détourne jamais, est assurément la plus vive et la plus belle image d'un grand monarque.

Ceux qui me voyaient gouverner avec assez de facilité et sans être embarrassé de rien, dans ce nombre de soins que la royauté exige, me persuadèrent d'ajouter le globe de la Terre, et pour âme *nec pluribus impar* : par où ils entendaient ce qui flattait agréablement l'ambition d'un jeune roi, que, suffisant seul à tant de choses, je suffirais sans doute encore à gouverner d'autres empires, comme le Soleil à éclairer d'autres mondes, s'ils étaient également exposés à ses rayons. Je sais qu'on a trouvé quelque obscurité dans ces paroles, et je ne doute pas que ce même corps n'en pût fournir de plus heureuses. Il y en a même qui m'ont été présentées depuis ; mais celle-là étant déjà employée dans mes bâtiments et en une infinité d'autres choses, je n'ai pas jugé à propos de la changer. »

Absolutisme, pour autant, ne signifie pas obligatoirement despotisme. Non seulement parce que le roi est censé respecter les « lois fondamentales » du royaume, mais encore parce que sa sujétion à Dieu doit en tempérer les effets. Ce n'est pas, bien sûr, par plaisir ou pour dominer les autres qu'il est le maître en tout, mais parce que cela est dans la nature du système régissant le royaume depuis la nuit des temps – on dirait aujourd'hui l'inconscient collectif. Ce système doit permettre au roi de protéger ses sujets des invasions, du vol et du crime, et de garantir la justice et le culte, le tout avec des limites qui, sans cela, feraient de lui un tyran. S'il ne respectait pas ces limites, alors on pourrait se révolter contre lui et même l'assassiner, ce que son grand-père Henri IV apprit à ses dépens. Jamais Louis XIV ne séparera son destin de celui de ses sujets, comme le veut l'adage, « Que veut le Roi, si veut la loi », et comme il l'écrit lui-même, dans cette phrase qu'Henri IV n'aurait pas reniée : « Si Dieu me fait la grâce d'exécuter tout ce que j'ai dans l'esprit, je tâcherai de porter la fidélité de mon règne jusqu'à faire en sorte, non pas à la vérité qu'il n'y ait plus ni pauvre ni riche, car la fortune, l'industrie et l'esprit laisseront éternellement cette distinction entre les hommes, mais du moins qu'on ne voie plus dans tout le royaume ni indigence, ni mendicité ; je veux dire personne quelque misérable qu'elle puisse être, qui ne soit assurée de sa subsistance ou par son travail ou par un secours ordinaire et réglé. »

N'aura-t-il pas ce surprenant dialogue avec Le Tellier lorsque, après la mort de Colbert, il sera question de lui donner Le Peletier comme successeur aux Finances :

— Ah, non, Sire, il n'a pas l'âme assez dure.

— Mais vraiment, je ne veux pas qu'on traite durement mon peuple.

C'est pourquoi la prise du pouvoir par Louis XIV, dont Rossellini, en 1966, tira pour la télévision française un film admirable, n'est pas un coup d'État, comme le fera plus tard le seul rival de Louis XIV, Bonaparte, mais, tout simplement, la prise de conscience, par un jeune homme étonnamment mûr pour son âge, des devoirs qui lui incombent, ce que son père ne fit jamais. Il s'en est lui-même parfaitement expliqué, en écrivant : « Je me sentis comme élever l'esprit et le courage, je me trouvais tout autre, je découvris en moi ce que je n'y connaissais pas, et je me reprochais avec joie de l'avoir trop longtemps ignoré. » Comme Napoléon, encore, Louis XIV sera le premier roi à raconter sa vie dans *Mémoires pour l'instruction du Dauphin*, même si ce fut dans le cadre précis de l'instruction de son fils et non pour pérenniser sa légende dans le paradigme du romantisme naissant. Mais tout de même ! Quelle lucidité vis-à-vis de lui-même ! Au-delà de l'image, tout à la fois sombre et lumineuse, du Roi-Soleil, il y a, tout au long de sa vie, cette recherche de justification explicative de ses actes, qui n'existe chez aucun autre souverain, et encore moins de son temps. Cet aspect, au fond, est peut-être l'un des plus fascinants de sa personnalité, de même que les nombreuses heures qu'il passe, quotidiennement, devant son bureau, lisant les rapports, épluchant les dossiers, dictant ses lettres. « C'est par le travail, écrit-il, que l'on règne, pour cela qu'on règne ; il y a de l'ingratitude et de l'audace à l'égard de Dieu, de l'injustice et de la tyrannie à l'égard des hommes, de vouloir l'un sans l'autre. »

Tous les observateurs contemporains soulignent d'ailleurs son goût et son « application à tout », depuis les grands principes de la géopolitique jusqu'au dernier des détails relatifs à l'ordonnance d'une revue militaire, la requête d'une obscure famille ou les souhaits d'une paroisse éloignée. Napoléon, plus tard, ne procédera pas autrement ! Louis XIV sera le roi qui sait lui-même conduire ses peuples, le souverain à l'autorité naturelle, le guide de la nation inspiré par le ciel, mais avec toujours ce sens de la mesure, puisqu'il sait, avec Furetière, qu'« un prince a autant besoin de conquérir les cœurs de ses sujets que les villes ».

Ceci dit, il convient également de constater que la monarchie absolue est un système qui, sans atteindre le niveau de la France, commence à se généraliser en Europe. Les historiens préfèrent cependant user, aujourd'hui, du mot de « monarchie administrative », plus conforme à la réalité de cette manière de gouverner, qu'on pourrait même appeler « monarchie administrative à la française ». À l'intérieur des absents de marque, les ecclésiastiques, systématiquement écartés du Conseil, ce qui est doublement contradictoire pour un roi si catholique et qui doit tout à un défunt cardinal, lequel était il est vrai assez peu d'Église ! Mais le clergé constitue déjà une puissance suffisante en France, ce qui justifie de ne pas lui accorder de pouvoirs supplémentaires. D'une certaine manière, il en ira de même de la haute noblesse, que le roi emploiera peu ou pas, sinon à l'armée.

En fait, l'absolutisme de Louis XIV ne réside pas tant dans l'affirmation d'un pouvoir personnel, que tous les souverains français ont, jusque-là, exercé, que dans la manière de l'exercer. Il va en effet l'organiser progressivement autour d'une centralisation bureaucratique qui, tout à la fois, aura pour but de renforcer son autorité, de remettre en ordre les affaires du royaume, d'encadrer plus étroitement la société française et ses nombreux particularismes, de rationaliser ses finances, d'organiser son économie et d'imposer *in fine* l'unité religieuse et culturelle d'une nation, certes soudée, mais qu'il souhaite plus unifiée autour de son trône, en un mot, plus nationale.

Reste que ni la reine ni les ministres ne croient que le roi va persévérer dans cette voie, certains qu'à plus ou moins long terme, il se lassera de gouverner pour laisser les affaires aux spécialistes et s'en retournera bien vite à ses plaisirs. Ils se trompent ! Non seulement Louis XIV va s'atteler sérieusement à la tâche, mais il ne la lâchera pas jusqu'à sa mort, cinquante ans plus tard. Brienne est le premier à le reconnaître, à l'instar de tous les observateurs de l'époque : « Le Roi qui, depuis la mort de M. le cardinal, a pris seul le gouvernement de son État, s'y porte avec une application qui n'est pas concevable. Il semble, à le voir écouter, délibérer et résoudre, qu'il n'ait jamais fait d'autre métier. Sa gravité, sa modestie et sa douceur en parlant lui attirent mille bénédictions d'un chacun ; il est droit et concis dans ses discours, nullement précipité et ferme en ses résolutions, apportant à toutes affaires un esprit de justice et d'équité. » Et c'est aussi cela que veut signifier le roi, lorsque, déguisé en Soleil, il danse devant la Cour *Le Ballet de la Nuit*, où le Soleil « dissipe les nuages et promet la plus belle et la plus grande journée du monde », c'est-à-dire un règne brillant. En fait, ce roi qui apprend tous les jours s'intéresse à tous les domaines que couvre son pouvoir, de l'économie à la diplomatie, de la police aux arts, de la religion à la guerre, constituant bientôt ces « glorieuses entreprises » dont il se prévaudra, comme Napoléon, plus tard, avec ses « masses de granite », l'ensemble des modifications qu'il apportera pour améliorer le fonctionnement du pays.

Mais il n'y a pas qu'en politique que le roi pratique l'art du coup d'État ; il le fait aussi en amour, dès lors que, vite lassé de son épouse et de son manque de charme, il prend bientôt sa première maîtresse officielle, après avoir aussi rapidement conquis son cœur qu'emporté la résistance de ses ministres. Cette ravissante blonde aux yeux bleus, un peu timide et un peu boiteuse, se nomme Louise de La Vallière. Elle est l'une des dames d'honneur d'Henriette d'Angleterre, autrement dit « Madame », la belle-sœur du roi, épouse de « Monsieur », le duc d'Orléans. L'abbé de Choisy, qui a été élevé avec elle, la décrit ainsi : « Elle avait le teint beau, le sourire agréable, le regard si tendre, en même temps si modeste, qu'il gagnait le cœur et l'estime au même moment. » Et non seulement elle est très sincèrement éprise du roi, mais encore, se refuse car elle est vertueuse. La conquête de cette place, charmante mais difficile, accroît l'ardeur du jeune mâle, qui finit par l'emporter au terme de nombre d'intrigues et de comédies, non sans lui avoir rappelé qu'il est le roi et elle sa sujette. Très vite, elle tombe enceinte, et le peuple ravi, murmure :

« On dit que La Vallière,
La Faridondaine, la Faridondon,
On dit que La Vallière
Cache un petit bedon… »

Elle lui donne ses quatre premiers bâtards, dont deux survivront, Mademoiselle de Blois première, future princesse de Conti, et le comte de Vermandois, futur Grand Amiral de France, malgré les protestations d'Anne d'Autriche, qui tente en vain de réfréner les désirs de son fils pour ce qu'il est convenu d'appeler « le beau sexe ».

Cette première favorite officielle d'un jeune souverain, qui se prépare à croquer la vie à belles dents, n'aura, pas plus que celles qui suivront, d'influence politique. Le roi sait en effet séparer sa vie publique et sa vie privée, le service de l'État et ses plaisirs, le « travail », dirions-nous aujourd'hui, et « le temps libre », qu'il consacre à ses trois passions, les femmes, la chasse et la musique, le tout au regard de tous, puisque étant le centre de tout, il ne saurait dissimuler le moindre aspect de sa personnalité. Et pas même à la malheureuse reine qui, contrairement à ce que croit la Cour, n'ignore rien des frasques de son mari, comme elle le montre un jour, en désignant Mademoiselle de La Vallière à son amie Madame de Motteville : « *Mira, esta donzella con las arracadas de diamantes es esta que el Rey quiere.* » (« Regarde, cette fille avec les pendants d'oreilles en diamants, c'est celle que le roi aime. ») Le roi médite-t-il déjà dans sa tête cette maxime qu'il proposera un jour à son fils : « Que le temps que nous donnons à notre amour ne soit jamais pris au préjudice de nos affaires, que nous séparions les tendresses d'amant avec les résolutions du souverain, et que la beauté qui fait nos plaisirs n'ait jamais la liberté de nous parler de nos affaires ni des gens qui nous servent.

Tout en faisant l'amour à sa maîtresse, il n'en continue pas moins d'honorer la reine, qui multiplie les grossesses. Rarement un homme, tout à la fois passionné et organisé, aura su aussi bien réguler ses passions. De fait, il est le premier à s'appliquer cette rationalité qui caractérise le style, dit classique, qu'il va imposer à la France et qui, au fond, n'est peut-être que la domestication de l'âme et de l'esprit baroque qui imprègne encore le sien et celui de ses contemporains. Son règne sera donc celui de la maîtrise des émotions, qui n'empêche ni les sentiments, ni les passions amoureuses, ni la haine, ni le pardon. Cela explique, en grande partie, le succès de Racine. Le tragédien saura en effet dire avec ces mots dont il a le secret ce que le roi ressent dans son âme et avec lui sa Cour, totalement à l'unisson des vers de l'auteur de *Phèdre*, d'*Andromaque* ou de *Britannicus* et de tant de chefs-d'œuvre, considérés comme l'idéal de l'expression. C'est aussi le sens de ce grand tableau de Le Brun représentant les reines de Perse aux pieds d'Alexandre, allégorie de la prise du pouvoir par Louis XIV, dans lequel le Macédonien affirme tout à la fois son autorité de vainqueur et sa clémence envers les vaincus. Une fois de plus, Mazarin avait vu juste qui, parlant un jour du jeune roi, annonça à ses proches : « Vous ne le connaissez pas ; il y a en lui de l'étoffe de quoi faire quatre rois et un honnête homme. » Quel beau compliment dans la bouche d'un expert en politique, qui, en s'éteignant, sait parfaitement que celui qu'il a formé pour, sinon lui succéder, du moins s'épanouir dans la continuité de son action, ne pourra que réussir et par là même satisfaire ses sujets ! L'absolutisme n'est en effet pas, à cette époque, considéré comme le seul intérêt des rois, mais bien celui de leurs sujets, dont il dit lui-même si joliment : « Par là, nous tenons leur esprit et leur cœur quelquefois plus fortement que par les récompenses et les bienfaits. »

À l'âge de 20 ans, Louis XIV a perdu tous ses cheveux ! Vingt-deux ans plus tard, la chevelure de sa maîtresse, Marie-Angélique de Scorraille, est si belle que toutes les femmes de la Cour prennent le parti de l'imiter en se coiffant… « à la Fontanges » !

Comment dans la vie la disgrâce interrompt-elle la grâce ? Comment le choc de l'image rompt-il soudain le charme de la jeunesse ? Comment un être à l'aurore de sa splendeur perd-il la couronne de ses cheveux, la majesté de ses mèches et la souveraineté soyeuse de ses boucles ? C'est ce qui est arrivé à Louis XIV parti en guerre contre les Pays-Bas assiéger Dunkerque et Bergues. Il contracta durant cette campagne une terrible fièvre typhoïde. Extrêmement affaibli, on crut qu'il allait mourir.

Hélène Delalex, attachée de conservation au château de Versailles, raconte : « Dans sa jeunesse, Louis XIV est très fier de sa chevelure. La blondeur de l'enfance a laissé place à de superbes cheveux châtain foncé et souplement bouclés, qu'il porte au naturel avec une petite frange et tombant sur les épaules. Il arbore parfois mêlés à sa chevelure des "tours de cheveux" pour en accentuer encore le volume. Mais cette chevelure abondante sera éphémère. En effet, en 1658, à la suite d'une maladie contractée à Mardyck, près de Calais, Louis XIV va perdre ses cheveux. Chauve dès dix-neuf ans ! Au début du mois de juillet 1658, au cours d'une campagne militaire, Louis XIV ressent les effets d'une fièvre typhoïde très maligne, diagnostiquée comme un typhus exanthématique, qui manque de l'emporter. Après d'innombrables purgatifs, saignées et lavements, et alors que son état empire, Mazarin autorise son médecin Vallot à utiliser le "grand remède" : l'émétique, c'est-à-dire de l'anti-moine dans du vin, poison alors interdit par le Parlement. En quelques jours, le roi se rétablit : "On peut dire, sans exagération, qu'il est ressuscité", écrit Mazarin à Colbert. Mais, bientôt, ses cheveux commencent à tomber. Le matin du 11 juillet, le roi se décide à sacrifier sa chevelure : "On coupe présentement les cheveux au roi. Sa Majesté même l'a voulu, et elle en recevra un grand soulagement", écrit Mazarin à Colbert. Tout Paris chante alors la guérison miraculeuse du roi et la perte de sa belle "Toison", comme en témoigne ce sonnet écrit sur *La Maladie et convalescence du roy* :

"Qui tâchait d'enlever le roi,
Nous mit dans un terrible effroi,
Chacun y voyait sa ruine ;
Mais contre ses efforts on lança tant de vœux
Qu'elle ne put avoir que ses beaux cheveux.
Ils furent toute sa rapine :
Qui verrait ses cheveux auprès de la Toison,
Verrait bien éclipser le trésor de Jason." »

Après cet épisode, le roi commença à porter perruque pour cacher sa calvitie. On appelait son couvre-chef la perruque à fenêtres car elle lui permettait de laisser passer les quelques mèches qu'il lui restait. On installa alors auprès de sa chambre à Versailles le cabinet des perruques où le roi venait chercher perruque pour la messe, perruque pour la chasse, perruque pour le souper.

Vingt-deux ans après la chute des cheveux du roi, c'est un coup de tonnerre à la cour de Versailles quand apparaît une jeune beauté inconnue, à la somptueuse chevelure : Marie-Angélique de Scorraille, que le roi amoureux fera duchesse de Fontanges. À l'époque, les femmes se coiffent « à la Sévigné », avec boucles à l'anglaise et frisures sur le front. Cette mode sera supplantée par la coiffure l'« hurluberlu » qui nécessitait le sacrifice d'une partie de la chevelure par une coupe tout en dégradé. Les cheveux étaient roulés en boucles en plusieurs étages. Quand on avait fini, on s'enveloppait la tête avec du crêpe ou du taffetas. En 1680, Mademoiselle de Fontanges, alors maîtresse de Louis XIV, galopait avec le souverain lorsqu'elle se prit les cheveux dans une branche. D'un geste rapide, elle releva sa chevelure sur le sommet de sa tête. Le roi, charmé, lui demanda de rester coiffée ainsi. Le lendemain, « la Fontanges » était sur toutes les têtes. Cette mode allait même survivre plus de vingt ans à la jeune duchesse, disparue à l'âge de 20 ans. La coiffure finit par devenir extravagante, atteignant des hauteurs telles que les armatures devaient être fixées par des serruriers ! Par-dessus, on mettait la coiffe et les deux cornettes. Les noms de ces coiffures étaient tout aussi incroyables que leurs échafaudages : le dixième ciel, le firmament.

Sous Madame de Maintenon, les coiffures, recouvertes de mantille, redevinrent de simples chignons. Les temps avaient changé. La simplicité et l'austérité étaient de nouveau de rigueur.

6

Un roi réformateur à la barre

> « Je commençai à jeter les yeux sur toutes les
> diverses parties de l'État, et non pas des yeux
> différents, mais des yeux de maître, sensiblement
> touché de n'en voir pas une qui ne m'invitât et ne
> me pressât d'y porter la main. »
>
> Louis XIV

Le 17 août 1661, au château de Vaux, dans l'est
de l'Île-de-France, la Cour est emportée dans une de
ces fêtes dont seul l'Ancien Régime a le secret, alliant
dans un enchaînement parfait les plaisirs du regard,
de l'ouïe, du goût et du toucher, tout s'accordant
pour que la féerie, commencée au crépuscule, ne
cesse jamais tout au long d'une nuit d'été à la douceur
incomparable.

Il y a d'abord ce château flambant neuf et d'un
style tout à fait nouveau, tel qu'on n'en avait encore
jamais vu. Il y a ensuite ces innombrables bougies
qui, dedans comme dehors, donnent un aspect irréel
à l'ensemble. Il y a encore ces prodigieux buffets, sur
lesquels se trouvent les mets les plus exquis, les vins

les plus raffinés et les liqueurs les plus savoureuses. Il y a enfin cette musique permanente et prenante, elle aussi d'un ton si nouveau, dégageant une harmonie qu'on croirait céleste. Ici on danse, là on joue la comédie, on rit, on soupire, on déambule sous les frondaisons à la lumière des lanternes de Venise, on se repose sur un banc de pierre, on flirte avec les dames, tout respire la joie, le plaisir, la curiosité, l'émerveillement, lorsque le feu d'artifice embrase le ciel.

Chacun n'est-il pas ébloui à juste titre par le « brouillon » de ce qui, bientôt, sera Versailles ? Le château est signé Le Vau, le décor Le Brun, le buffet Vatel, la musique Lully et la comédie – en l'occurrence *Les Fâcheux* – Molière, dont la compagne et future épouse, la ravissante Madeleine Béjart, vêtue en nymphe, surgit d'une coquille posée sur l'eau, pour débiter cet hommage au plus illustre des invités :

« Pour voir en ces beaux lieux le plus grand roi du monde

Je viens à vous, mortels, de ma grotte profonde... »

Un seul être, pourtant, n'est pas à l'unisson, lui qui, de toute la soirée, ne desserre pas les dents, sa colère grimpant à chaque surprise. Cet homme, c'est Louis XIV qui, invité par son surintendant des Finances, Nicolas Fouquet, réalise que son ministre est bien plus riche que lui, et même plus puissant. Ne vient-il pas de se permettre, non seulement ce déploiement de luxe inouï, mais encore la fortification de ses terres de Belle-Île ? Quelle impudence ! Et quelle maladresse, pour ne pas dire quelle sottise, d'inviter son « patron » pour l'éclabousser de sa fortune, de la part de celui qui a pris pour emblème un écureuil, assorti de la devise : « *Quam non ascendet* » (« Jusqu'où ne montera-t-il pas »). Si Fouquet est un homme intelligent, infiniment à l'aise dans les finances publiques, c'est un piètre psychologue, qui sous-estime le roi, dont il ne perçoit pas les ressorts profonds, y compris sa susceptibilité. Et comment ne mesure-t-il pas le poids des cabales qu'attise son insolente réussite, principalement celle menée par Colbert qui, chaque jour, dénonce à son maître, preuves à l'appui, ses malversations ? Ce dernier, du reste, est tellement offusqué qu'il songe faire arrêter son ministre à l'issue de cette fête qui, de « songe d'une nuit d'été », va virer au cauchemar. Anne d'Autriche fait remarquer à son fils qu'il ne peut bafouer les lois de l'hospitalité. Refusant de dormir dans l'appartement que son hôte lui a fait préparer, le roi se retire à minuit pour rentrer au Louvre.

Le roi attend le 5 septembre suivant, jour de son vingt-troisième anniversaire, pour faire arrêter Fouquet à Nantes, mission dont se charge une autre des créatures que Mazarin lui a laissées en héritage, le sous-lieutenant des mousquetaires, d'Artagnan. Un long procès de deux ans, dans lequel, même si la concussion et la prévarication seront établies, personne ne saura démêler le vrai du faux, sauvera la tête du Surintendant : Fouquet sera emprisonné à vie dans la plus éloignée des forteresses du royaume, Pignerol, où il s'éteindra deux décennies plus tard. La grande fête de Vaux s'achève par une réorganisation de l'État, inspirée par celui qui a été l'artisan de la perte de Fouquet, Jean-Baptiste Colbert, autre « homme » de Mazarin et sans doute le plus doué de ses collaborateurs. La mise à l'écart de Fouquet est la pierre angulaire du règne, ce moment où le roi montre à tous qu'il n'y a qu'un seul maître dans le royaume, lui-même, et que le but de chacun est désormais de le servir. « Avant mars 1661, a joliment écrit Paul Morand, tous vivaient, pensaient, agissaient, dilapidaient comme Fouquet. Tout d'un coup, tous vécurent, pensèrent, agirent à l'instar du roi. »

Fouquet éliminé, le roi, constatant que « le désordre règne partout », réorganise son gouvernement pour le rendre plus efficace. Le Conseil traditionnel devient « le Conseil d'en haut », aréopage suprême où sont abordés les sujets les plus importants et où ne siègent que les ministres appelés par le roi, qui sont, au début, le secrétaire d'État de la Guerre (Michel Le Tellier), le contrôleur général des Finances – il n'y a plus de surintendant – (Colbert remplaçant Fouquet), le secrétaire d'État aux Affaires étrangères (Hugues de Lionne). Deux clans se partagent désormais le pouvoir, que le roi tient en respect en veillant à l'équilibre de leurs prérogatives, tout en entretenant soigneusement leur rivalité : celui des Le Tellier-Louvois et celui de Colbert. Leurs membres respectifs vont l'accompagner jusqu'à la fin du règne. Quelques autres personnalités rejoindront plus tard ce Conseil, mais il n'excédera jamais sept personnes.

D'autres Conseils sont également institués, que le roi laisse présider par des personnalités de confiance, le « Conseil royal des Finances » et le « Conseil des Dépêches », aux membres plus nombreux. Y sont examinées, à travers la correspondance générale, les affaires intérieures du royaume. Le « Conseil de

Conscience », lui, s'occupe de la religion. Un Conseil du Commerce naîtra plus tard. Chaque secrétaire d'État a, sous ses ordres, un certain nombre de commis, qui eux-mêmes emploient quelques auxiliaires, qu'on n'appelle pas encore des « fonctionnaires ». Quelques-uns d'entre eux portent le titre de Surintendant (bâtiments du roi, postes et relais). Si le roi ne compte qu'une poignée de collaborateurs, regroupés autour du marquis de Coye faisant office de « chef de cabinet », l'ensemble de ce gouvernement central, auquel s'ajoute une centaine de maîtres des requêtes, n'excède pas un demi-millier d'hommes, chargés d'administrer… vingt millions de Français, ce qui laisse rêveur quant à la pléthore de l'administration contemporaine ! Il faut reconnaître que l'émulation, mais aussi l'espoir d'être récompensé par l'entrée dans le corps de la noblesse après quelques années de service, stimulent leur ardeur à la tâche ! Enfin – et c'est une nouveauté ! – il n'y aura jamais de « favori » en titre qui pourrait partager le pouvoir avec le roi, comme ce fut le cas sous Louis XIII. Louis XIV sait, d'instinct, qu'un roi n'a pas d'ami, mais uniquement des sujets, dont la seule ambition est de le bien servir, « pour le bien de l'État », quitte à parfois souffrir de cette solitude, la compagne de ceux qui sont nés au-dessus des autres, ce que définira si bien Madame de Staël : « La gloire est le deuil éclatant du bonheur. »

Au-dessous des secrétaires d'État sont « intendants de justice, police et finances » qui, dans les provinces, ont pour mission de faire appliquer la politique du roi, à la manière de nos préfets contemporains. Ce sont eux qui veillent au maintien de l'ordre, au développement du commerce, à la gestion des villes et des ports, à la surveillance des frontières, à la rentrée des impositions directes et indirectes. Ces prérogatives divergent selon qu'ils œuvrent dans les pays « d'états » ou « d'élection », les premiers jouissant d'un peu plus d'autonomie que les seconds, avec un seul mot d'ordre, l'efficacité. Tous rendent compte de leur action au monarque, qui en juge.

Parallèlement, le roi met au pas les parlements, qui, depuis la Fronde, sont rentrés dans le rang, n'osant plus émettre la moindre critique. Uniquement occupés de justice, ils se voient écartés des affaires politiques, qui sont du seul ressort du souverain. Il en va de même de la noblesse, dont les titres sont désormais systématiquement examinés pour s'assurer que leurs titulaires ont droit de se maintenir ou non dans le « deuxième ordre ». Ce n'est pas tout. Ceux-ci sont priés de se mettre au service de l'État, en servant qui dans l'armée, qui dans l'administration. C'est un préjugé de croire que la noblesse de France ne fait rien pendant le Grand Siècle. En fait, elle fournit ses cadres à tout le système monarchique, partageant ses responsabilités avec les éléments de la bourgeoisie montante avec laquelle s'instaure une véritable compétition. Certes, la haute noblesse, effectuant le service de Cour, va progressivement être domestiquée, priée de tourner autour du roi pour le contempler, l'admirer ou l'applaudir, mais elle ne constitue pas – et de loin ! – la majorité. Tout étant à présent organisé et les résistances brisées, le règne peut commencer. Le roi, à la barre, domine tout, les nominations civiles, ecclésiastiques ou militaires, y compris la foule, quotidienne, des solliciteurs, qui lui remettent des placets, que ses gentilshommes reçoivent, et à qui il adresse toujours la même réponse, éminemment royale : « Je verrai. »

Le système installé pour plusieurs décennies, Louis XIV peut entreprendre les grandes réformes avec celui qui les inspire, Colbert. Jusqu'au bout il demeurera son principal ministre, mais sans jamais en avoir le titre, lui, l'homme de Mazarin qui saura rester à sa place sans tenter de faire de l'ombre à ce roi, son cadet de vingt ans. Il prendra ainsi bien garde de flanquer le portail de son château de Sceaux de deux chiens sculptés, symbole de la fidélité à son maître, et même de mourir avant lui, ultime marque de son effacement. C'est en effet sous l'impulsion de celui qui est, selon l'expression de François Bluche, « le ministre à tout faire », que le roi va être d'abord un réformateur. Ces réformes, selon leur auteur, doivent contribuer à « la gloire du roi et au bien de l'État », puisque l'un comme l'autre sont inexorablement liés. Elles relèvent de six domaines bien précis : les finances, l'économie, la justice, la police, les sciences et les arts, c'est-à-dire en fait, pratiquement tous les domaines dans lesquels le souverain intervient, hors la guerre, qui va demeurer son domaine réservé.

Les finances d'abord sont l'objet de tout l'intérêt du roi qui, d'une part, se donne pour but de les clarifier et les rationaliser, et d'autre part tente de les assainir en diminuant le poids des impositions directes et en augmentant celui des impositions indirectes. Cela a pour effet de soulager un peu la misère paysanne, tout en stimulant le commerce, le but étant bien cet

enrichissement des particuliers qui, par voie de conséquence, doit enrichir l'État. Une des conséquences
de cette volonté est que, pendant les dix premières
années du règne, le budget de l'État est équilibré,
ce que la guerre ruinera par la suite. Mieux, afin de
connaître l'état des finances, le roi bénéficie désormais des « agendas », qui lui permettent de savoir
ce qui est disponible, lorsqu'il doit prendre telle ou
telle décision. Et même si, *in fine*, la Ferme générale,
un organisme qui s'occupe de recouvrer les impôts
comme la gabelle, échappe à l'administration du roi,
Colbert donne un peu d'air à l'État en le rendant
moins dépendant de l'emprunt, et plus moral aussi.
Une Chambre de justice est en effet créée, dès 1662,
pour châtier ceux qui ont commis des malversations,
instituant à cet effet une petite armée d'agents du fisc
désormais priés de traquer les contrevenants.

Le commerce, ensuite, constitue la seconde prio-
rité de l'économie française, ce qui nécessite l'amélioration des voies de communication, confiées au
nouveau corps des « ponts et chaussées » pour ce qui
concerne les routes et les ouvrages d'art. Il inspire
la mise en action de quelques-uns des plus vastes et
ambitieux chantiers du temps, le canal d'Orléans, qui
va de la Loire à la Seine et surtout, sous l'autorité de
Pierre-Paul Riquet, le canal du Midi, destiné à relier
la Méditerranée à l'Atlantique. Sa réalisation s'étale
de 1666 à 1681. Il faudra attendre, sous le Second
Empire, le percement du canal de Suez pour voir un
chantier équivalent ! Mais « le grand commerce »,
c'est-à-dire celui qui, sur mer, permet les plus grands
bénéfices, étant prioritaire, un effort particulier est

consenti pour améliorer les ports – le tonnage de la flotte marchande double en vingt ans ! – tandis que sont fondées, en 1664, la Compagnie des Indes Orientales et la Compagnie des Indes Occidentales, puis celle du Nord, en 1669, et celle du Levant, en 1670. Ces compagnies, qui géraient le commerce entre la métropole et ses colonies, vont au fil du temps accompagner l'implantation progressive de la présence française au bout du monde, au Canada, en Louisiane, en Inde. Cette présence, elle aussi, contribuera à la gloire du roi. Loin d'être une simple doctrine, ce qu'on va appeler « le colbertisme », n'est en fait qu'un pragmatisme, marqué par l'adage « acheter peu et vendre beaucoup », adossé à l'idée si française d'un État qui se doit d'intervenir directement dans l'économie de la Nation.

Tous les régimes politiques, ou presque, sous lesquels la France vivra jusqu'à nos jours, trouveront l'inspiration de leur action dans celle de Colbert, puisque ses réformes portent aussitôt leurs fruits. S'il est un poncif de souligner que le règne finira dans la crise, son début dope l'économie française, qui connaît un véritable essor. Le roi et son ministre veillent ainsi sur le plein développement du grand commerce international. À cet effet, la Marine demeure la préoccupation constante de Colbert qui, avec la ferme volonté de poursuivre la politique de Richelieu en ce domaine, convainc le roi d'augmenter le nombre de vaisseaux, qu'ils soient civils ou militaires. Sept arsenaux vont connaître bientôt un intense développement, du nord au sud : Dunkerque, Le Havre, Brest, Rochefort sur la côte atlantique ;

Sète, Marseille et Toulon, sur le littoral méditerranéen. Des intendants de marine veillent sur ces chantiers importants, tandis qu'une rigoureuse gestion des forêts – en particulier dans les Pyrénées – est mise en place pour produire le bois nécessaire pour les coques, les ponts, les mâts et les rames de ces bateaux qui, bientôt, sillonneront les mers de la planète, battant pavillon militaire ou civil.

Sacrifiée sous Mazarin, « la Royale » relève donc fièrement la tête et avec elle l'orgueil de la Nation, dont tant de pavillons témoigneront haut et loin de sa puissance, qu'il s'agisse des galères sillonnant la Méditerranée ou des vaisseaux plus importants croisant dans l'Atlantique, la Manche ou la mer du Nord. En 1683, la flotte royale, qui au début du règne de Louis XIV ne représentait que 8 vaisseaux, 6 galères et 8 brûlots, compte 112 vaisseaux mais aussi 25 frégates, 7 brûlots, 16 corvettes, 20 flûtes et 40 galères de combat. Dix ans plus tard, on dénombre 135 vaisseaux et 38 frégates. La flotte est devenue la première d'Europe.

Toute une génération d'officiers de talent va faire manœuvrer cette flotte, tandis que les corsaires sont encouragés pour seconder « la Royale », le plus célèbre étant bientôt Jean Bart qui, harcelant les Anglais, entre alors dans la légende au terme de centaines d'exploits, dont chaque port de France conserve le souvenir. C'est aussi le début de la « marine savante ».

Parallèlement, sont créées les fameuses manufactures qui vont tant marquer le règne de Louis XIV. Ces fabriques, dont la production est garantie par une hausse significative des tarifs douaniers, privilégient les produits français, et surtout ceux qu'on nommerait aujourd'hui « de luxe ». Dispersées sur l'ensemble du territoire national, les plus célèbres sont celles des glaces (Saint-Gobain) ou des draps (Van Robais). On va jusqu'à débaucher des étrangers pour installer en France des techniques jusque-là inédites, comme celle des miroirs – pour laquelle on fait venir des Vénitiens – ou de l'ébénisterie, pour laquelle on requiert la compétence des Allemands, dont le célèbre Boulle. D'où cette exclamation de l'ambassadeur de Venise, en 1668 : « Ce qu'il y a de mieux dans toutes les parties du monde, se fabrique à présent en France. »

Faute de pouvoir tout contrôler lui-même, le roi accorde des privilèges à ceux – villes, corporations ou particuliers – qui se lancent dans cette forme d'économie, relayant ainsi dans le privé ce que la puissance publique a mis en place. Il s'en trouve bientôt dans tous les domaines, le fer, le cuir, la soie ou le drap ne constituant que quelques exemples. Un seul échec, dans cette réforme générale de l'économie : l'agriculture, à laquelle le roi et Colbert s'intéressent peu. Situés tout en bas de l'échelle sociale, les paysans, qui représentent pourtant plus de 90 % de la population, taillables et corvéables à merci, sont abandonnés à leur triste sort de producteurs de céréales et de viande, sans aucun espoir d'amélioration de leur condition. Celle-ci constitue l'un des échecs flagrants du règne. En témoigne un célèbre tableau des frères Le Nain montrant leur indigence. À la décharge du roi, c'est le cas de toutes les nations à l'époque.

En matière de « sécurité », la justice et la police sont également réformées, la première par la promulgation d'un code et la création, dès 1665, d'un Conseil de Justice. Le but de cette réorganisation est de raccourcir les procédures et de tenter d'épargner de l'argent aux plaideurs. Ce premier code, dont la publication sait vaincre les résistances qui, jusque-là, ont empêché de mener à bien ce genre d'entreprise, montre la totale détermination du roi et de Colbert d'harmoniser le dispositif réglementaire, ce qui sera désormais une constante de la politique française, jusqu'à nos jours, quels que soient les régimes. D'autres textes verront le jour, parmi lesquels le « Code Louis » concernant la lutte contre la criminalité ou le trop fameux « Code noir », régissant le statut des esclaves dans les colonies. Durant tout le règne, en effet, de multiples commissions d'experts travaillent d'arrache-pied pour offrir à la France ces codes visant à débarrasser le droit de tout ce qu'il comporte d'archaïque. Il faudra la Révolution pour enfin unifier l'ensemble du corpus juridique français et supprimer un certain nombre de pratiques, que le Roi-Soleil maintient, parmi lesquelles celle de la torture.

Quant à la police, quasiment inexistante, elle voit le jour avec la création de la lieutenance générale de police, à Paris, confiée à un grand commis particulièrement déterminé, Gabriel Nicolas de La Reynie, dont l'autorité sur Paris et ses environs – soit un peu plus de 500 000 habitants – sera décisive, notamment pour l'éradication de la « cour des Miracles ». Il faut reconnaître qu'en installant des « mouchards » un peu partout, il contribuera à la mise en place d'un État policier, dans lequel tout le monde, ou presque, sera fiché. Paris, qui depuis la Fronde est l'objet de toute la méfiance de Louis XIV – il n'en guérira jamais ! –, reçoit un nouveau statut qui la livre à l'autorité du roi, via ses deux délégués, le lieutenant général de police et le prévôt des marchands, gérant son économie. Avec ces deux hommes et leur administration, le roi tient en respect les Parisiens.

Et ce n'est pas tout : dans le domaine « culturel », le roi et son ministre ne sont pas sans idées. À l'Académie française, fondée en 1635 par Richelieu, s'ajoutent en 1666 l'Académie des sciences, qui donnera une véritable impulsion à la connaissance et permettra l'éclosion technologique du siècle des Lumières, mais encore en 1648 l'Académie de peinture, qui fera de même avec tous les arts, y compris la sculpture et l'architecture, qui vont durablement marquer le règne de Louis XIV. Là encore, la France s'impose comme le premier État à prendre directement en charge cette matière qu'on n'appelle pas encore « la culture », mais qui sera l'une des spécificités françaises jusqu'à notre époque. Le premier ministre des Affaires culturelles, André Malraux, ne l'oubliera pas, qui fera de la restauration de Versailles l'un de ses chantiers prioritaires, reconnaissant à juste titre que c'est là que la France commença véritablement à rayonner dans le monde.

Mais si tous ces domaines portent la griffe du roi, un autre, naturellement, occupe l'esprit du souverain : la gloire militaire, la plus importante sans doute, ou tout du moins celle dont les bénéfices sont immédiats et l'image, entretenue par toute la littérature du temps, la plus évidente, celle du roi chevalier protégeant son royaume, défendant ses sujets et mettant son courage et sa valeur aux pieds de sa maîtresse. C'est pourquoi la dernière opération de réforme porte sur l'armée qui, sous l'égide de Michel Le Tellier, puis de son fils, Louvois, est totalement réorganisée dès le début du règne.

Les troupes chargées de la protection du roi sont d'abord réunies en une seule formation, la Maison militaire du roi. La hiérarchie est modifiée, l'uniforme institué et la discipline renforcée, tandis que l'Intendance apparaît et que l'armement est perfectionné, les hommes de troupe étant progressivement équipés de fusils à silex, de baïonnettes et de piques. La formation de l'encadrement est améliorée et les missions des officiers rationalisées, même si la vénalité des offices compromet encore leur performance. Des casernes spécifiques sont édifiées et, plus tard, un hospice pour les soldats retraités, les Invalides, le premier du genre au monde, constituant une des plus grandes réussites du règne. Les effectifs, enfin, augmentent significativement : 40 000 hommes en 1660, 72 000 en 1667, 280 000 en 1678, 380 000 en 1710. Ils sont le reflet de la croissance démographique du peuple le plus important d'Europe et comme tel, le plus redoutable. Avantage qui ira croissant, non seulement sous le règne de Louis XIV, mais encore sous ceux de ses successeurs, avec pour conséquence, un fort tropisme militaire pour la Révolution puis le Premier Empire.

En attendant, ce sont trente-trois années de conflits qui débutent, pour le meilleur, mais aussi pour le pire, la guerre étant la grande affaire d'un règne qui va faire entrer la France dans une culture militaire dont elle aura du mal à se départir. Louis XIV, en ce sens, annonce Napoléon, par cette armée permanente qui, tout entourant la personne du roi, quotidiennement, défend les frontières de son royaume et œuvre à sa propre gloire dans ces batailles qui seront comme autant de démonstrations de la force française. Corneille va d'ailleurs lui aussi les célébrer :

> « À peine tu parais, qu'une province entière
> Rend hommage à tes lys, et justice à tes droits
> Et ta course en neuf jours achève une carrière
> Que l'on verrait coûter un siècle à d'autres rois. »

Malgré l'aspect quelque peu amphigourique du style, on est loin, bien loin de la vision de Saint-Simon, fils d'un favori de Louis XIII le décrivant ainsi, sans complaisance aucune, dans son style inimitable : « Il faut le dire. L'esprit du Roi était au-dessous du médiocre, mais très capable de se former. Il aima la gloire, il voulut l'ordre et la règle, il était né sage, modéré, secret, maître de ses mouvements et de sa langue. Le croira-t-on ? Il était né bon et juste, et Dieu lui en avait donné assez pour être un bon roi, et peut-être même un assez grand roi [mais] les louanges, disons mieux la flatterie lui plaisaient à tel point que les plus grossières étaient bien reçues, les plus basses les mieux savourées. Ce n'était que par là qu'on s'approchait de lui, et ceux qu'il aima n'en furent redevables qu'à heureusement rencontrer et à ne se jamais lasser de ce genre. C'est ce qui donna tant d'autorité à ses ministres, par les occasions continuelles qu'ils avaient de l'encenser, surtout de lui attribuer toutes choses et de les avoir apprises de lui. La souplesse, la bassesse, l'air admirant, dépendant, rampant, plus que tout, l'air de néant sinon par lui, étaient les uniques voies de lui plaire. » Contrairement à ce que crut le mémorialiste, Louis XIV n'est jamais manipulé par ses ministres, mais, bien au contraire, les presse comme des citrons pour en tirer ce qu'il en veut, lui qui, depuis sa prime enfance, a toujours eu conscience d'être le maître.

Point ne lui est besoin, pour autant, d'être tyrannique. Son autorité est naturelle, n'ayant de ce fait nul besoin d'être forcée. Plus que d'autre, le roi sait se mesurer, qui n'élève généralement pas la voix, écoute plus qu'il ne parle et respecte toujours ses interlocuteurs, quelle que soit leur position dans la Nation. C'est que, ne se contentant pas d'être le chef, il est encore l'arbitre des mœurs, qu'il veut sincèrement réformer par l'adoucissement, préconisant une nouvelle sociabilité urbaine, un art consommé des usages de Cour, une pratique systématique du beau langage et une élévation générale des esprits, ce qui, là encore, est une des constantes du Grand Siècle.

Insécurité et zones de non-droit : Gabriel Nicolas de La Reynie, lieutenant général de la police, décide de faire disparaître les cours des Miracles et à Paris, on fait des statistiques.

Du XIVe au XVIIe siècle, Paris compta des dizaines de cours des Miracles, cachées au milieu d'inextricables ruelles où même les patrouilles craignaient de s'aventurer. Vagabonds, voleurs, meurtriers, pilleurs de troncs d'église, prostituées y mendiaient sous les déguisements divers de manchots, d'aveugles ou de culs-de-jatte. Lorsque le soir tombait sur la capitale, tous regagnaient leurs repaires, délaissant pour une nuit emplâtres et béquilles, recouvrant ainsi la santé par miracle, d'où le nom de ces cours. Même si l'ordre public tente de s'imposer avec des brigades de « chasse-coquins » chargées de rejeter les malfaiteurs hors de la capitale, les cours des Miracles demeurent des lieux d'insécurité et des zones de non-droit.

C'était tout un monde qui inspira Victor Hugo et dont les rites, le vocabulaire, la hiérarchie des gueux, nous sont révélés par le livre du Tourangeau Chereau. On y apprend que les *archisuppots* étaient les lieutenants du roi des Argotiers, qu'on appelait aussi le grand *Coësre* et que ce chef commandait à tous les mendiants de France. Quant aux soldats du guet, on les surnommait *lapins ferrés*. Dans cette société marginale, mais remarquablement organisée, on ne pouvait pénétrer sans passer une épreuve qui faisait office de passeport ou de diplôme pour devenir *coupeur de bourse*. La scène burlesque de cette initiation nous est savoureusement contée par Sauval dans « La cour des Miracles » :

« … on attache au plancher et aux solives d'une chambre une corde bien bandée où il y a des grelots avec une bourse, et il faut que celui qui veut passer maître, ayant le pied droit sur une assiette posée en bas de la corde, et tournant à l'entour le pied gauche, et le corps en l'air, coupe la bourse sans balancer le corps et sans faire sonner les grelots ; s'il y manque en la moindre chose, on le roue de coups ; s'il n'y manque pas, on le reçoit maître. Les jours suivants on le bat, autant que s'il y avoit manqué afin de l'endurcir aux coups et on continue de le battre jusqu'à ce qu'il soit devenu insensible. Alors, pour faire un second chef-d'œuvre, ses compagnons le conduisent à quelque lieu grand et public, comme par exemple, le cimetière des Innocents. S'ils y voient une femme à genoux aux pieds de la Vierge ayant sa bourse pendue au côté, ou une autre personne avec une bourse aisée à couper, ou quelque chose semblable facile à dérober, ils lui commandent de faire ce vol en leur présence et à la vue de tout le monde. À peine est-il parti, qu'ils disent aux passants en le montrant au doigt : "Voilà un coupeur de bourses qui va voler cette personne." À cet avis, chacun s'arrête et le regarde sans faire démonstration de rien. À peine a-t-il fait le vol, que les passants et les délateurs le prennent, l'injurient, le battent, l'assomment sans qu'il ose déclarer ses compagnons ni même faire semblant de les connaître. Cependant, force gens s'assemblent et s'avancent pour voir ou pour apprendre ce qui se passe. Ce malheureux et ses camarades les pressent, les fouillent, coupent leurs bourses, sondent leurs poches et faisant plus de bruit que tous les passants ensemble, tirent subtilement de leurs mains leur nouveau maître et se sauvent avec lui et avec leurs vols. »

De nombreuses mesures furent prises pour anéantir ces lieux d'insécurité et tenter de disperser ces rassemblements de bandits. Toujours en vain. Cependant, il ne pouvait y avoir deux rois à Paris : le roi de France et le roi des voleurs. Dans *Histoire et recherches des antiquités de la ville de Paris* datant de 1660, Sauval écrit du Fief d'Alby (situé entre la rue du Caire et la rue Réaumur dans l'actuel 2e arrondissement) : « On m'a assuré qu'en cette cour habitaient plus de cinq cents familles. » Cela représentait donc près de cinq mille hommes adultes. Les crimes les plus atroces s'étant multipliés, le régime royal, mis au pied du mur, dut prendre enfin des mesures efficaces. Le 15 mars 1667, Louis XIV signa l'édit de Saint-Germain-en-Laye qui créa la charge de lieutenant de police de Paris. Sous l'impulsion de Colbert, Gabriel Nicolas de La Reynie fut nommé à ce poste. En 1668, ce dernier, qui avait envoyé plusieurs fois ses commissaires pour réduire le Fief d'Alby, fut forcé de constater que tous étaient revenus bredouilles. Courageusement, il décida alors d'agir de son propre chef, et la façon dont il procéda entre ruse et dissuasion mérite d'être racontée. Il fit en effet percer des brèches dans le rempart de Charles V pour montrer que les forces de police étaient prêtes à intervenir, puis, dans le plus grand calme et avec une intrépidité extraordinaire, le lieutenant de police s'avança seul sur la place pour clamer que le roi ordonnait d'évacuer les lieux. Cette annonce était accompagnée d'une menace si forte qu'elle la rendit immédiatement crédible : « Les douze derniers qui seront encore sur place seront envoyés aux galères. » L'effet fut foudroyant ; on assista aussitôt à la fuite des truands. Le lendemain, il fit arrêter les faux infirmes qui tentaient d'y reprendre leurs places et les fit jeter dans les prisons de la capitale.

Après ces troubles, on peut comprendre que le souverain ait voulu connaître la quantité d'habitants à Paris. C'est en ordonnant à Colbert de lui donner l'état du nombre de gens et de maisons dans la capitale que Louis XIV est à l'origine des statistiques. Grâce au merveilleux livre d'Émile Magne, *Images de Paris sous Louis XIV d'après des documents inédits*, on s'aperçoit que si, à la fin du XVIIe siècle, les sciences sociales sont encore à l'état embryonnaire, les pouvoirs publics, afin de répondre à l'exigence royale, pratiquent sans le savoir et pour la première fois la science de la statistique :

« En 1665, Louis XIV, ou plus certainement, Colbert, agissant au nom de son maître, voulut – on ignore pour quel motif – "connaître la quantité de maisons, familles, emplois et conditions des habitants du faubourg Saint-Marcel". Il ordonna au commissaire Dominique Manchon de visiter ce quartier. Du 4 au 30 mars, ce fonctionnaire mena son enquête. De son procès-verbal il résulte que, dans ce misérable faubourg, vivaient, en neuf cent cinquante maisons, deux mille sept cent soixante-seize ménages. Trois faiseurs de ballets y avaient établi leur domicile. Une "vendeuse de pissat" y fournissait de sa précieuse marchandise les ateliers de seize maîtres teinturiers. Quatre péronnelles y tenaient boutique d'allumettes. Le quartier donnait aussi asile à cinquante-six rentiers, à soixante-douze "pauvres gens" tirant leur subsistance "d'aumônes ou de tricots", et à deux cent quarante-six gagne-deniers qui allaient, par la ville, quérir des fardeaux à porter. Quarante boulangers, soixante-quinze fruitiers, quarante-neuf marchands de vin, douze brasseurs de bière, onze épiciers, sept rôtisseurs, dix pâtissiers, un marchand de surplus, sis devant l'église Saint-Médard et tout au long de la rue Mouffetard, l'approvisionnaient largement en victuailles, liquides et gourmandises. »

« Ainsi, grâce à l'initiative de Colbert, possédons-nous un premier essai de statistique : mais cette initiative ne fut pas reprise, à notre connaissance. Les Parisiens du temps s'intéressaient bien plus au nombre qu'aux professions de leurs concitoyens. Ils considéraient leur cité comme la plus belle du monde, la plus peuplée, la plus vaste. Or, elle n'était pas la plus vaste. Un ambassadeur hollandais, le Sieur Boreel, disposant de loisirs, les employa à la mesurer du nord au sud, c'est-à-dire de la porte Saint-Jacques à la porte Saint-Martin, il sut, dès lors, qu'on la pouvait traverser en quatre mille cinq cent cinquante-quatre "communs pas", et que ces milliers de pas formaient une médiocre longueur. Était-elle par contre la plus peuplée des capitales ? On l'eût volontiers cru à voir, dans ces rues, grouiller d'immenses foules. Beaucoup de gens de l'époque s'efforcèrent d'évaluer le chiffre de ses habitants. En 1649, un Sieur de la Roche l'établissait à environ quatre cent quinze mille : trois ans après, un certain Isaac Lopin, qui souhaitait fournir à Louis XIV le moyen d'améliorer ses finances, l'élevait à six millions. En 1657, les frères de Villers, seigneurs néerlandais répandus dans la société cultivée et renseignés à de bonnes sources, le fixèrent à six cent mille ; un regrattier de lettres, le Sieur Gédéon Pontier, à leur suite, le releva, vers 1680, sur un simple caprice de sa plume, à un million cinq cent mille ; enfin, un précurseur inconnu de nos doctes économistes, basant ses calculs sur la consommation quotidienne du pain, le fit retomber à six cent mille. »

7

Mars s'enivre de gloire

« J'ai trop aimé la guerre. »
Louis XIV

En ce printemps de l'année 1667, autour de Douai, la bataille fait rage. Dans cette région de Flandre qui est encore une vaste, riche et verdoyante campagne, le canon tonne et les boulets pleuvent, effrayant les chevaux qui se cabrent et fauchant souvent les hommes, bien que l'artillerie soit encore très loin d'être précise. Ce n'est pas, comme on l'appelera, « la guerre en dentelles », même s'il est coutume de dire, entre gentilshommes, « Messieurs arrimez vos chapeaux, nous allons charger ». Ce n'est pas non plus Austerlitz, Sedan ou Verdun, mais il y a des coups à prendre, des vies perdues, des membres arrachés, du danger partout et s'exposer peut être dangereux.

Un jeune homme pourtant, à cheval, le casque surmonté de plumes blanches, chevauche à découvert depuis plusieurs minutes, dédaignant les boulets et la mitraille, pour aller d'un poste à un autre, encourager les hommes et même descendre dans une tranchée afin de se rendre compte par lui-même d'un dispositif de défense. Il prend tellement de risques qu'un soldat ose lui lancer : « Mais ôtez-vous donc de là ; est-ce votre place ? » Ce jeune homme, c'est Louis XIV recevant ce qu'il est convenu d'appeler « le baptême du feu ». Turenne lui-même, après la bataille, le prend à partie, menaçant de démissionner si le roi de France continue à prendre autant de risques et s'attirant cette fameuse réponse : « Monsieur le Maréchal, vous n'aimez pas ma gloire de me parler de la sorte. » Ainsi est le roi à la guerre, qui ne dédaigne pas de dormir sur la paille, d'aller chercher du bois pour allumer le feu, de manger le pain de munitions avec ses soldats qui, affectueusement, le surnomment « Lafleur », même si, le plus souvent, est prévue pour lui une tente somptueuse, sous laquelle la reine et ses deux maîtresses, Mademoiselle de La Vallière et Madame de Montespan, tiennent leur Cour sur fond de poudre et de canon, parfois accompagnées de la duchesse de Montpensier, la « Grande Mademoiselle », depuis sa rentrée en grâce.

Entre le bivouac et la charge, Louis XIV, comme son grand-père Henri IV, montre ainsi, dans l'odeur de la poudre et le fracas des boulets, qu'il est un souverain de guerre, rendant indissociables l'art de gouverner et celui de combattre. Premier des seigneurs de son royaume, il montre à tous les autres qu'ils sont avant tout des chevaliers et ce, dès cette première guerre du règne, qui a conservé le nom de « dévolution ». Ce terme est issu de la coutume du Brabant qui estime que seuls les enfants d'un premier lit peuvent prétendre à l'héritage paternel et non ceux du second. La dot de Marie-Thérèse n'ayant pas été payée, les renonciations de celle-ci sur ses droits dynastiques sont nuls, et, en conséquence, son mari Louis XIV, lui-même Habsbourg par sa mère et mari d'une Habsbourg de premier lit, peut conserver un regard sur les affaires d'Espagne et même faire valoir ses droits sur une éventuelle succession sur ce trône. À défaut, il réclame au roi d'Espagne l'ancien comté de Bourgogne, dit la Franche-Comté, et un certain nombre de villes des Pays-Bas espagnols, parmi lesquelles Anvers, le duché de Brabant, le comté de Hainaut et le Cambrésis, le renforcement de la frontière du nord de son royaume, dont la faiblesse avait été si préjudiciable à la France lors des conflits précédents, étant une de ses priorités stratégiques. C'est pourquoi il avait, il y a peu, racheté Dunkerque à Charles II d'Angleterre et c'est aussi pourquoi il se lance à présent dans cette guerre, finalement assez bien préparée, et que symbolisent ces canons sur lesquels est gravé ce précepte : « Le dernier argument des rois ».

N'ayant pas de réponse officielle, ni de son beau-père, Philippe IV, qui vient de mourir, ni de son fils Charles, qui n'est qu'un enfant, mais de sa veuve, qui déclare qu'elle ne cédera pas même « un hameau », le roi de France, fort de ses 60 000 soldats, attaque et remporte très rapidement des succès fulgurants, que Madame de Sévigné va définir d'un de ces mots dont elle a le secret : « Le roi s'amuse à prendre la Flandre. » Au mois de juin, en effet, Charleroi, Ath, Tournai, Bergues, Furnes tombent en quelques semaines dans son escarcelle, pratiquement sans résister. En juillet vient le tour de Douai, Courtrai, Audenarde et Armentières. Enfin, en août, Lille se rend. Pour un coup d'essai, c'est un coup de maître et le jeune roi ne cache pas sa satisfaction d'avoir soumis si vite son puissant rival espagnol.

Il est vrai que cette première campagne est facile, plus axée sur des redditions de places fortes que sur des batailles rangées. De ce fait, elle frappe durablement les esprits, même si une alliance entre les Provinces-Unies et l'Angleterre l'oblige bientôt à faire la paix. Ce n'est qu'une trêve, puisque, un an plus tard, à la fin de l'hiver 1668, Louis XIV donne à Condé l'ordre de s'emparer de la Franche-Comté, que les rois de France convoitent depuis la mort de Charles le Téméraire. Certes, il ne la conserve que quelques mois, puisque, pour garder les douze places fortes de Flandre, il la restitue au traité d'Aix-la-Chapelle, signé le 2 mai 1668, mais ce n'est que partie remise, puisqu'il la reprendra plus tard. De ces douze places fortes, la plus célèbre, Lille, devient de ce jour française, tandis que le roi montre à ses voisins et rivaux qu'il faudra désormais compter avec lui. Et déjà se profile l'idée de partager, un jour, l'héritage espagnol avec l'empereur d'Allemagne Léopold II, auquel un traité secret l'unit bientôt, la France se réservant un certain nombre de territoires d'importance.

La guerre de Dévolution n'est qu'un hors-d'œuvre de ce repas belliciste, pour lequel le souverain manifeste un grand appétit, comme le dit bien le marquis de Saint-Maurice : « Le roi met toute son application à la guerre et à la gloire. » La guerre est, en effet, la grande affaire du règne, puisqu'elle lui permet d'être l'arbitre de l'Europe. L'encre du traité d'Aix-la-Chapelle est d'ailleurs à peine sèche qu'il porte ses regards sur cette Hollande qui a le triple tort d'être une République – et une République protestante ! –, de concurrencer dangereusement le commerce français et d'héberger sur son sol tous les folliculaires insolents qui, à longueur d'année, à La Haye comme à Amsterdam, impriment contre lui libelles et pamphlets ou caricatures dans le but de le ridiculiser. Prudent, le roi de France échafaude, avant de se lancer dans ce conflit, un certain nombre de sauvegardes diplomatiques visant d'abord, par le traité de Douvres, à s'assurer l'aide du roi d'Angleterre Charles II, puis la neutralité de l'empereur d'Allemagne et enfin celle de la Suède et de la Bavière, que négocient pour lui d'excellents émissaires, dont sa propre belle-sœur, Henriette d'Angleterre.

La campagne, qui débute au printemps 1672, est d'abord un succès. Condé et Turenne, par deux directions opposées, prennent d'abord les Pays-Bas en tenaille, tandis que Louis XIV en personne, à la tête de 15 000 hommes, franchit le Rhin sur un pont de bateaux, au gué de Tolhuys. Les peintres et les graveurs vont immortaliser cette scène jusqu'à la fin du règne, comme le sera plus tard le passage du Grand-Saint-Bernard par Bonaparte. Les architectes et les sculpteurs feront de même. C'est en effet à cette occasion qu'est érigée, à Paris, la porte Saint-Denis, tandis que Bossuet y voit « le prodige de notre siècle et de la vie de Louis le Grand » et, après lui, Voltaire, « un des grands événements qui dussent occuper la mémoire des hommes ». En un mois, quarante villes hollandaises se rendent, mais les ravages de l'armée française la rendent bientôt odieuse aux habitants qui, soutenus par Guillaume d'Orange, investi du titre de Stathouder, vont riposter avec un courage inouï, que définit parfaitement celui qui entre alors dans l'histoire sous le surnom du « Taciturne » avec son adage stoïcien : « Il n'est pas nécessaire d'espérer pour entreprendre ni de réussir pour perseverer. »

Avec l'énergie du désespoir, les Hollandais, en effet, ouvrent alors les écluses du Zuiderzee, ce qui a pour conséquence d'inonder entièrement le pays et de faire d'Amsterdam, principale zone de résistance à l'envahisseur, une île inaccessible. Les Français doivent reculer, et ce, d'autant que l'empereur, ayant renié ses engagements, se porte au secours des Hollandais, dont l'armée s'accroît des multiples volontaires issus de toutes les couches de la population. L'Angleterre ne tarde pas à faire de même. Par le traité de La Haye se scelle une vaste coalition contre la France, unissant les Pays-Bas, le Saint Empire, la Lorraine et l'Espagne. Louis XIV, l'agresseur, devient alors l'agressé. Cela ne l'empêche pas de poursuivre la guerre et de marcher à présent sur Maastricht, importante place forte que Vauban emporte au mois de juin, épisode fameux dans lequel d'Artagnan est tué par une balle de mousquet. « Madame, écrit le roi à la reine, j'ai perdu d'Artagnan en qui j'avais toute confiance et qui m'était bon à tout. » Forts de ce succès, les Français filent sur la Franche-Comté qui, pour la seconde fois, est rapidement conquise et cette fois annexée au royaume, événement célébré, toujours à

Paris, par la construction de la porte Saint-Martin. La situation, pourtant, se gâte en Alsace, où les armées de l'empereur menacent d'entrer. Pour contrer cette offensive en lui coupant la route, Turenne, aussitôt, franchit à nouveau le Rhin et ravage le Palatinat avec une telle brutalité qu'elle horrifie l'Europe. Le roi, furieux d'apprendre l'incendie de Trèves, convoque aussitôt son ministre de la Guerre, Louvois. Ce dernier se présente et lui explique qu'il a adressé un courrier dans ce sens, mais que n'ayant pas eu de réponse, il a cru que le roi l'approuvait. Pour la première fois de sa vie, le roi perd son calme, se saisit des pincettes de la cheminée et marche vers son ministre pour l'en frapper, avant de se ressaisir. Au même moment, Condé, de son côté, a le plus grand mal à imposer son talent pour arrêter la course de Guillaume d'Orange. Il y parvient enfin, mais au prix de lourdes pertes.

Le 27 juillet 1675, un nouveau deuil frappe la France, celui de Turenne, fauché par un boulet de canon à Salzbach, sur la rive droite du Rhin. « Nous avons perdu le père de la patrie », s'écrie Louis XIV, qui décide de lui accorder les honneurs de Saint-Denis, comme les reçut jadis Du Guesclin. Malgré une aussi mauvaise conjoncture, les Français remportent, le 11 avril 1677, la bataille de Cassel, où cette fois officie le frère du roi, Monsieur. Encore une année et c'est la prise d'Ypres qui consolide les positions du Roi-Soleil, face à celui qui est devenu son ennemi le plus implacable, Guillaume d'Orange, d'autant plus puissant qu'il vient d'épouser la nièce du roi d'Angleterre, la princesse Marie.

Tandis que la guerre se poursuit, toujours par intermittence, des périodes de paix, plus ou moins longues – l'hiver en général permettant aux belligérants de refaire leurs forces –, le roi visite longuement ses nouvelles possessions, jusqu'à Metz, ce qui fera de lui le dernier Bourbon à voyager autant. Son arrière-arrière-arrière-petit-fils Louis XVI, lui, ne reprendra cette même route de l'Est que pour fuir ses sujets révoltés. Un certain nombre de victoires maritimes, de surcroît, complètent opportunément les combats terrestres, manifestant la nette suprématie de la France dans ce déjà long conflit. La gloire de Louis XIV est alors à son comble, mais les nations sont épuisées et désormais incapables de poursuivre les combats. Il faut donc, comme toujours, négocier, même si la France peut jouer les arbitres et, selon le joli mot du marquis de La Fare, « choisir entre asservir l'Europe ou lui donner la paix ».

Le 10 août 1678, la paix de Nimègue met fin à cette première guerre européenne en attribuant à la France la Franche-Comté, le Cambrésis, Valenciennes, Maubeuge, Ypres, Cassel et Saint-Omer, tandis que celle-ci restitue Charleroi, Courtrai, Gand et Maastricht. Pour couronner le tout, une convention commerciale est signée entre la France et les Pays-Bas. Le traité de Nimègue fait donc du nord de la France une sorte de forteresse qui doit la garantir des invasions, idée fixe du roi qui, jusqu'à son dernier jour, sera littéralement « obsédé » par les frontières de son territoire. Vauban, nommé commissaire des fortifications en 1678, va progressivement le fortifier, du nord au sud, de l'ouest à l'est, signant ainsi quelque

150 chefs-d'œuvre architecturaux, parmi lesquels Landrecies, Valenciennes, Huningue, Besançon, Toulon, Montlouis, La Rochelle. Ce sera le fameux « pré carré » comptant parmi les grandes idées du règne, dont le musée des Plans-Reliefs donne encore toute la mesure, et que Vauban, par ailleurs propagateur des statistiques, de l'agronomie, de l'urbanisme et du perfectionnement de l'armement, édifie au prix d'incessants et exténuants voyages dans tous les coins de ce qui n'est pas encore « l'Hexagone », mais se prépare à le devenir. Voulant, selon sa propre expression, « donner forteresse au royaume », ce dernier borde la France d'une fantastique ceinture de pierre. Ses bastions détachés, ses tours bastionnées, ses fossés et ses courtines inspirées de l'architecture militaire italienne en feront le fascinant pendant militaire de Versailles. Qu'on en juge par ces chiffres, qu'il livrera, en 1705, dans son ouvrage *L'État des places fortes du royaume* : 119 villes fortifiées, 34 citadelles, 58 forts ou châteaux, 57 réduits et 29 redoutes dans tous les paysages, plaines, collines, montagnes, mer. Cet ensemble contribue là encore, non seulement à la défense du royaume, mais encore à son unification. Mesure-t-on qu'aujourd'hui, huit millions de Français dorment à l'ombre d'une fortification de Vauban ?

Sur le plan territorial, la guerre est un succès, et même si son coût obère sérieusement le budget de l'État, elle confirme la puissance du souverain autant à l'intérieur de son royaume qu'à l'extérieur. « Le roi, en faisant la paix de Nimègue, était parvenu au comble de la gloire humaine », écrit alors l'abbé de Choisy. Les échevins de l'Hôtel de Ville de Paris lui octroient d'ailleurs le titre de « Grand » qui, désormais, accompagnera chacune de ses effigies publiques. Malgré une certaine légende, Louis XIV, en digne petit-fils d'Henri IV, s'est comporté en tout comme un véritable soldat, partageant le camp avec ses hommes et les responsabilités avec ses généraux, ne manquant ni de courage, ni de sens stratégique et de ce fait galvanisant les troupes, tant il est vrai qu'un roi, à cheval sous la mitraille, constitue un facteur décisif dans le sort de la bataille.

La position primordiale de Louis XIV en Europe va, de surcroît, lui permettre bientôt de jouer l'un des meilleurs coups diplomatiques et politiques de son histoire : l'annexion de l'Alsace, opérée à l'automne 1681 sans tirer un seul coup de canon, après une occupation rapide, une fois que les Impériaux ont évacué Strasbourg. Loin d'apparaître comme une menace, le souverain tient à venir en personne à Strasbourg, prodiguant mille amitiés à la population et faisant chanter un *Te Deum* en sa cathédrale. Les souverains d'Europe laissent faire, même si se reconstitue peu à peu, contre la France, une nouvelle coalition, à l'heure où la force de Louis XIV commence à exaspérer certains. Parmi eux le roi d'Espagne, le plus remonté, les Pays-Bas, la Suède et l'empereur, pourtant assiégé dans Vienne par les Turcs et bien trop occupé pour agir. La trêve de Ratisbonne, signée le 15 août 1684, avec ses deux traités, l'un entre la France et l'Empire, l'autre avec la France et l'Espagne, met fin à ce qui a été souvent comparé à une « guerre froide » de plusieurs années. Cette paix, certes provisoire, va permettre aux États de prendre enfin un peu de repos pour se redresser, jusqu'à ce quelle soit à nouveau rompue.

Sous le règne de Louis XIV, l'armée, qui engouffre environ 50 % du budget de la Nation, prend donc une place essentielle, puisqu'elle est désormais non seulement permanente, mais encore qu'elle constitue le seul corps véritablement organisé d'un État où subsistent nombre de particularismes de corps ou de territoires. Elle n'en grève pas moins lourdement, non seulement le budget des villes et des particuliers, trop souvent chargés de loger et de nourrir la troupe, mais encore celui de l'État lui-même, entraînant une surfiscalisation préjudiciable à l'économie, source de protestations, voire de révoltes. Elle n'en est cependant pas moins, parfois, à l'origine de réalisations plus nobles, comme celle que le roi fonde bientôt : les Invalides, une institution très particulière et unique en son genre. Il ne s'agit pas seulement d'un monument, encore qu'il compte toujours parmi les plus beaux de Paris, mais d'une institution, qui accueille quelque 4 000 soldats « en retraite », que jadis on jetait sur les routes et qui, désormais, ont un toit, un lit, une table et même une infirmerie pour se loger, dormir, manger et être soignés jusqu'à leur mort. Les Invalides, qui constituent la première marque de la reconnaissance de la nation à ceux qui l'ont bien servie, témoignent également que les soldats sont aussi des hommes, avec un corps et une âme. Comme toutes les autres fondations, l'institution contribue à la gloire de Louis XIV, au reste sculpté sur la porte d'entrée. Pour une fois, elle relève plus de l'humanité que de la seule force, Apollon, une nouvelle fois, se substituant à Hercule, comme le commande l'imagerie officielle du règne, illustrée par ces vers de Molière :

« Ce sont faits inouïs, Grand roi, que tes victoires !
L'avenir aura peine à les bien concevoir ;
Et de nos vieux héros les pompeuses histoires
Ne nous ont point chanté ce que tu nous fais voir. »

Quatre siècles plus tard, les Invalides, où un architecte facétieux a rendu hommage au ministre, sur une des lucarnes de la cour d'honneur, entourée d'un loup – « le loup voit » –, constituent l'un des plus importants lieux de mémoire de la Nation. C'est en effet là que sont célébrés encore aujourd'hui les principaux hommages rendus par la France à ceux qui sont morts pour elle, dans un cadre qui n'a absolument pas changé depuis Louis XIV, à l'exception de la statue de Napoléon, installée à l'époque romantique. Le lieu incarne la pérennité d'une France qui, de la Monarchie à la République, a conservé la même âme.

L'historiographe de la gloire du roi, Jean Racine, a pu écrire des tragédies plus longues parce que la cire d'abeille a remplacé la graisse de mouton dans la fabrication des chandelles…

À Versailles, les représentations théâtrales avaient souvent lieu le soir, dans les somptueux décors de l'escalier des Ambassadeurs. Quand les chandelles furent non plus confectionnées avec de la graisse de bœuf ou de mouton, mais avec de la cire d'abeille, elles éclairèrent jusqu'à deux fois plus longtemps. Jean Racine mit à profit ce temps gagné en lumière en écrivant des tragédies plus longues durant jusqu'à deux heures. Un soir, les comédiens de l'Hôtel de Bourgogne jouaient devant Louis XIV. Ils voulurent combler le roi en finissant leur représentation par des improvisations qui ne s'achevèrent qu'à l'extinction des chandelles de scène. Mais le monarque fit comprendre qu'il était inutile d'avoir fait évoluer la durée de l'éclairage si c'était pour assister à de médiocres spectacles. Il aurait eu alors ce mot historique devant la prestation de ces messieurs de l'Hôtel de Bourgogne : « Le jeu n'en valait pas les chandelles. » D'où aurait découlé, selon Henri Pigaillem qui n'a pas son pareil pour nous restituer les *Petites histoires insolites de l'Histoire de France*, l'expression que nous connaissons sous une forme un peu différente : « Le jeu n'en vaut pas la chandelle. »

Jean Racine, fils d'un percepteur des impôts, contrôleur de la gabelle, naît le 22 décembre 1639 à

La Ferté-Milon, un an après Louis XIV. Issu d'une famille janséniste, il est admis gratuitement aux Petites Écoles de Port-Royal avec qui il aura toute sa vie des relations complexes. Il a 10 ans. Pendant huit ans, il va suivre les cours des maîtres de Port-Royal, tantôt à Paris, tantôt aux champs dans la vallée de Chevreuse. Bientôt Racine rêve de vivre comme il lui plaît, de sa plume. Son principal loisir est de converser de théâtre et de poésie avec son cousin Vitart, ami de Pascal, ou avec La Fontaine, un autre de ses cousins. Plus tard, il sera remarqué grâce à une « Ode sur la convalescence du Roi » alors que ce dernier vient d'avoir la rougeole, ce qui lui vaut une pension. Une seconde ode augmente sa faveur, dans laquelle il chante le roi et Colbert, « illustre mécène » qui, « quoi qu'il promette, fera davantage qu'il a promis ». À partir de ce texte, il est admis à la Cour, où il fréquente des gens de lettres et de théâtre, comme Boileau et Molière qui s'intéressent beaucoup à sa *Thébaïde* jouée par la troupe de Molière. La veille de la première représentation, la pièce a été applaudie dans un salon par La Rochefoucauld, Madame de Lafayette et Madame de Sévigné. Après le succès d'*Andromaque*, Racine a entraîné dans la troupe de l'Hôtel de Bourgogne une de ses meilleures actrices, la marquise Du Parc, sonnant du même coup la brouille avec Molière qui ne lui pardonne pas cette trahison. Mais comment résister à « La Du Parc cette belle actrice / Avec son port d'impératrice / Soit récitant, soit en chantant / N'a rien qui ne soit ravissant » ? C'est ce que pense Racine, qui en fait sa maîtresse.

Mais Racine ne réserve pas ses compliments qu'à la belle Du Parc ou aux autres égéries de sa vie. Il contribue également à la gloire du roi en évoquant sa splendeur physique. Cela n'échappe pas, bien sûr, à la sagacité de Voltaire : « Louis XIV était, comme on sait, le plus bel homme et le mieux fait de son royaume. C'était lui que Racine désignait dans *Bérénice* par ces vers :

"Qu'en quelque obscurité que le sort l'eût fait naître,

Le monde, en le voyant, eût reconnu son maî-tre." »

Voltaire poursuit : « Le roi sentit bien que cette tragédie, et surtout ces deux vers, étaient faits pour lui. Rien n'embellit d'ailleurs comme une couronne. Le son de sa voix était noble et touchant. Tous les hommes l'admiraient, et toutes les femmes soupiraient pour lui. Il avait une démarche qui ne pouvait convenir qu'à lui seul, et qui eût été ridicule en tout autre. Il se complaisait à en imposer par son air. L'embarras de ceux qui lui parlaient était un hommage qui flattait sa supériorité. »

Le 13 décembre 1669, la première de *Britannicus* donne lieu à une polémique. Si une cabale montée par ses ennemis a tenté de faire échouer la première, le lendemain, c'est un triomphe. Racine en gardera un souvenir aussi amer que magnifique, confiant à son fils Louis que « la moindre critique, quelle que mauvaise qu'elle soit, m'a toujours causé plus de chagrin que toutes les louanges ne m'ont fait de plaisir ». Après la mort de la Du Parc, la Champmeslé entre dans le cœur de Racine. Elle deviendra la plus grande tragédienne du siècle et mourra un an avant Racine, en 1698. Entre-temps ce dernier s'est marié le 1er juin 1677 à l'église Saint-Séverin avec une jeune bourgeoise, Catherine de Romanet, qui va lui donner sept enfants et lui laisser une paix royale, n'apparaissant jamais à Versailles, n'assistant à aucune de ses pièces, ne s'occupant jamais de ses affaires, mais lui offrant un total bonheur.

La carrière de Jean Racine le conduit au zénith : le roi le fait – insigne honneur – gentilhomme ordinaire de sa chambre. Désormais, il distrait Louis XIV de ses insomnies. Il couche dans la chambre du Roi-Soleil et lui lit ses pièces.

En 1677, il devient avec Boileau historiographe du roi. Tous deux le suivent pas à pas, notamment dans ses campagnes royales, rendant compte de ses actions et préparant plusieurs ouvrages par son ordre. Racine, perfectionniste, travaille sans relâche pour acquérir une vaste culture historique, géographique, navale et militaire. Il interroge ministres, chefs et soldats, recoupe les informations, vérifie... Rien ne doit lui échapper. Souhaitant mettre tout son talent à immortaliser la gloire du roi, il abandonne le théâtre, ce que regrette Madame de Lafayette qui voit en lui « le meilleur poète du temps, que l'on a tiré de sa poésie où il était inimitable pour en faire, à son malheur et celui de ceux qui ont le goût du théâtre, un historien très imitable ».

À la fin de sa vie, à la demande de Madame de Maintenon, il écrit pour les demoiselles de Saint-Cyr deux tragédies édifiantes au sujet biblique : *Esther* et *Athalie*.

Il ne reste hélas rien de la *Vie de Louis XIV* écrite par Racine. Elle a disparu en 1726 dans l'incendie de la maison de son successeur à l'Académie française et en tant qu'historiographe du roi, Valincour.

8

La suprématie française à l'extérieur du royaume

« Quel bruit, quel feu l'environne ?
C'est Jupiter en personne [...]
N'en doute point, c'est lui-même.
Tout brille en lui, tout est roi. »

Boileau

Le 5 décembre 1669, à Saint-Germain-en-Laye, par une de ces belles journées d'hiver dont l'Île-de-France a parfois le secret, les soldats de la Maison royale ont pris place, l'arme au pied, prêts à rendre les honneurs. La limpidité du ciel met en valeur les façades du château, lui imprimant un aspect doré bien conforme à l'une des résidences préférées du Roi-Soleil, et celle-ci en particulier, puisqu'elle n'est autre que sa maison natale. Une certaine impatience se lit dans les regards, comme chaque fois que la France se prépare à accueillir une ambassade étrangère.

Soudain apparaît un groupe d'une dizaine de carrosses, venant de Paris, et qui, en bon ordre, malgré l'impatience des chevaux caparaçonnés d'or, s'arrêtent sur la terrasse dominant la vallée de la

Seine. En descendent les dignitaires de la Couronne, quelques membres de la famille royale et celui que tous attendent, Soliman Aga, ambassadeur de la Sublime Porte, qu'on appelle aujourd'hui la Turquie, représentant de l'empereur ottoman, allié à la France depuis François Ier. L'introducteur des ambassadeurs s'avance et s'incline devant le diplomate revêtu d'une somptueuse robe de soie, portant un turban dans lequel sont enroulés perles et rubis. Il le précède dans les interminables couloirs du château, jusqu'à la vaste salle dans laquelle Louis XIV, assis sur son trône, l'attend, lui aussi vêtu avec une telle magnificence que le regard ne sait plus où se porter sur les milliers de pierreries cousues sur ses habits.

L'ambassadeur s'incline trois fois et marche, très lentement, jusqu'au pied du trône où, à la stupeur générale, il s'arrête et attend que le roi se lève, pour lui remettre les lettres du sultan. Il ignore que le plus grand roi de la Terre ne se lève devant personne et son attitude provoque un beau scandale, dont Louis XIV va se venger bientôt en commandant à Molière une burlesque « turquerie », le *Bourgeois gentilhomme*.

Ainsi l'émissaire de la Sublime Porte apprend-il l'importance de la France en Europe, ce que ne sauront négliger tous ceux qui, émissaires d'autres royaumes, la Moscovie, le Siam, la Perse, pour ne citer que ceux dont l'aspect exotique frappera les courtisans ou le public, viendront, jusqu'à la fin du règne, rendre hommage à son souverain qui, à Versailles bientôt, passera maître dans l'art de les éblouir, à grands coups de tambours, de miroirs, de diamants ou de belles dames, l'entourant à la manière d'un harem. L'audience publique achevée, ils s'en iront à reculons pour ne jamais montrer leur dos à l'astre universel. L'échange d'ambassades constitue ce moment privilégié où l'on montre sa puissance, embrassant ses alliés pour mieux les étouffer ensuite.

La paix de Nimègue et celle de Ratisbonne, en effet, parent désormais la France d'un incontestable prestige en Europe, comme en témoigne, entre autres, le mariage de la fille de Monsieur, le frère du roi, avec le nouveau roi d'Espagne. Ce dernier ne saurait rien refuser à « l'arbitre » de la paix comme de la guerre. Il laisse d'ailleurs désormais les navires français parcourir la Méditerranée, tandis qu'un peu partout les louanges vont bon train. Racine, le premier, écrit :

« Un plein repos favorise vos vœux,
Peuples, chantez la paix qui vous rend tous heureux.
Chantons, chantons la Paix qui nous rend tous heureux. »

Cela n'empêche pas le roi d'avoir des ennemis, et en particulier les Allemands qui, ne lui pardonnant pas le sac du Palatinat, le surnomment « Nabuchodonosor ». Souhaite-t-il dominer à jamais ses voisins ? Il veut au moins contenir leurs ambitions et, pour cela, les diviser. Il y excelle, faisant et défaisant leurs alliances au gré des opportunités qui se présentent en Suède, en Pologne ou en Hongrie, par exemple, dont les convulsions servent ses intérêts. Tour à tour somptueuse et efficace, la diplomatie laisse clairement entendre que, à la manière d'un retour aux valeurs de l'Antiquité, la France est la nouvelle Rome. Mais, à côté de la diplomatie officielle, il y a aussi la secrète, souvent plus efficace. Le prestige de la France est, à cette époque, si grand que le français commence à prendre le pas sur les autres idiomes européens, tendant à se substituer au latin comme langue diplomatique. Cela durera jusqu'à la chute de Napoléon, époque où l'anglais s'imposera peu à peu, même si l'aristocratie continuera à parler français comme en Russie. Et c'est en français qu'écrivent les folliculaires stipendiés par le roi, chargés de la propagande française à l'extérieur du royaume, comme Eustache Le Noble ou Gratien de Courtilz, l'auteur de la première biographie de d'Artagnan, dont Alexandre Dumas s'inspirera.

Le message qu'ils font passer est clair : la France est une puissante nation qu'il est dangereux de défier ou d'attaquer, sauf à se mettre en danger. Les vaisseaux du roi ne sillonnent-ils pas toutes les mers ? Même les barbaresques commencent à les redouter, qui, retranchés dans Tripoli et dans Alger, sont bombardés par les navires français. La France conquérante devient le modèle à imiter, renvoyant l'Espagne, jusque-là en position dominante, à sa propre faiblesse. Et il n'est pas jusqu'à la religion où cette suprématie s'affirme, puisque le concept de gallicanisme domine largement un clergé français qui ne reconnaît pas la suzeraineté du pape sur ses propres affaires. L'affaire de la « régale » le montre bien : usant de ce droit ancien de percevoir les revenus des évêchés du nord, lorsqu'ils sont vacants, le roi décide de l'étendre à toute la France, ce que conteste le pape Innocent XI. L'Assemblée générale de l'Église de France vote alors quatre articles, rédigés par Bossuet, qui renforcent son indépendance vis-à-vis du souverain pontife.

Mais le règne de Louis XIV ne limite pas son influence à l'Europe, puisque c'est à ce moment que s'accroît encore la présence française outre-mer, qui a tout à la fois pour but de signifier la puissance de la France à l'extérieur de ses frontières, de chanter partout la gloire du roi, de rechercher de nouveaux débouchés économiques et d'augmenter la superficie d'un monde désormais trop plein. Ce phénomène est la conséquence non seulement du formidable développement de la marine, mais encore de la nette amélioration des qualités des navires – on réduit de trois à un an la construction d'un vaisseau de guerre ! –, des techniques de navigation et d'une meilleure connaissance des cartes maritimes. Et si toute liberté est laissée aux compagnies marchandes pour tracer de nouvelles routes, dès qu'une possession est acquise, elle est aussitôt administrée par un gouverneur ou un intendant au nom de la Couronne, aboutissant à l'instauration d'un système d'économie mixte dans lequel les intérêts privés et ceux de l'État se complètent, voire se confondent.

C'est ainsi que, dès 1663, Colbert relance la « Nouvelle-France », autrement dit le Québec, où sous Henri IV, Samuel Champlain avait fondé une première colonie, qui exporte principalement des fourrures sur le continent. Colbert y envoie l'intendant Jean Talon, qui met en œuvre l'agriculture et suscite l'arrivée de colons afin de valoriser un territoire destiné à concurrencer les colonies britanniques, au sud, qui deviendront plus tard les États-Unis

d'Amérique. Parmi eux sont les quelque 800 orphe-
lines, âgées de 12 à 30 ans, expédiées entre 1663 et
1677, à bord de bateaux partis de Honfleur, Dieppe
ou La Rochelle, surnommées « les filles du roi »,
puisqu'elles sont les « filleules » de Louis XIV qui les
dote d'un petit pécule et de quelques effets. En dix
ans, elles vont, en se mariant avec des colons, tripler la
population de « la Nouvelle-France », où une plaque,
à Trois-Rivières, commémore leur souvenir, si loin de
Versailles par la distance, et si près par l'esprit.

Dans le même temps, des explorateurs sont mis-
sionnés pour agrandir le Québec, tel Louis Joliet, qui,
entre 1669 et 1670, reconnaît le pourtour des Grands
Lacs. En 1673, avec le missionnaire Marquette, il
entreprend la descente du Mississippi, qu'il baptise
« fleuve Colbert », en l'honneur de son ministre de
tutelle. Mais c'est le Normand Robert Cavelier de
La Salle qui, une dizaine d'années plus tard, mène
cette opération à bien, en poussant jusqu'à l'embouchure – soit un parcours de 3 300 kilomètres ! – et
en prenant possession, au nom de Louis XIV, de
l'ensemble des terres circonvoisines, qu'il baptise
« Louisiane », en l'honneur du roi, avant d'aller se
faire tuer en tentant de conquérir un autre territoire
qu'on n'appelle pas encore le Texas. La Louisiane restera française jusqu'à ce que Bonaparte la vende aux
États-Unis, après 130 ans de présence ce qui explique
pourquoi, comme au Québec, on parle encore français dans cette partie du Nouveau Monde. À la fin du
règne, une autre exploration brillante, menée cette
fois par Duguay-Trouin, poussera jusqu'à Rio de
Janeiro, au Brésil, dont il s'empare à l'été 1711.

Ce n'est pas tout ! Les Français progressent ensuite dans la région de la baie d'Hudson, ainsi qu'à Terre-Neuve, ce qui assure leur suprématie sur l'ensemble du nord de l'Atlantique dès 1700. L'Amérique constitue l'une des grandes idées du règne et le roi, comme Colbert, suit personnellement l'évolution des explorations. Là encore, elles ont aussi un autre but : damer le pion à l'Angleterre, elle aussi très active dans ce secteur. Parallèlement, un effort particulier est consenti aux Antilles où Colbert réorganise la petite île de Saint-Christophe, ainsi qu'à la Guadeloupe, la Martinique et Saint-Domingue, cette dernière, tout au moins, dans sa partie française (l'actuelle Haïti). Le but est de développer la culture du tabac et du sucre dont l'Occident est si friand, certes au prix de l'esclavage des Noirs, qu'on va chercher en Afrique, de plus en plus nombreux, et pour lesquels on édicte en 1685 un code terrible, le Code noir, qui fait d'eux de simples marchandises à vendre ou à acheter. Il faudra attendre un siècle pour s'intéresser à leur condition, de même qu'à celle des Indiens de Louisiane, décimés par les maladies ou les persécutions, à l'image d'un siècle de fer et de feu, qui rêve certes de gloire, mais pas encore de l'humanisme des Lumières.

En attendant, l'île de Gorée, dans l'actuel Sénégal, est prise par les Français. C'est la première implantation française dans cette Afrique que la France, près de deux siècles plus tard, va coloniser en partie. Enfin, à l'extrême fin du règne, c'est dans l'océan Indien, l'île Bourbon (l'actuelle Réunion) et l'île de France (l'actuelle île Maurice) qui vont entrer dans le patrimoine de la Couronne. C'est également à cette époque que seront établis les premiers comptoirs sur les côtes de l'Inde, à Pondichéry et à Chandernagor, dont les noms, porteurs d'une exotique nostalgie, font encore rêver les Français d'aujourd'hui. Le Roi-Soleil envoie encore une ambassade au Siam sous l'égide de l'abbé de Choisy, avant d'en recevoir une en retour de ce pays qu'on nomme « le pays de l'éléphant blanc ». C'est le commencement d'une histoire extrême-orientale qu'achèvera, deux siècles plus tard, la conquérante IIIe République, notamment avec Jules Ferry qui imposera le protectorat de la France sur l'Annam et le Tonkin.

Jamais la présence française ne s'est-elle autant fait sentir dans le monde, y compris dans l'Empire ottoman, où le roi poursuit la traditionnelle alliance initiée par son prédécesseur François Ier, et encore au Maroc. Enfin, la religion elle-même est appelée à participer à cette extension française, ce que fait le Séminaire des Missions étrangères, fondé à Paris en 1663, véritable point de départ d'expéditions multiples, jusqu'à la lointaine Chine où les jésuites introduisent le christianisme.

Au soir de la mémorable fête du château de Chantilly, le prince de Condé s'adresse a son maître d'hôtel : « Vatel, tout va bien, rien n'était si beau que le souper du roi. » Mais le lendemain, catastrophe ! La marée a plus que du retard et... Vatel se suicide !

Le 23 avril 1671, au château de Chantilly, le prince de Condé confie au fameux maître d'hôtel François Vatel, à qui il a donné le titre de « contrôleur général de la Bouche », le soin d'organiser pendant trois jours les soupers servis en l'honneur de Louis XIV. Le premier soir est marqué par quelques incidents : le rôti, notamment, manque à plusieurs tables en raison de l'arrivée imprévue de nombreux convives. Le seigneur de Moreuil relate la soirée à Madame de Sévigné qui s'empresse de le raconter dans une lettre : « Le roi arriva jeudi au soir. La chasse, les lanternes, le clair de la lune, la promenade, la collation dans un lieu tapissé de jonquilles, tout cela fut à souhait. On soupa. Il y eut quelques tables où le rôti manqua, à cause de plusieurs dîners où l'on ne s'était point attendu. Cela saisit Vatel. Il dit plusieurs fois : "Je suis perdu d'honneur ; voici un affront que je ne supporterai pas." Il dit à Gourville : "La tête me tourne, il y a douze nuits que je n'ai dormi. Aidez-moi à donner des ordres." Gourville le soulagea en ce qu'il put. Ce rôti qui avait manqué, non pas à la table du Roi, mais aux vingt-cinquièmes, lui revenait toujours à la tête. Gourville le dit à Monsieur le Prince. Monsieur le Prince alla jusque dans sa chambre et lui dit : "Vatel, tout va bien ; rien n'était si beau que le souper du roi." Il lui dit : "Monseigneur ! votre bonté m'achève ; je sais que le rôti a manqué à deux tables. – Point du tout, dit Monsieur le Prince ; ne vous fâchez point : tout va bien." La nuit vient. Le feu d'artifice ne réussit pas ; il fut couvert d'un nuage. Il coûtait seize mille francs. À quatre heures du matin, Vatel s'en va partout ; il trouve tout endormi. Il rencontre un petit pourvoyeur qui lui apportait seulement deux charges de marée ; il lui demande : "Est-ce là tout ?" Il lui dit : "Oui, Monsieur." Il ne savait pas que Vatel avait envoyé des ordres à tous les ports de mer. Il attend quelque temps ; les autres pourvoyeurs ne viennent point. Sa tête s'échauffait ; il croit qu'il n'aura point d'autre marée. Il trouve Gourville et lui dit : "Monsieur, je ne survivrai pas à cet affront-ci ; j'ai de l'honneur et de la réputation à perdre." Gourville se moqua de lui. Vatel monte à sa chambre, met son épée contre la porte, et se la passe au travers du cœur, mais ce ne fut qu'au troisième coup, car il s'en donna deux qui n'étaient pas mortels ; il tombe mort. La marée cependant arrive de tous côtés. On cherche Vatel pour la distribuer. On va à sa chambre. On heurte, on enfonce la porte, on le trouve noyé dans son sang. On court à Monsieur le Prince, qui fut au désespoir. Monsieur le Duc pleura ; c'était sur Vatel que roulait tout son voyage de Bourgogne. Monsieur le Prince le dit au roi fort tristement. On dit que c'était à force d'avoir de l'honneur en sa manière. On le loua fort. On loua et blâma son courage. Le Roi dit qu'il y avait cinq ans qu'il retardait de venir à Chantilly parce qu'il comprenait l'excès de cet embarras. Il dit à Monsieur le Prince qu'il ne devait avoir que deux tables et ne se point charger de tout le reste ; il jura qu'il ne souffrirait plus que Monsieur le Prince en usât ainsi.

Mais c'était trop tard pour le pauvre Vatel. Cependant Gourville tâche de réparer la perte de Vatel ; elle le fut. On dîna très bien, on fit collation, on soupa, on se promena, on joua, on fut à la chasse. Tout était parfumé de jonquilles, tout était enchanté. Hier, qui était samedi, on fit encore de même. Et le soir, le roi alla à Liancourt, où il avait commandé un médianoche ; il y doit demeurer aujourd'hui. »

Revenons-en à ce pauvre Vatel. De son vrai nom Fritz-Karl Watel, il était né à Paris en 1631. Le métier où il exerça à la perfection son talent fut celui de pâtissier-traiteur, intendant et maître d'hôtel français, successivement au service de Nicolas Fouquet, surintendant des Finances, et du prince Louis II de Bourbon-Condé. Grand organisateur de fêtes et de festins fastueux, il se distingua à Vaux-le-Vicomte puis au château de Chantilly. La fête de 1661 à Vaux-le-Vicomte, qui aurait dû consacrer son triomphe et qui fut fatale à Fouquet, fut celle de toutes les saveurs souveraines : un dîner de quatre-vingts tables avec trente buffets et cinq services de faisans, cailles, ortolans, perdrix… le tout servi dans une vaisselle en or massif pour les invités d'honneur et en argent pour le reste de la Cour. Pour l'atmosphère, les violons jouèrent la musique de Lully, surintendant de la musique du Roi. Pour le divertissement, Molière et Lully mirent en scène *Les Fâcheux*, une comédie-ballet spécialement composée pour l'événement. Pour le dessert, Vatel s'était surpassé en créant la surprise avec cette crème fouettée et sucrée connue aujourd'hui sous le nom de « crème Chantilly » ! Il est passé à la postérité comme le martyr volontaire de sa conscience professionnelle.

9

Le Roi-Soleil

« Déjà seul, je conduis mes chevaux lumineux
Qui traînent la splendeur et l'éclat après eux,
Une divine main m'en a remis les rênes ;
Une grande déesse a soutenu mes droits,
Nous avons même gloire, elle est l'astre des reines,
Je suis l'astre des rois. »

Argument du *Ballet de la Nuit*

Au Louvre, dans la cour carrée, l'été 1669, les vingt-quatre violons du roi commencent à interpréter la partition du *Ballet de Flore*. Comme à chaque fois, les accords de Lully plongent l'assistance dans un incomparable ravissement, éteignant les dernières conversations entre les dames de la Cour, en grands décolletés, parées de leurs plus beaux joyaux, et leurs compagnons, maris, pères, frères ou amants, revêtus de brocarts et coiffés de larges chapeaux à plumes. La douceur de la soirée et le scintillement des bougies qui se reflètent sur les pierres ou sur les parements de marbre du vieux palais royal donnent un aspect irréel, au moment où l'astre tant attendu et tout vêtu d'or paraît enfin. La musique monte d'un cran et l'huissier peut crier la formule traditionnelle : « Le roi danse ! »

Ce dernier s'avance et exécute, d'abord lentement, puis plus rapidement, les figures compliquées – chassis, assemblés, sissonnes et entrechats –, mimant la progressive montée en puissance de l'astre solaire dominant les planètes et ravalant le commun des mortels au rang de simples spectateurs, dont la présence n'est que le faire-valoir de ce demi-dieu descendu du ciel pour consentir à leur livrer une part de sa lumière. Ce spectacle, que Louis XIV donne pour une des dernières fois, est totalement extraordinaire : le roi très chrétien verse ainsi dans le paganisme le plus outré, sans que les cardinaux et évêques présents n'y trouvent rien à redire. Il l'est encore plus lorsqu'on considère que c'est un chef d'État en exercice qui se livre à une telle exhibition, sans qu'aucun de ses sujets ne songe un instant à rire, ni même à sourire, puisque, même masqué sous le classicisme naissant, ce ballet est encore, dans sa forme comme dans son esprit, totalement baroque.

Certes, il est particulièrement difficile pour nos esprits contemporains d'imaginer le premier des Français déguisé en Soleil et dansant en public devant tout ce qui compte dans la Nation, même si le répertoire chorégraphique de l'époque, codifié par Charles-Pierre de Beauchamp, professeur du roi, n'a bien sûr, contrairement à notre époque, rien d'acrobatique.

Mais ces ballets ont pour fonction d'ancrer le souverain dans la complexe mythologie solaire qui, depuis l'Antiquité égyptienne, perse, grecque puis romaine – sans compter les sociétés amérindiennes ou extrême-orientales –, associe l'astre et celui qui gouverne. D'autres rois de France et même d'Espagne – et Louis XIV est français et espagnol – ont utilisé ce symbole de suprématie. Lui va le porter haut et fort, jusqu'à se livrer à cet art si profane. Pour mieux comprendre un tel phénomène, il convient aussi de souligner que la nature artiste du roi le pousse à ce genre d'activité, lui qui a pour la première fois dansé dans *Le Ballet de la Nuit*, le 23 février 1653 – il avait alors 14 ans – dans une mise en scène somptueuse, autant que le costume qu'il portait ce jour-là. L'argument de ce ballet signé Benserade sur une musique de Lully était le suivant :

« Sur la cime des monts commençant d'éclairer,
Je commence déjà à me faire admirer,
Et je suis guère avant dans ma vaste carrière ;
Je viens rendre aux objets la forme et la couleur,
Et qui ne voudrait pas avouer ma lumière
Sentira ma chaleur. »

L'esprit de ces représentations est bien d'affirmer sa suprématie de *primus inter pares*, de prince de l'État, vers qui tous les regards doivent converger, lui la source même du pouvoir ; dont le message passe par la magie de l'art. Le symbolisme du ballet, par définition métaphorique, n'échappe donc à personne, comme dans celui des *Noces de Pelée et de Thétis*, dont l'argument fut ainsi présenté :

« Plus brillant et mieux fait que tous les dieux ensemble,
La terre ni le ciel n'ont rien qui me ressemble,
Des rayons immortels mon front est couronné :
Amoureux des beautés de la seule Victoire,

Je cours sans cesse après la gloire
Et ne cours pas après Daphné. »

Mais, ce soir-là, l'âge venant, le roi cesse de danser.
Il a 32 ans. Sa prestation dans *Les Amants magni-*
fiques de Molière et Lully, en 1670, sera sa dernière
représentation. La symbolique du Soleil va cependant continuer pour lui, le moyeu de la roue autour
duquel tourne le monde. Elle se déploiera dans toute
la décoration de la galerie d'Apollon, au Louvre puis
à la galerie des Glaces à Versailles. Et s'il ne dansera
plus, chacune de ses journées composera le perpétuel
ballet de sa symbolique solaire, attirant l'ensemble des
regards de ses sujets, parfaitement avertis, comme le
préconise si bien cet adage du *Ballet des Plaisirs* :

« Place à ce demi-dieu qui triomphe aujourd'hui
Et malheur à qui ne danse
De cadence avec lui. »

C'est que le roi n'est pas seulement le symbole de
l'astre de la puissance, mais aussi l'incarnation du parfait « honnête homme » régnant sur une Cour dont la
première raison d'être est, à son contact, de s'éduquer
au « grand goût » civilisateur. Toute la sociabilité
du siècle passe par la personne du roi parangon de
culture et, à travers elle, de l'art de bien penser, parler,
comprendre, se mouvoir, s'exprimer, en un mot de
composer un « beau personnage », l'idéal même de
l'esprit baroque, avant de devenir peu à peu celui du
paradigme classique. Voilà pourquoi sont exclus tant
les soudards que les duellistes et, avec eux, tous ceux
qui ne sont pas dans la norme, comme le rappelle ce
célèbre vers du *Tartuffe* de Molière : « Nous vivons
sous un prince ennemi de la fraude. »

Mais le Roi-Soleil est-il vraiment « le plus bel homme en son royaume », comme le dit sa cousine, la duchesse de Montpensier ? Ou cela fait-il partie du langage convenu dans une monarchie, dont le chef est le maître incontesté, l'objet de tous les regards, celui que les peintres représentent en Mars, en Hercule ou en Apollon, en Alexandre, en César ou en Auguste, toujours jeune, héroïque, martial et séduisant, à cheval ou assis sur les nuages de l'Olympe, debout avec ses contemporains en costume de son temps, mais toujours mieux vêtu, plus grand, un pas en avant, en bref fondamentalement différent des autres ? S'il y a sans doute une part d'exagération dans l'amphigourique littérature ou iconographie relatives à la fascination qu'exerce le « Roi-Soleil », il convient de retenir aussi le témoignage de ceux qui, moins subjectifs, reconnaissent tout de même qu'au midi de sa vie, le roi ne manque pas d'allure.

Saint-Simon, ainsi, qui ne le porte guère dans son cœur, est le premier à souligner son charisme : « Au milieu de tous les autres hommes, sa taille, son port, ses grâces, sa beauté et sa grande mine, jusqu'au son de sa voix et à l'adresse et la grâce naturelle et majestueuse de toute sa personne, le faisaient distinguer jusqu'à sa mort, comme le roi des abeilles. » Il n'est pas jusqu'à l'auteur de *L'Apothéose d'un Nouvel Hercule* à y aller de son couplet :

« Est-ce un homme ? Il est sans faiblesse,
Est-ce un dieu ? Mais il est mortel.
Si c'est trop de l'appeler dieu,
C'est trop peu de l'appeler homme. »

Cette singulière position, c'est bien la statuaire qui l'exprime le mieux et par deux fois à Paris. En 1685, le maréchal de La Feuillade fait aménager par Mansart la place des Victoires, qu'il fait orner, en son centre, d'une statue de Louis XIV par Martin Desjardins, avec cette inscription latine : *Viro immortali* (« à l'homme immortel »).

La seconde, érigée en 1699, est sur la place Louis-le-Grand (l'actuelle place Vendôme), écrin magnifique d'une immense statue équestre de bronze, par Girardon. Des vers satiriques de l'époque en disent :

« À la Place Royale on a placé ton père
Parmi les gens de qualité
On voit sur le Pont-Neuf ton aïeul débonnaire
Près du peuple qui fut l'objet de ta bonté.
Pour toi des partisans le prince tutélaire.
À la place Vendôme entre eux on t'a placé. »

Tous les contemporains, en effet, ont souligné l'exceptionnelle allure du souverain, dont le poète Scarron dit qu'« il est le plus aimable roi du monde », tandis que Voltaire, qui recueillit le témoignage des survivants, énonce ce principe : « Le monde, en le voyant, eût reconnu son maître. » On pourrait multiplier à l'infini les exemples de cette présence physique, jusqu'à la caricature, tel l'ambassadeur Primi Visconti s'exclamant : « Il suffisait que le roi sortît pour que la pluie cessât. » En fait, comme chez tous les individus, Louis XIV offre un mélange de personnalité physique et morale, dont la conjonction lui donne cette allure tant vantée : plus grand qu'on ne l'a cru longtemps, plutôt bien proportionné – il est cavalier, chasseur, danseur et homme de guerre –, le luxe de ses vêtements, l'ampleur de sa perruque et sa majesté impressionnent. Mais, parallèlement, il est aussi naturellement affable, accessible, d'une politesse parfaite, lui qui ne manque jamais de saluer la dernière femme de chambre qu'il croise sur son chemin.

Mais si on décrypte les traits du Soleil, il y a tout de même de quoi redire. La perruque, d'abord, dissimule un crâne prématurément chauve ; le visage est régulier, mais marqué par la petite vérole et, qui plus est, par une désagréable verrue, entre le nez et l'œil, que même le Bernin a représentée sur son buste. Et que dire des dents précocement gâtées, de l'odeur de sa bouche contraignant ses maîtresses à tenir devant leur nez un mouchoir parfumé, du ventre qui viendra avec l'âge et de l'absence totale d'hygiène physique qui fait que le roi porte certes du linge propre, mais sur un corps sale et des perruques pas davantage lavées, où pullule la vermine ! Il n'est que de voir l'évolution, certes sur des dizaines d'années, séparant le buste du Bernin avec l'extraordinaire portrait en cire d'Antoine Benoist représentant, avec une réalité criante, le souverain sexagénaire, pour mesurer la terrible évolution physique, que sa belle-sœur, la princesse Palatine, résume à sa manière : « Il se laisse aller trop souvent. Il paraît fort gros et vieux. Le visage est singulièrement changé, à peine s'il est reconnaissable, journellement, il se ride davantage. »

La réalité, d'un côté, est crue. Mais la propagande officielle, d'un autre, la transcende. Jamais souverain n'a été aussi peint, sculpté ou gravé que Louis XIV, dont les artistes reproduisent l'image à l'infini, à pied, à cheval, en gentilhomme, en armure, en Apollon, en

Hercule, en Mars, sur les médailles ou les plafonds de ses palais. Il s'impose ainsi, à demi divinisé, à ses vingt millions de sujets, dont 80 % encore d'analphabètes, qui admirent ou redoutent celui qui est devenu officiellement, en 1680, et le restera jusqu'à la fin, « Ludovicus Magnus Rex Christianissimus », c'est-à-dire « Louis le Grand, Roi Très Chrétien ». L'image du roi est, du reste, si sacrée que ceux qui vivent en marge de son intimité, à Versailles ou ailleurs, n'ont même pas le droit de tourner le dos à ses innombrables représentations !

Mais le roi n'est pas seulement Soleil dans les arts, il l'est encore dans ses amours. Il se lasse vite de sa femme, la très dévote Marie-Thérèse, confinée en ses appartements, avec ses nains, ses naines, ses animaux familiers et ses ennuyeuses dames d'honneur, même si, jusqu'à sa mort, il demeurera avec elle d'une amabilité constante. D'abord parce qu'elle est reine et fille de roi, ensuite parce qu'elle est la mère de celui qui devrait devenir le futur roi, ce Dauphin Louis, puis « Grand Dauphin » quand il sera père à son tour, qui va engendrer sa nombreuse descendance. De son épouse, née Marie-Anne de Bavière, celui-ci sera père de trois fils, le duc de Bourgogne, le duc d'Anjou et le duc de Berry, qui feront de Louis XIV un jeune grand-père.

Entre-temps, après quelques passades, le roi choisit Mademoiselle de La Vallière pour première maîtresse officielle, dès l'année de sa prise de pouvoir. C'est pour cette jeune femme modeste et peu intéressée par la fortune et la célébrité – bien que son amant l'élève au titre de duchesse – qu'il commande « Les

Plaisirs de l'Île enchantée », la première grande fête donnée à Versailles. Mais sa faveur, comme sa beauté, décline rapidement au profit de celle qui va être le « grand amour » du roi, Madame de Montespan, une splendeur de 26 ans au tempérament de feu. Pendant quelque temps, Louis XIV conserve les deux. Comme il les amènera à la guerre avec son épouse, le peuple, dans le Nord, parlera des… « trois reines » ! Mais la malheureuse Louise, évincée par sa rivale et rongée par le remords d'avoir tant vécu dans le péché, décide de vivre la fin de sa vie de manière édifiante, se retirant au couvent des Dames de la Visitation de Chaillot. Elle le quitte pourtant pour reprendre sa place à la Cour pendant trois années, à l'issue desquelles, tourmentée par sa conscience, elle reprend le voile, cette fois-ci des Carmélites, intégrant le couvent de la rue Saint-Jacques, non sans avoir confessé à son royal amant cet aveu :

« Puis-je, dans ces moments me cacher à moi-même
Qu'en me donnant à Dieu, c'est encore vous que j'aime. »

Elle va y passer les trente-six années qui lui restent à vivre, avant de s'y éteindre le 6 juin 1710, à l'âge de 65 ans, s'effaçant devant la plus magnifique dame de la cour de France, Françoise-Athénaïs de Rochechouart-Mortemart, épouse du marquis de Montespan. Cet ours mal léché, apprenant son infortune, au lieu d'en tirer parti, hurle partout contre le rapt de son épouse, faisant un jour savoir au souverain qu'il ne peut plus venir à Versailles, parce que ses cornes sont trop hautes pour passer les portes ou rassemblant un autre jour dans la cour de son hôtel toute

sa domesticité, chapelain compris, pour leur lancer :
« Messieurs, vous êtes tous cocus, le roi couche avec
ma femme » ! Que n'a-t-il médité les vers qu'il inspire
à Molière dans son *Amphitryon* :

    « Un partage avec Jupiter
    N'a rien du tout qui déshonore
    Et sans doute, il ne peut être que glorieux
    De se voir le rival du souverain des dieux. »

Tandis que le marquis, trop amoureux de sa
femme, s'en va réfléchir à Fort-L'Évêque sur ses inso-
lences frisant le lèse-majesté, avant d'être assigné à
résidence sur ses terres pyrénéennes, le roi commence
une idylle passionnée avec cette opulente blonde aux
yeux bleus – « triomphante beauté à montrer à tous
les ambassadeurs », écrit Madame de Sévigné ! – qui
non seulement est infiniment désirable, mais encore
pleine d'esprit. Elle est si drôle que les courtisans évi-
tent désormais de passer sous ses fenêtres – « passer
par les armes », disent-ils – pour éviter les railleries
qu'ils lui inspirent et qu'elle ne cache pas au roi.
Est-elle sa maîtresse ou la véritable reine ? Il est de
notoriété publique qu'ils vivent ensemble, malgré les
jérémiades de Marie-Thérèse sur « cette poute qui
[la] fera mourir ». Le roi ne peut se passer d'honorer
chaque nuit le magnifique corps de sa bien-aimée, à
qui il va offrir le Trianon de porcelaine, le château de
Clagny, le plus beau des appartements de Versailles, à
côté du sien, ainsi que le bâton de maréchal de France
à son frère, le duc de Vivonne. Avec son « angélique
visage, ses cheveux blonds, ses grands yeux bleus couleur d'azur » (Primi Visconti) – en un mot sa « rare
beauté » –, Madame de Montespan est un morceau de

roi et elle le sait. Rien ne saurait arrêter son ambition. Mais c'est aussi une liaison passionnée, marquée par des scènes effrayantes lorsque l'auguste regard du roi se porte sur d'autres attraits largement prodigués par nombre de dames de la Cour, prêtes à tout pour lui ravir sa place !

Tous deux sont extrêmement proches, comme témoigne une des femmes de chambre de la favorite : « L'envie d'elle le prend trois fois le jour, et dans son impatience, il pousse jusqu'à la trousser devant nous. » Huit nouveaux bâtards vont naître, dont quatre survivront, contrairement à ceux de la reine – le Grand Dauphin excepté : Louis-Auguste de Bourbon, le futur duc du Maine, Louise-Françoise de Bourbon, dite Mademoiselle de Nantes seconde, future épouse du prince de Condé, Marie-Françoise de Bourbon, dite Mademoiselle de Blois seconde, future duchesse d'Orléans, et Louis-Alexandre de Bourbon, futur comte de Toulouse. Pourquoi les enfants de la reine meurent-ils, tandis que ceux de sa maîtresse vivent ? demande un jour le roi à son médecin Fagon. « Ah ! Sire, parce que la reine n'a que la rincée du verre », lui répond ce contemporain de Diafoirus, ignorant les effets de l'effroyable consanguinité entre le roi et sa femme, cousins à de multiples reprises ! En attendant, la petite troupe est confiée à la garde puis à l'éducation avisée d'une certaine Françoise d'Aubigné, épouse du poète Scarron, la future Madame de Maintenon.

Si la médecine applaudit, l'Église fronce les sourcils car, contrairement à Mademoiselle de La Vallière, c'est d'un double adultère qu'il s'agit, tous deux étant mariés. Le père La Chaise, confesseur du roi, le prédicateur Bourdaloue et même Bossuet y vont de leur couplet, ce dernier demandant, sinon d'« éteindre un instant une flamme si violente », mais « de la diminuer ». Rien n'y fait. Il faudra, nombre d'années plus tard, un scandale pour mettre fin à l'histoire d'un amour fou que chacun finit par croire indescriptible. Madame de Montespan, le grand amour du roi, est donc le nouvel astre que les peintres immortalisent et que les courtisans sollicitent humblement, y compris le fameux comte de Lauzun, à qui elle promet tout ce qu'il demande, mais sans rien faire. Excédé, celui-ci va jusqu'à entrer un jour dans sa chambre et à se cacher sous le lit pour savoir ce qu'elle fait. Le roi et sa maîtresse ne tardent pas à venir, se couchent, font l'amour et discutent. La conversation portant sur Lauzun, la favorite dit au roi tout le mal qu'elle pense de lui. Quelques heures plus tard, le lieu ayant été quitté, Lauzun se précipite chez Madame de Montespan et lui répète tout ce qu'il a entendu. Celle-ci croit alors avoir affaire à un cas de sorcellerie et s'en va à son tour tout raconter au roi. Ce dernier convoque l'insolent qui brise son épée pour ne « pas servir un prince qui manque de parole ». Louis XIV est furieux mais il sait se maîtriser. Ouvrant une fenêtre par laquelle il jette sa canne, il lance à son interlocuteur qu'il ne souhaite pas « frapper un gentilhomme ».

Rien de la vie privée du roi n'échappe à l'opinion publique, qui guette le moindre de ses faits et gestes. Des domestiques sont même postés à l'extérieur de sa porte avec une mission particulière : entrer dans le cabinet du roi, lorsqu'il s'y fait trop de bruit – c'est le cas des fameuses disputes avec son frère – pour lui dire : « Attention, Sire, on entend. » Être le maître n'autorise pas tout : dans cet immense caravansérail de Versailles, il faut prendre garde à ne pas importuner ses voisins !

Le roi est-il, pour autant, un amant fidèle ? À sa manière, peut-être, une aussi longue liaison ne devant pas faire oublier les plaisirs d'une nuit, d'une semaine ou parfois d'un mois, pris avec des bourgeoises ou des paysannes, comme cette « jardinière », dont parle Saint-Simon, qui lui aurait donné une fille non reconnue, cette dame de Pons, épouse du Grand Louvetier de France, cette Charlotte de Gramont, princesse de Monaco, avec qui il a une aventure de quelques mois, ou encore cette princesse de Soubise, née de Rohan-Chabot ou cette dame de Ludres, sans compter la dame de Vin des Œillets, propre femme de chambre de Madame de Montespan, Lydie de Rochefort-Théobon, Mademoiselle de Rouvroy, la duchesse de Ventadour ou la duchesse de Nevers, souvent citées par les chroniqueurs, comme ayant accordé leurs faveurs au Soleil, ou reçu les siennes, selon la manière dont on voit les choses. Pour les folliculaires, l'affaire est entendue, ce qui explique ces couplets osés :

« Laissez baiser vos femmes,
Gramont, Monaco, Montespan,
Laissez baiser vos femmes,
Les nôtres en font autant. »

Une seule a laissé un souvenir un peu plus consistant, Marie-Angélique de Scorraille de Roussille, duchesse de Fontanges, « belle comme un ange et sotte comme un panier », a dit cruellement l'abbé de

Choisy, qui meurt après avoir accouché des œuvres du roi. Une seule, dit-on, lui résiste, Mademoiselle de Sévigné, la propre fille de la célèbre épistolière, qui préférera le comte de Grignan, ce qui inspire à La Fontaine sa fable, « Le Lion amoureux », où il expose la situation clairement :

« Sévigné, de qui les attraits
Servent aux grâces de modèle
Et qui naquîtes toute belle
À votre indifférence près
Pourriez-vous être favorable
Aux jeux innocents d'une fable
Et voir sans vous épouvanter
Un lion qu'Amour a su dompter. »

Comment ses contemporains le voient-ils, ce Roi-Soleil qui se confesse de ses péchés de chair et, en même temps, exhibe ses maîtresses, participe à la guerre et dirige lui-même son gouvernement ? Il semble bon, ici, de leur donner la parole afin de comprendre l'impact profond qu'il eut sur eux. Ainsi le décrit l'ambassadeur de Venise Alvisse Sagredo : « Sa Majesté est dotée de tous les avantages personnels [...]. Quant aux dons de l'âme, Sa Majesté est pourvue d'une sagesse naturelle et d'une intelligence extrêmement lucide. Elle accueille tout un chacun avec énormément de bienveillance, mêle dans toutes ses actions, les petites comme les grandes, la gentillesse et la gravité à une grâce qui ravit tous les cœurs. Enfin, il est certain que dans toutes les affaires du royaume, Sa Majesté procède avec la plus grande sagesse. On peut voir qu'elle sait garder un profond silence et ne laisse jamais sortir de sa bouche parole inconsidérée. Dieu lui a donné une mémoire claire et elle s'en sert pour se régler sur les exemples et les cas du passé, quand elle doit prendre des décisions, faisant les comparaisons qui s'imposent et en profitant pour mieux faire encore qu'il n'a été fait. »

De son côté sa belle-sœur, la princesse Palatine, épouse de Monsieur, le duc d'Orléans, note que : « Quand le roi voulait, il était l'homme le plus agréable et le plus aimable du monde, mais il fallait qu'il fût accoutumé aux personnes ; il plaisantait d'une manière comique et avec agrément. Sans être parfait, il avait de belles et grandes qualités. Il est certain qu'il était le plus bel homme de son royaume ; personne n'avait aussi bonne mine que lui ; il avait une figure agréable, de belles jambes, de jolis pieds, une voix agréable ; il était grand et gros en proportion : en un mot, il n'y avait absolument rien à blâmer dans toute sa personne. »

Ces témoignages sont naturellement à comparer avec les portraits du roi qui, tout au long du siècle, évoluent sous le pinceau de Mignard, de Pezey, d'Houasse, de Lefebvre, de Jollian ou de Martin. Qu'il soit représenté en empereur romain, à cheval, assis, debout, toujours pompeusement mis, en un mot impressionnant d'assurance, de flegme, il reste toujours, derrière la splendeur des étoffes ou de l'armure, des chapeaux à plumes et des tentures soulevées par le vent, ce côté « Français moyen » qu'accentue cette petite moustache sous le nez, qu'il rasera en vieillissant, sans doute parce que, entre-temps, elle blanchira. Mais ce sont surtout deux œuvres qui, plus que d'autres, vont marquer la « figure » du roi, le sens de ce mot, à l'époque, signifiant physionomie générale. La première est le buste de l'encore jeune homme qu'est le roi, par le Bernin, d'une suprême élégance et d'une vitalité contenue, pendant la réalisation duquel l'artiste et le souverain tiennent ce dialogue savoureux :

— *Sto rubando*, lance au roi le Bernin (« Je suis en train de voler », sous-entendu votre effigie).

— *Si ma è per restituire*, répond le roi (« Oui, mais c'est pour la restituer »).

— *Pero per restituire meno del rubato*, rétorque le Bernin (« Mais pour restituer moins que ce qui a été dérobé »).

La seconde est le grand portrait d'apparat de Hyacinthe Rigaud, achevé en 1701, qui, sans doute, véhicule le mieux l'image du roi à l'âge mûr, tant de fois copié et expédié dans les châteaux de province et même hors des frontières, jusqu'à nos livres d'écoliers. Juché sur des souliers à hauts talons rouges, Louis XIV porte le costume du temps de son grand-père Henri IV, avec bas de soie et culotte bouffante mettant en valeur ses longues jambes. À l'exception des dentelles de sa cravate et de ses poignets, tout le reste du corps est recouvert du grand manteau du sacre, en velours bleu semé de fleurs de lys dorés, fourré d'hermine, et sur lequel a été passé le collier de l'ordre du Saint-Esprit. La tête est surmontée de la haute perruque qui, avec les talons, agrandit un personnage officiel regardant droit dans les yeux le spectateur, tandis que la main droite s'appuie sur le sceptre – curieusement à l'envers ! – dont la fleur de lys repose près de la couronne posée sur un carreau, à côté de la main de Justice, la main gauche dévoilant un pan du manteau pour laisser apparaître l'épée sertie de joyaux.

Ce portrait est un modèle du genre, et le roi ne s'y trompe pas, qui le fait accrocher dans le salon d'Apollon, à Versailles, salon qui fait office de salle du Trône. Toute la majesté du roi est là, dans ce regard impénétrable et cette bouche un peu serrée, cette attitude olympienne. On sent, confusément, que face à une telle présence, il faut s'abaisser, plonger dans une humble révérence, comme le faisaient les courtisans de l'époque, « avalant » leur chapeau, selon l'expression du temps, littéralement allant vers l'aval, l'abaissant de haut en bas. Quand l'expression « avaler son chapeau » est-elle devenue « manger son chapeau », qui, elle, a perdu tout son sens ? On l'ignore, mais c'est un des secrets de l'évolution de la langue française, une langue qui, sous Louis XIV, atteint sans doute sa perfection.

Mais si l'extérieur impressionne, qu'en est-il de l'intérieur ? Se livrant peu, même à ses proches, le roi joue volontiers les esprits impénétrables, attendant que chacun ait fini de parler avant de donner son opinion. Il a appris de Mazarin que celui qui commande doit en dire le moins possible, surtout à ses proches. De même il a appris très jeune à se contrôler, ce qui rend plus impressionnantes ses colères rentrées. Mais il n'a pas – tant s'en faut ! – que des qualités. Il est rancunier – Fouquet va l'apprendre à ses dépens, qui ne sortira plus, vivant, de la prison lointaine où il l'a expédié ! – et beaucoup plus éloigné de son peuple qu'il ne le croit lui-même.

Quels sont ces paysans de France, de la Bigorre au Vivarais, de la Chalosse au Boulonnais, de la Bretagne au Languedoc, qui se révolteront contre, sinon son autorité, du moins sa fiscalité ? Des manants qu'on réprime sans état d'âme, sans même chercher à les comprendre ! Le Soleil est cruel qui, homme de son temps, n'imagine pas qu'on puisse avoir une autre opinion que la sienne, une autre religion que la sienne, d'autres mœurs que les siennes. Le règne du Soleil a, dès son commencement, son envers, dont il ne sait pas grand-chose, avec les paysans qui meurent de faim à la première disette, les ouvriers qui travaillent quinze heures par jour, les galériens qu'on fouette pour qu'ils rament, les fous battus continuel-lement à Bicêtre, les filles de joie de Paris crevant de la vérole, les hôpitaux, où les malades s'entassent à quatre ou six par lit, dans leurs infections de toutes sortes, les Indiens de Louisiane massacrés, les Noirs d'Afrique déportés de force à Saint-Domingue pour couper les cannes à sucre.

Tous constituent autant d'exemples de ce « Siècle de fer et de feu », dans lequel émergent parfois d'ad-mirables figures, comme celle de Vincent de Paul, ramassant chaque matin les bébés abandonnés dans le ruisseau de Paris, et dans lequel le luxe le plus effréné côtoie l'immondicité la plus totale. Tel est le roi ; tel est le temps.

On parlerait aujourd'hui de « France à deux vitesses » et le sujet, curieusement, est loin d'être clos, quatre siècles plus tard. Naturellement, au XVIIe siècle, le contraste est infiniment plus visible, symbolisé par Versailles, ce palais qui va répondre au goût que

Saint-Simon évoque si magistralement : « Il aima en tout la splendeur, la magnificence, la profusion. » Le royaume est un État policier où tout le monde surveille tout le monde, où les innombrables valets du roi servent aussi d'espions, où chaque soir, les lettres des particuliers sont interceptées, lues et souvent recopiées, il y a peu de place pour la liberté individuelle. Mais personne ne proteste et chacun accepte que le monarque absolu veuille « tout voir, tout écouter et tout connaître », c'est-à-dire, selon sa propre expression, dans son palais de verre, « avoir les yeux ouverts sur toute la Terre ». En serait-on choqué ? Ce principe est aussi valable pour lui, qui ne doit jamais montrer ses émotions, ses joies, ses peines, comme il le dit lui-même : « Nous ne sommes pas des particuliers, nous nous devons tout entier au public. »

La Vallière décide de prendre le voile et lâche cette confidence : « Quand je serai aux Carmélites, je me souviendrai de ce que ces gens-là m'ont fait souffrir. »

Ainsi s'exprime Louise de La Vallière en 1673 en s'adressant à Madame de Maintenon. Elle fait référence à Louis XIV et à Madame de Montespan, qui l'a supplantée dans le cœur du roi trois ans plus tôt. Les deux amants ne cessent de l'humilier, comme le rapporte la princesse Palatine : « La Montespan, qui avait plus d'esprit, se moquait d'elle publiquement, la traitait fort mal, et obligeait le roi à en agir de même. Le roi avait un joli épagneul appelé Malice ; à l'instigation de la Montespan, il prenait cet épagneul et le jetait à la duchesse de La Vallière en lui disant : "Tenez, madame, voilà votre compagnie, c'est assez." Cela était d'autant plus dur, qu'au lieu de rester, il ne faisait que passer chez elle pour aller chez la Montespan. Cependant, elle a tout souffert en patience. »

L'ancienne maîtresse royale finit par se retirer de la Cour pour fuir toutes ces humiliations. Le 20 avril 1674, alors qu'elle n'a pas 30 ans, elle gagne le couvent des Grandes-Carmélites, situé au faubourg Saint-Jacques, après avoir reçu le voile noir des mains mêmes de la reine. Elle prend l'habit des carmélites en juin et fait sa profession l'année suivante. Ce jour-là, Bossuet fait un sermon mémorable, disant notamment, en parlant de l'âme : « Elle n'est pas plus heureuse en jouissant des plaisirs que ses sens lui offrent : au contraire elle s'appauvrit dans cette recherche, puisqu'en poursuivant le plaisir elle perd d'abord la raison. Le plaisir est un sentiment qui nous transporte, qui nous enivre, qui nous saisit indépendamment de la raison, et nous entraîne malgré ses lois. La raison en effet n'est jamais si faible que lorsque le plaisir domine ; et ce qui marque une opposition éternelle entre la raison et le plaisir, c'est que pendant que la raison demande une chose, le plaisir en exige une autre : ainsi l'âme devenue captive du plaisir, est devenue en même temps ennemie de la raison. Voilà où elle est tombée quand elle a voulu emprunter des sens de quoi réparer ses pertes : mais ce n'est pas là encore la fin de ses maux. Ces sens, de qui elle emprunte, empruntent eux-mêmes de tous côtés ; ils tirent tout de leurs objets, et engagent par conséquent à tous ces objets extérieurs l'âme, qui livrée aux sens, ne peut plus rien avoir que par eux. » Il termine par ces mots : « Et vous, ma Sœur, qui avez commencé à goûter ces chastes délices, descendez, allez à l'autel ; victime de la pénitence, allez achever votre sacrifice : le feu est allumé, l'encens est prêt, le glaive est tiré : le glaive, c'est la parole qui sépare l'âme d'avec elle-même pour l'attacher uniquement à son Dieu. Le sacré pontife vous attend avec ce voile mystérieux que vous demandez. Enveloppez-vous dans ce voile : vivez cachée à vous-même, aussi bien qu'à tout le monde ; et connue de Dieu, échappez-vous à vous-même, sortez de vous-même et prenez un si noble essor que vous ne trouviez de repos que dans l'essence du Père, du Fils, et du Saint-Esprit. »

Louise de La Vallière s'appelle désormais sœur Louise de la Miséricorde, nom qu'elle portera au cloître pendant trente-six ans : « La mauvaise nourriture et le peu de sommeil ne lui ont ni creusé ni battu les yeux, écrit Madame de Sévigné qui va lui rendre visite en 1680. Cet habit si étrange n'ôte rien à la bonne grâce, ni au bon air. Pour la modestie, elle n'est pas plus grande que quand elle donnait au monde une princesse de Conti ; mais c'est assez pour une carmélite. » Se couvrir d'un cilice, marcher pieds nus, jeûner rigoureusement, apprendre les plus dures austérités de la vie religieuse ne rebutent pas Louise, pourtant habituée, comme le dit Madame de Maintenon, « à la mollasse et aux plaisirs ». On dit qu'elle invente et s'impose en secret des mortifications particulières.

Un contemporain écrit : « Un jour de Vendredi saint qu'elle était au réfectoire, elle se ressouvint que du temps où elle était à la Cour, elle se trouva, dans une partie de chasse, pressée d'une si grande soif qu'elle n'en pouvait plus, mais qu'on lui apporta aussitôt des rafraîchissements et des liqueurs délicieuses dont elle but avec beaucoup de plaisir et de sensualité : ce souvenir, joint à la pensée du fiel et du vinaigre dont Jésus-Christ avait été abreuvé sur la croix, la pénétra d'un si vif sentiment de componction, qu'elle résolut dans le moment de ne plus boire du tout. Elle fut plus de trois semaines sans boire une goutte d'eau, et trois ans entiers à n'en boire par jour qu'un demi-verre. Cette rude pénitence lui causa les maux d'estomac les plus violents. » Elle devient la pénitente de prédilection de Bossuet. Lorsqu'elle ne se livre pas à ses dévotions, pendant son noviciat, elle écrit avec lui *Réflexions sur la miséricorde de Dieu*.

Louise a tout à fait rompu avec le monde extérieur, au point qu'en 1683, lorsque la prieure, la mère de Bellefond, vient lui annoncer la mort de son fils, le comte de Vermandois, elle fond en larmes, puis se ravise aussitôt pour dire : « C'est trop pleurer la mort d'un fils dont je n'ai pas encore assez pleuré la naissance. Je n'ai pas trop de larmes pour moi-même, c'est pour moi que je dois pleurer. »

Le jour de sa mort, le 6 juin 1710, elle déclare : « Expirer dans les plus vives douleurs, voilà ce qui convient à une pécheresse. Dieu a tout fait pour moi, il a reçu le sacrifice de ma profession ; j'espère qu'il va encore recevoir le sacrifice de justice que je suis prête à lui offrir. » Elle s'éteint à midi. Louis XIV meurt cinq ans plus tard, sans jamais être allé la revoir ni s'être inquiété de sa santé.

10

Versailles ou le palais d'Armide

« Ce qu'il y a de plus beau à Paris, c'est Versailles. »
Pierre de Nolhac

En cet été 1682, à Versailles, en fin d'après-midi,
la lumière si particulière de l'Île-de-France dore
légèrement la cime des arbres de l'ancien relais de
chasse de Louis XIII. Ce dernier venait s'y délasser
de sa triste condition de roi. Voilà de nombreuses
années que le fils d'Henri IV n'est plus, mais son
propre fils, Louis XIV, lui, est bien présent, qui a
repris le domaine à son usage et, depuis, ne cesse de
l'agrandir, de l'embellir et de le transformer, comme
si, ici, la pierre était extensible et l'eau omniprésente.
Partout, jusqu'à l'infini, ce ne sont que tailleurs de
pierre, noria de chevaux faisant tourner des grues de
bois, terrassiers occupés à tracer des allées, maçons
les mains dans la glaise, jardiniers ordonnant les orangers en pots. Combien sont-ils ? Des centaines ? Des
milliers ? Même les architectes ne sauraient répondre
à cette question, eux qui, les plans à la main, jaugent,
inspectent et rectifient entre les feux supportant les

chaudrons de soupe pour les ouvriers, les pots pour la colle, la peinture ou le goudron.

Est-ce un chantier ou « le » chantier du siècle ? Depuis dix ans, des foules d'hommes, du lever du jour au coucher du soleil, forment une gigantesque fourmilière dans laquelle chacun veut se placer, puisque le salaire est bon, malgré les dangers, bien réels, de se tuer dans une mauvaise chute ou de se blesser. Depuis quelques semaines, ordre a été donné d'accélérer. Le roi est impatient de quitter son triste palais du Louvre pour s'installer à Versailles, au bon air, dans son nouveau château, si pratique pour s'en aller chasser et pour donner ces fêtes dont il a le secret, et dont les dames, qu'il aime tant, sont les héroïnes.

« Vite ! Vite ! Qu'on se hâte… Vite ! Vite ! Dépêchons… », s'écrient les architectes, activant un chantier qui fascine tant les contemporains que nombre de peintres en donnent des représentations, ce qui n'est pourtant guère l'usage, puisque les artistes préfèrent en général donner des vues d'ouvrages achevés. Mais, là encore, Versailles est unique ! Et justement, voici le roi, qui arrive dans ce carrosse emporté par quatre chevaux avançant à grande allure, manifestant l'impatience du souverain qui, traversant presque en courant la cour de marbre, effectue une visite improvisée. C'est qu'à Versailles, Louis XIV n'est pas seulement le roi, mais bien le maître d'œuvre, malgré l'opposition unanime de tous, sa famille, sa Cour, ses jardiniers, ses architectes : « Comment ? Un château ? Ici ? dans ce coin désertique et marécageux, sans vue ni perspective ? » ou encore, comme le dit Saint-Simon, « le plus triste et le plus ingrat de tous les lieux », sans compter ce courtisan spirituel qui, voyant détruire le moulin qui occupe l'emplacement de ce qui va devenir la cour d'honneur, s'écrie : « Le moulin est parti, mais le vent est resté. »

En fait, si le roi tient à ce lieu, c'est parce qu'il veut mettre ses pas dans ceux de ce père qu'il n'a pratiquement pas connu. Il demande donc qu'on garde le petit château de ce dernier, à partir duquel les bâtiments se développent, au fil des années, comme par magie, ses façades s'ordonnant, d'un côté, sur un jardin en plein développement et, de l'autre, sur une nouvelle ville en construction. Entre les deux s'étalent désormais les deux gigantesques ailes, celle du Midi et celle du Nord, qui produisent quelque 600 mètres de façade, entre lesquelles s'ouvre une vaste terrasse que Mansart va bientôt couvrir pour la transformer en… galerie des Glaces, la pièce la plus emblématique du château. Une telle architecture est totalement nouvelle pour les contemporains, fascinés par un tel déploiement de pierre et de nature « réduits à l'obéissance », à l'exception de Saint-Simon, encore, reprochant à l'ensemble de n'avoir pas de toit et, de ce fait, de ressembler à un château « brûlé » !

Bien sûr, les appartements sont loin d'être prêts, les boiseries achevées, les meubles livrés, mais déjà on perçoit parfaitement, dans ce gigantesque temple solaire, une féerie en train de s'ordonner. Un jardin fantastique se peuple peu à peu de statues de marbre, de fontaines et de charmilles, où les dieux et les déesses de la mythologie écrivent, autour de l'image de la Mémoire, le plus complexe des récits symboliques entre baroque et classicisme. Le point d'orgue en est incontestablement la magie des fontaines, qui, faute d'eau suffisante – on va bientôt construire la machinerie de Marly pour en disposer davantage – ne fonctionnent pas tous les jours, mais deux fois par an (à la Pentecôte et à la Saint-Louis), sans compter tous les événements d'exception. C'est le plus magique des spectacles de Versailles, qui n'en manque pas.

Le roi veut vivre à la campagne, dans une nature domestiquée selon ses goûts. L'ensemble décoratif, inspiré du *Songe de Poliphile*, est conçu comme une prolixe dissertation, tout à la fois intellectuelle et initiatique, ayant pour mission de rappeler l'éternelle sagesse de l'Antiquité, source de toute connaissance. À commencer par la première, cette recherche de l'harmonie universelle dont le roi est la quintessence, le moyeu d'une roue tournant autour de lui. Du reste, le roi a une telle conscience de cet ordonnancement qu'il composera lui-même un petit traité descriptif intitulé *Manière de montrer les jardins de Versailles*, en partant de ce groupe, placé dans la perspective du château, dominé par Latone, mère d'Apollon, c'est-à-dire lui-même.

Mais surtout, le roi souhaite depuis des années s'éloigner définitivement de ce Paris qu'il n'aime pas, où l'air est vicié, et dont il se méfie des habitants depuis son enfance, depuis cette Fronde dont il redoute toujours la résurgence. Ici, il sera à l'abri, se dit-il, ignorant que, cent ans plus tard, Versailles ne sauvera ni le roi ni la famille royale de la Révolution, puisqu'il ne faudra qu'une heure pour aller les saisir. Louis XIV a encore un autre projet : faire du plus beau des palais la prison d'une noblesse qu'il entend domestiquer. Pour cela, il lui faut de la place, beaucoup de place, de la grandeur, beaucoup de grandeur. Pour construire Versailles, il ne suffit pas d'avoir de l'argent mais de la volonté. Celle de faire d'un marais un site enchanteur, ce que fera plus tard Pierre le Grand, à Saint-Pétersbourg. Mansart et Le Vau, pour les bâtiments, Le Nôtre, pour les jardins, se le tiennent pour dit : le roi est pressé. À eux de faire sortir de terre les statues de marbre, les pavages les plus fabuleux, les boiseries les plus virtuoses, quitte à débaucher des Vénitiens pour les glaces et des orfèvres pour les meubles, puisque ces derniers sont en argent massif !

En mai 1682 arrive enfin de Saint-Cloud l'interminable file de chariots bâchés, de carrosses et voitures en tout genre, qui vient enfin prendre possession de Versailles. Une des talentueuses pages du marquis de Sourches immortalise la scène : « Le sixième de mai, le roi quitta Saint-Cloud pour venir s'établir à Versailles où il souhaitait d'être depuis longtemps, quoi qu'il fût encore rempli de maçons. » C'est le grand déménagement du roi, âgé de 44 ans, et de la reine, qui prennent respectivement possession de leurs appartements, celui de Louis XIV, à l'est (le soleil levant), celui de Marie-Thérèse à l'ouest (le soleil couchant), la chambre du roi se trouvant au milieu du château, et par là même de la grande perspective. C'est aussi le déménagement des princes du sang, des grands dignitaires de la Couronne, de la Cour et même du gouvernement, puisque, désormais, tout vivra sous le regard du monarque, qui prend ses quartiers dans cet appartement somptueux qu'on est en train d'achever pour lui, garni d'un mobilier d'argent massif et décoré des plus beaux tableaux des collections de la Couronne. Parmi eux un mystérieux portrait de femme, par Vinci, appelée *La Joconde*, qu'on considère déjà comme une des œuvres les plus énigmatiques de l'histoire de l'art.

Depuis plus de trois siècles, tout a été dit et écrit sur Versailles et la fascination que le château et ses jardins, ou tout au moins ce qu'il en reste – qui n'est qu'une partie de ce qu'ils furent – exercent sur tous les visiteurs français ou étrangers. Il n'est que voir, aujourd'hui, en été, les interminables files d'attente pour réaliser que Versailles demeure incontestablement la plus grande, la plus belle et la plus parfaite des œuvres du Roi-Soleil. C'est surtout la plus personnelle. Palais de la fête perpétuelle, temple solaire à la très complexe architecture alchimique, demeure du plus grand roi de la Terre, mais aussi siège de son gouvernement, image de la conception d'un pouvoir centralisateur et de l'aménagement du territoire tel qu'on voulait le voir à l'époque et ce, jusqu'à la nôtre, avec ces perspectives suggérant les routes, ces bassins incarnant les ports, Versailles est tout cela à la fois et plus encore. Bien des châteaux vont en imiter l'ordonnancement, sans jamais y parvenir, de l'Angleterre à l'Italie, de l'Allemagne à la Russie, tous cherchant à percer le mystère de cette parfaite alchimie de la pierre, de l'eau, du ciel et de la nature illustrant parfaitement la fable de Phaéton dans les *Métamorphoses* d'Ovide et sa liturgie cosmique : fils d'Hélios, le Soleil, Phaéton perd le contrôle du char de son père. Voyant qu'il est sur le point de détruire le monde, son père le foudroie. Mais c'est probablement dans la grotte de Thétis que l'allégorie prend toute sa dimension, celle où l'Apollon-Louis XIV inspire à La Fontaine ces vers explicatifs :

« Ce Dieu se reposant sous ces voûtes humides
Est assis au milieu d'un chœur de néréides.
C'est ainsi que Louis s'en va se délasser
D'un soin que tous les jours, il faut recommencer. »

Versailles est la France, ou tout au moins l'idée que la France se fait d'elle-même, avec sa passion de la grandeur, mais aussi son narcissisme, puisqu'à Versailles, entre l'eau et les miroirs, chacun peut se contempler à l'infini. Loin d'être une simple résidence, Versailles est un lieu de vie à part entière où tout doit chanter la gloire du roi et celle de la Nation. Le hiératique palais est à l'époque de Louis XIV un lieu totalement vivant, avec un roi, une famille royale, une Cour, des ministres, des domestiques en grand nombre, des commis de ministère, d'innombrables soldats, des ouvriers – jusqu'à 36 000 sur le chantier ! –, des artistes et même des badauds venus là comme au spectacle. Chacun, pourvu qu'il soit correctement habillé, peut en effet entrer contempler ce roi, dont la vie est une mise en scène permanente. Sans oublier les quelque 15 000 hectares de nature entourant le domaine royal, dont il ne reste que quelques centaines aujourd'hui !

Et que dire des animaux ? Des chevaux partout, pour lesquels on construit une grande et une petite écurie – elles sont en fait de taille semblable, mais l'une est pour les chevaux tractant les voitures et l'autre les chevaux de selle. Tous les animaux destinés à la nourriture sont répartis en basses-cours, étables, bergeries, porcheries, les bovins servant de « tondeuses à gazon ». On trouve même une ménagerie dans laquelle rien ne manque, autruches, rapaces de toutes origines, perroquets, tigres, panthères et même un éléphant, dont Louis XIV assure qu'il le reconnaît. Même si c'était un éléphant gris d'Afrique tout ordinaire, il était célèbre à la Cour. Jamais avant lui, on n'avait vu d'éléphant en France, sauf celui envoyé à Charlemagne par le calife Haroun al-Rachid en l'an 802, et dont les annalistes enregistrèrent la mort, huit ans plus tard, comme ils l'auraient fait d'un des plus importants personnages de la chrétienté. Celui de Louis XIV avait été offert au grand roi par les Portugais en 1668 ; il venait du Congo et avait 4 ans. On le conduisit à la ménagerie de Versailles (détruite sous la Révolution), où il vécut treize ans. Il devint rapidement l'un des plus parfaits courtisans de Sa Majesté. Dès que Louis XIV s'avançait seul vers lui et le caressait, il poussait des barrissements de joie et lui faisait, avec sa trompe, toutes sortes d'amitiés. L'éléphant royal devint célèbre à Paris et les peintres les plus renommés se disputèrent l'honneur de faire son portrait. Mais pour l'un d'eux, il prit mal la chose, et ayant été remplir d'eau sa trompe, il en aspergea l'artiste et son tableau. Bientôt même, grisé par la faveur du roi, il devint plus dangereusement vindicatif. Ayant jugé que l'un de ses cornacs lui avait manqué de respect, il le saisit avec sa trompe, le fit tournoyer en l'air, et le brisa sur le sol.

Le Versailles d'aujourd'hui n'a ni son, ni odeur, ni couleur. À l'époque, ce théâtre permanent bruissait de mille bruits, seules les carpes, que le roi nourrit lui-même dans les bassins, demeurant silencieuses.

Le monde entier admire Versailles. On compte seulement quelques fausses notes, parmi lesquelles le grincheux Saint-Simon qui n'est en rien séduit par l'immense bâtiment, ou Primi Visconti qui lui fait écho : « On y travaille continuellement à des constructions, et comme on ignore l'architecture, on ne sait que faire et défaire et, par suite à cause de ces grands remuements de terres, l'air y est mauvais. » Et le coût, dit-on ? 82 millions de livres, soit 3 % du budget de l'État, assez peu somme toute, puisque avec l'équivalent, on aurait à peine, en 2012, quelques sous-marins nucléaires et autres armements. Les chiffres donnent pourtant le vertige : 53 années de travail, un million de mètres cubes de terres déblayées, 120 000 mètres carrés de toitures posées, 21 665 mètres cubes de marbre prodigués, 30 kilomètres de canalisations de plomb déployées pour l'acheminement des eaux, 6 000 arbres plantés, 1 400 jets d'eau, 230 statues réalisées…

En fait, si la France de Louis XIV avait été correctement gérée, avec l'ensemble des Français payant des impôts, et que la guerre, la principale dépense du règne, n'eût pas été si fréquente, plusieurs Versailles auraient pu être édifiés. D'autant que la construction, l'entretien et le fonctionnement du palais fournissaient de l'emploi à tous. Comme allait le dire plaisamment Sacha Guitry, Versailles a certes coûté cher, mais, ainsi, Louis XIV a mis « notre argent de côté », puisque aujourd'hui, il en génère beaucoup. Et quant à l'image de la France dans le monde, elle n'a pas de prix : depuis plus de trois siècles, le château de la magicienne Armide demeure la vitrine de la France et celle de son fondateur. Le château du roi est bien le livre d'images de son œuvre politique, militaire et culturelle. Versailles, en effet, rêve d'un jeune roi, est d'abord conçu pour faire la fête, et la première qui y fut donnée, au mois de mai 1664, avant même que le roi s'y installe, portait un nom prédestiné et se jouait dans les jardins : « Les Plaisirs de l'Île enchantée », créée pour Mademoiselle de La Vallière, œuvre inspirée du *Roland furieux* de l'Arioste, dont la splendeur éblouit la Cour et les ambassadeurs étrangers, grâce à Benserade, Molière, Vigarini et Lully qui font là preuve de tout leur talent pour chanter les louanges d'un Roger symbolisant le roi, ainsi évoqué :

« Quelle taille, quel port a ce fier conquérant !
Sa personne éblouit quiconque l'examine ;
Et, quoique par son poste il soit déjà si grand
Quelque chose de plus éclate dans sa mine. »

Tout à la fois concert, ballet, théâtre, opéra, jeux, souper, la fête dure pratiquement six jours et six nuits, préfigurant ce que sera la vie quotidienne du souverain dans un Versailles, encore à construire, mais qui est désormais consubstantiel à son histoire, comme à son image, même s'il ne dédaigne pas, à ses débuts du moins, les autres châteaux de son patrimoine, Fontainebleau, Vincennes, Saint-Germain et même Chambord. C'est en effet, à partir de l'été 1682, dans ce cadre mobile, puisque les travaux vont se poursuivre sans relâche jusqu'à la fin du règne – et même au-delà ! – que vont s'organiser les plaisirs du roi, mais encore, d'une manière totalement hiératique, sa vie quotidienne. Dieu règne sur le nouvel Olympe, aux rituels terriblement répétitifs et contraignants pour lui comme pour sa Cour, dont les membres ne sont plus que des marionnettes, uniquement préoccupés de le contempler et le servir.

Rude carcan que cette vie de Cour, dont les complexes règles ne sauraient être bafouées, au risque de marginaliser celles et ceux qui les transgresseraient, sauf naturellement les plus glorieux serviteurs de la Nation, comme Jean Bart, chiquant devant le roi ou le maréchal de Luxembourg, toujours entre deux verres et deux garçons. Tout, à Versailles, est codifié, depuis le droit de s'asseoir en présence du roi ou d'entrer dans sa chambre, jusqu'à celui de s'agenouiller, à la messe, sur un carreau, sans compter celui de franchir la troisième grille du palais en chaise à porteur ! Au-delà de la simple étiquette, il s'agit bien d'obéir au doigt et à l'œil, sur un simple regard du souverain, qui voit tout et sait tout sur chacun, son « cabinet noir » l'informant du moindre fait et geste de ses sujets. La Palatine en dit-elle trop dans ses lettres ? Il la boude ostensiblement. La Fontaine commet des écrits un peu trop lestes ? Il attendra de longues années pour entrer à l'Académie française. Et ce n'est pas tout : pour tenir son rang, en habits, bijoux, voitures – ou encore au jeu, la maladie du siècle –, la noblesse se ruine. Elle ne peut plus désormais qu'attendre les pensions du roi, ce qui accroît sa dépendance, à la manière d'un cycle infernal, auquel personne ne peut se soustraire. Dans le plus beau palais du monde, il n'y a plus que des prisonniers !

Comme le dit le duc de Saint-Simon, « les fêtes fréquentes, les promenades particulières à Versailles, les voyages furent des moyens que le roi saisit pour distinguer et pour mortifier en nommant les personnes qui, à chaque fois, en devaient être, et pour tenir chacun assidu et attentif à lui plaire. Il sentait qu'il n'avait pas à beaucoup près assez de grâces à répandre pour faire un effet continuel. Il regardait à droite et à gauche, à son lever, à son coucher, à ses repas, en passant dans les appartements, dans les jardins de Versailles, où seulement les courtisans avaient la liberté de le suivre ; il voyait et remarquait tout le monde ; aucun ne lui échappait jusqu'à ceux qui n'espéraient pas même être vus ».

Versailles, enfin, est aussi une ville – dont Washington, aux États-Unis, va reprendre le plan –, consubstantielle au château, avec sa propre cathédrale, ses hôtels construits par la haute noblesse, ses jardins, ses rues, ses avenues et ses perspectives où se pressent les ministres, les diplomates et les militaires appelés pour leur service à la Cour. Cette cité-champignon, née de la volonté du maître, a pour ambition de vider Paris, mais sans y parvenir *in fine*, puisque l'antique capitale des rois reprendra sa position après la mort du roi. Limités dans leur hauteur pour ne pas offenser un château qui doit être vu de loin et par tous, les immeubles de Versailles donnent à la cité cet aspect étendu, comme un prolongement des jardins royaux, ce qu'elle est *de facto*. Château et ville sont étroitement imbriqués et le resteront à jamais, comme un décor de théâtre, un mirage toujours ravivé.

En tirant Versailles du néant, Louis XIV, en effet, fixe pour plus d'un siècle le cadre immuable de la monarchie française, puisqu'il faudra attendre la fameuse émeute de l'automne 1789 pour arracher le roi à cette fastueuse thébaïde fascinant le monde. À plusieurs reprises, l'histoire s'y invitera à nouveau. D'abord à l'époque romantique, lorsque Louis-Philippe en fera un musée dédié à « toutes les gloires de la France » ; ensuite en 1870, lorsqu'à l'issue de la guerre, le roi de Prusse s'y fera proclamer « empereur allemand », puis en 1918, lorsque, pour effacer cette humiliation, Clemenceau y fera signer par les vainqueurs de la « Grande Guerre », le fameux traité de paix ; enfin, pendant toute la IIIᵉ République, lorsque, tous les sept ans, les députés et les sénateurs y éliront le président de la République, choisi parmi les leurs. Aujourd'hui encore, au terme de chaque réforme constitutionnelle, n'est-ce pas à Versailles que le président de la République convoque le Parlement réuni en Congrès comme récemment, en juin 2009.

Né il y a quatre cents ans, en 1613, Le Nôtre est à la fois le roi des jardiniers et le jardinier des rois. Ses armoiries sont d'une grande simplicité : « trois limaçons couronnés d'un trognon de choux, avec une bêche et un râteau ».

On a dit de lui, à juste titre, qu'il était « le roi des jardiniers » et « le jardinier des rois ». Il demeure le plus célèbre des maîtres de son art, celui qui a fixé pour longtemps l'ordonnancement de ces jardins, qu'on dit « à la française », mélange subtil de nature vierge et domestiquée constituant des espaces irréels entre le géométrique et ces forêts encore prédominantes dans la France de l'Ancien Régime, pourvoyeuses de ce gibier dont les rois étaient si friands.

Le Nôtre, nommé en 1643, « dessinateur des plans et parterres de tous les jardins de Sa Majesté », a été l'inventeur de ces axes infinis, coupés par des allées adjacentes, de ces murs de verdure taillés en charmilles, de ces alternances de bosquets et de bassins dans lesquels le ciel se reflète, multipliant les effets d'optique. De Versailles au dernier des châteaux de province, tout le monde, au Grand Siècle et après, a fait du Le Nôtre – comme on a fait du « Haussmann », à Paris, bien après le Second Empire – en tâchant de jouer au mieux sur l'alternance de la lumière et de l'ombre, de l'imbrication des sculptures de marbre et des sculptures végétales, de la continuité du paysage et des ruptures qu'il s'est amusé à lui opposer. Tous cherchaient comme lui à délivrer des messages littéraires, philosophiques et spirituels, dont l'effet de surprise baroque rompt la géométrie de cette « nature écrite en langage mathématique ».

Mais c'est bien sûr par la magie des 8 600 hectares composant les jardins de Versailles que cet ancien jardinier de Gaston d'Orléans, frère cadet de Louis XIII, des Condé à Chantilly et naturellement de Fouquet à Vaux, est entré dans l'histoire. Il sut, à chaque fois, tirer le meilleur parti d'une situation difficile. Diable, n'avait-il pas constaté, à Paris, que les Tuileries ne débouchaient sur rien qu'un vilain chemin ? Et quelle solution avait-il proposé ? Tout simplement tracer une perspective qu'on allait appeler… les Champs-Élysées ! Même chose à Saint-Germain : que faire de cet espace inemployé dominant Paris ? Une terrasse, pardi ! À Versailles, en face du château, il y avait un grand marais, dont on ne pouvait rien tirer. Pas de problème, dit Le Nôtre au roi, nous allons le transformer en grand canal, ce fantastique miroir qui fait pendant au palais !

Le Nôtre sait que le roi, passionné par les jardins, foule celui de Versailles au moins une fois par jour, quel que soit le temps. Il a donc toujours sous les bras un carnet de projets. À chaque fois qu'il exprimait une idée, Louis XIV s'écriait : « Bravo, Le Nôtre, je vous donne 10 000 livres. » À la troisième idée, Le Nôtre refermait ses cartons et s'écriait : « Ah ! non, Sire, je ne vous dirai plus rien, car vous allez vous ruiner. »

Rien de plus simple, pourtant, que la personnalité de celui qui avait appris son métier sur le tas et qu'on surnommait « le bonhomme Le Nôtre ». Toujours modestement vêtu, anobli, il prit pour armoiries… « trois limaçons couronnés d'un trognon de choux, avec une bêche et un râteau », afin de ne jamais oublier ses origines, lui le fils d'un jardinier et le petit-fils d'un maraîcher fournisseur de fumier, lui encore dont les grands venaient humblement solliciter l'inspiration, comme Monsieur à Saint-Cloud, Colbert à Sceaux ou Madame de Montespan à Clagny. Il a même œuvré en Angleterre, où il créa pour Charles II les jardins de Greenwich.

Celui qui sut n'entrer dans aucune des intrigues de la Cour fit à la fin de sa vie un voyage à Rome, où le pape lui accorda une audience, à l'issue de laquelle se tint ce singulier dialogue :

— Je ne me soucie plus de mourir, puisqu'à présent, j'ai devisé familièrement avec les deux plus grands hommes du monde, Votre Sainteté et le roi mon maître.

— Oui, mais votre roi est un grand prince victorieux, alors que moi je ne suis qu'un humble prêtre.

Si Le Nôtre est né en 1613, il y a quatre cents ans, il descend cependant naturellement d'un arbre généalogique fort fleuri. Son grand-père Pierre était déjà aux Tuileries au service de Catherine de Médicis et cette charge prestigieuse fut ensuite reprise par son frère Joseph. André Le Nôtre a été formé à son métier d'art en regardant ses parents. Mais il a beaucoup appris aussi en approchant le travail des peintres. Sa formation dans l'atelier de Simon Vouet et ses rencontres avec Le Brun et Mignard ont joué un rôle considérable dans sa connaissance des couleurs et sa maîtrise des perspectives. On se souvient évidemment de lui à cause du chef-d'œuvre de sa vie : le parc et les jardins de Versailles. Mais il ne faut pas oublier de conserver à son crédit Marly, Chantilly et Clagny. Là encore, dans son métier de metteur en scène des parterres la continuité sera assurée. La charge officielle de « contrôleur général des Bâtiments et des Jardins du Roi », qui lui fut attribuée en 1658, sera prolongée après sa mort en 1700 au profit de ses neveux Desgots et Le Bouteux.

Le Nôtre, mort à 87 ans, âge exceptionnel pour l'époque, n'a pas seulement enfanté des chefs-d'œuvre de nature. Une de ses descendantes directes, épouse d'un certain Gosselin, fut en effet la mère d'un merveilleux écrivain, qui reprit le nom de son célèbre aïeul, Georges Le Nôtre, inventeur de ce qu'on appelle bien à tort « la petite histoire ». Il fut l'un des meilleurs chroniqueurs de la « Belle Époque » et allait s'imposer, entre autres, comme un des meilleurs connaisseurs de la Révolution française.

Quel plus grand plaisir que de lire un livre de Le Nôtre dans un jardin dessiné par son aïeul ? Cet aïeul qui fut le serviteur mais aussi l'ami d'un souverain qui osait clamer : « Je veux le contentement des fontaines. »

11

La journée du Roi

« Avec un almanach et une montre, on pouvait à
trois cents lieues de lui, dire avec justesse ce qu'il
faisait. »

Saint-Simon

Comme tous les jours, il est 8 h 30 précises lorsque
le premier valet de chambre par quartier, qui a dormi
sur un lit de camp dans la somptueuse chambre du
roi, tendue de soie rouge sur laquelle sont pendus des
tableaux des plus grands maîtres, franchit la balustrade de bois doré derrière laquelle sommeille le souverain dans l'alcôve. S'il fait froid – et c'est souvent le
cas à Versailles, même en dehors de l'hiver – un feu de
bois a déjà été allumé dans la cheminée par l'un des
nombreux feutiers du palais. Les officiers du gobelet
sont eux aussi déjà en fonction avec le petit déjeuner
du roi, c'est-à-dire un bouillon de viande et une tasse
d'infusion à la sauge ou à la véronique.

Le premier valet de chambre ouvre les rideaux du
lit de brocart surmonté de quatre bouquets de plumes

d'autruche et prononce la formule traditionnelle :
« Sire, voilà l'heure. »

Le roi s'éveille, prend son bouillon, se laisse aus-
culter par son premier médecin et son premier chirurgien, qu'accompagne généralement son ancienne
nourrice, Perrette Dufour, à qui il souhaite le bonjour.
Commencent alors les premières entrées auxquelles
assistent les princes du sang et les grands officiers
de la Couronne, qui se sont donc éveillés et habillés
une heure plus tôt, au moins. Le roi fait sa toilette
devant eux, ce qui revient à dire qu'il se lave les mains
avec un peu d'esprit de vin, tout en récitant quelques
prières. Toujours en chemise, le roi sort de son lit,
enfile une robe de chambre en brocart et va s'asseoir
sur sa chaise percée dans laquelle, au su et à la vue
de tous, il fait ses besoins matinaux, à moins qu'il ne
fasse que semblant, puisque c'est la tradition, étant au
préalable passé par son cabinet d'aisance.

Ceci accompli, son barbier le rase et son coiffeur
lui ôte son bonnet de nuit pour lui poser une large et
haute perruque destinée à couvrir son crâne chauve,
qu'il a préalablement choisie. Tout au long de ces opérations, il échange quelques mots avec les uns et les
autres, en partant cependant du principe que c'est lui
qui interroge, personne ne s'adressant à lui sans qu'il
ait été sollicité pour le faire et personne, de même, ne
pouvant s'asseoir en sa présence, ni son frère, ni son
fils, ni ses petits-fils.

Le « petit lever » achevé, commence alors le
« grand lever ». Tous ceux qui, depuis un bon
moment, attendent à la porte de la chambre pour être
admis dans le « saint des saints » – cardinaux, évêques

et archevêques, maréchaux de France, ambassadeurs, ducs et pairs du royaume, bâtards du souverain –, entrent. Rajoutés à ceux déjà présents, cela forme une presse d'une centaine de personnes, dont certains ne sont là que dans l'espoir d'être appelés, sur un signe du maître, pour aider à passer une pièce de vêtement, tenir un bougeoir ou porter les souliers à talon rouge, voire – suprême honneur ! – les lacer. Une fois de plus, Molière vient à la rescousse de ceux qui ne connaîtraient pas les usages :

« Il faut, ce matin, sans remise,
Aller au lever du roi.
Vous savez ce qu'il faut pour paraître en marquis ;
N'oubliez rien de l'air ni des habits.
Arborez un chapeau chargé de trente plumes
Sous une perruque de prix ;
Que le rabat soit des plus grands volumes
Et le pourpoint des plus petits… »

Comme dans un ballet, les quatre secrétaires du cabinet, les trois premiers valets de garde-robe, les deux lecteurs de la chambre et les deux intendants de contrôleurs de l'argenterie s'affairent pour habiller le roi à qui on passe la chemise, les chausses, les bas, le justaucorps, la veste et à qui on noue la cravate, avant de le coiffer de son chapeau à plumes, de lui donner ses gants, son épée et sa canne, le tout sur fond de révérences, de saluts et de prosternations en tout genre. Il est bientôt 10 heures. Louis XIV est fin prêt pour se rendre, en grand cortège, à la messe, ce qu'il fait après être passé par le cabinet du Conseil, où il a donné à ses proches un certain nombre d'ordres pour le bon déroulement de la journée.

Traversant les grands appartements où chacun, à son passage, s'incline, tandis que les dames font une profonde révérence, le roi prend son temps, écoutant ici une supplique, recevant là un placet, s'entretenant avec quelque provincial qu'un haut personnage recommande. Il gagne enfin le salon d'Hercule pour suivre la cérémonie en attendant l'achèvement de la splendide chapelle royale – consacrée seulement cinq ans avant sa mort – où il paraîtra dans la tribune qui lui est spécifiquement réservée. Là, un vaste carreau de velours est à sa disposition pour s'agenouiller, ce qu'il fait comme n'importe quel chrétien, durant une messe relativement courte célébrée par un des chapelains de quartier et servie par deux clercs, au cours de laquelle il ne communie pas, puisqu'il ne le fait que quatre fois l'an, à Noël, à Pâques, à la Pentecôte et à la Toussaint.

L'office achevé, le roi, suivi de tous ceux censés y assister qui vivent ou travaillent à Versailles, effectue en sens inverse le même trajet pour à nouveau gagner le cabinet du Conseil, où, à 11 heures précises, ses ministres le retrouvent pour une séance de travail d'environ deux heures, durant laquelle sont abordées toutes les questions en cours. Cette réunion n'est pas toujours la même, puisqu'il peut s'agir du « Conseil d'en haut », le plus important, du « Conseil d'État », du « Conseil royal des Finances » ou du « Conseil de Conscience ». C'est le moment-clé de ce qu'il appelle « le métier de roi ». Le souverain est assis sur un large fauteuil tandis que les secrétaires d'État prennent place sur des tabourets disposés autour de la table recouverte d'un tapis précieux. Dans les autres

Conseils, où le roi ne siège pas, son fauteuil demeure néanmoins pour rappeler qu'il est malgré tout partout, un peu comme chaque château d'importance possède sa « chambre du roi », dans laquelle il peut, sans prévenir, venir coucher à tout moment, puisqu'il est partout chez lui.

Le Conseil terminé, à 13 heures, c'est le moment du « dîner » ou « petit couvert » servi dans la chambre du roi puisqu'il n'y a pas de salle à manger au Grand Siècle, celle-ci n'apparaissant qu'au siècle suivant. En conséquence, deux tréteaux portant une planche de bois recouverte d'une nappe et installés n'importe où en font office. Entouré de quelques hauts dignitaires, parfois même de son frère, à qui il fait offrir – honneur insigne ! – un tabouret, le roi s'assoie, tandis qu'on lui fait lecture de pages de littérature, souvent par Racine lui-même, à moins que quelques-uns des vingt-quatre violons interprètent un air de son goût. Le grand chambellan lui présente alors une serviette parfumée avec laquelle il s'essuie les mains. Le ballet des plats peut commencer. Ceux-ci sont apportés couverts pour rester chauds, les cuisines étant assez éloignées (au rez-de-chaussée de l'aile du Midi). Tous ont été goûtés par le premier maître d'hôtel, pour prévenir toute tentative d'empoisonnement, la terreur de l'époque. Grand mangeur, le roi se sustente pendant un peu moins d'une heure dans de la vaisselle d'or. À l'issue de ce repas, il change de tenue, de perruque et de chaussures pour s'en aller chasser, son délassement préféré, au moins un jour sur trois en semaine, comme il sied au premier gentilhomme du royaume.

À cheval, en compagnie de quelques familiers, cet homme qui, toute sa vie, préfère le grand air au monde confiné de l'intérieur de ses châteaux, galope dans les forêts d'Île-de-France pour courir le cerf de préférence, à moins qu'il ne demeure dans les jardins de Versailles pour tirer au fusil du petit gibier (faisans, perdrix, bécasses, canards, lapins et lièvres) ou chasser au vol, avec faucons ou éperviers. S'il ne chasse pas, ce qui arrivera de plus en plus souvent avec l'âge, il s'octroie une promenade avec ses familiers, toujours suivi de ses chiens. À la fin de ses jours, il le fera dans une petite voiture conçue à cet effet. Mais quel que soit son but, chacune de ses sorties est un événement, comme l'écrit Primi Visconti : « C'est un beau spectacle de le voir sortir du château avec les gardes du corps, les carrosses, les chevaux, les courtisans, les valets et une multitude de gens tout en confusion. Cela me rappelle la reine des abeilles, quand elle sort dans les champs, avec son essaim. » Régulièrement est invité son jardinier Le Nôtre, avec lequel il aime à s'entretenir des aménagements présents ou futurs des jardins de Versailles.

Vers 17, 18 ou 19 heures, selon les jours et les saisons, le roi rentre au château et regagne sa chambre où on le débotte et lui enlève sa perruque avant de le changer pour la soirée. Celle-ci commence par un nouveau Conseil, avec ses ministres et secrétaires d'État, qui le conduit, les lundi, mercredi et jeudi, jusqu'à l'heure des « soirées d'appartement » c'est-à-dire ces trois heures hebdomadaires où le grand appartement du roi est ouvert à la Cour, pour des concerts, des parties de billard ou de jeux, le tout assorti de collations diverses où chacun peut se restaurer. « C'était lui plaire que de s'y jeter en tables, en habits, en équipages, en bâtiment et en jeu », précise Saint-Simon, qui ajoute : « C'étaient des occasions pour qu'il parlât aux gens. Le fond était qu'il tendait et parvint par là à épuiser tout le monde en mettant le luxe en honneur, et pour certaines parties en nécessité. Il réduisit ainsi peu à peu tout le monde à dépendre entièrement de ses bienfaits pour subsister. » Ceci n'empêche pas l'humour, tel ce jour où le souverain met à l'épreuve l'un d'eux :

— Iriez-vous jusqu'à vous jeter à l'eau pour moi ?

— Certainement, Sire.

Entendant cela, un autre gentilhomme en profite pour s'esquiver.

— Où allez-vous ? lui lance le roi.

— Apprendre à nager, Sire !

Mais le plus souvent, celui qui est interpellé, pétrifié, bafouille et ne sait trop quoi dire ou répondre, tel celui-ci à qui Louis XIV, tout en jouant au billard, dont il est un expert reconnu, demande :

— Alors, quand votre femme doit-elle accoucher ?

— Mais quand il plaira à Votre Majesté.

Ces soirées, plus encore que le rythme quotidien de la Cour, illustrent la domestication de la noblesse qui, non contente de se ruiner en habits, en parures et frais d'installation, dépense des fortunes, puisque le plus beau palais du monde est un enfer du jeu où l'argent change de main chaque jour. Ainsi se renforce la dépendance au roi, source de toutes prébendes, faveurs et pensions.

Parfois, des pièces de théâtre sont données (le plus souvent de Quinault, Molière ou Racine), s'il fait beau, dehors, dans la cour d'honneur de Versailles, la scène n'étant autre que la cour de marbre. Les comédiens jouent devant le roi et la reine, assis sur des fauteuils au premier rang, la famille royale et la Cour se trouvant en retrait derrière. S'il n'y a pas spectacle, le divertissement peut consister en une promenade musicale, en gondole, sur le Grand Canal, ou en un bal, parfois costumé, au cours desquels les intrigues galantes se nouent ou se dénouent, tandis que les cancans vont bon train. Un médianoche permet toujours à l'assistance de se restaurer aux somptueux buffets où les pâtisseries dominent, généralement présentées en pyramides où chacun se sert directement.

Quel que soit le programme des réjouissances, se tient immuablement, à 22 heures, le « Grand Couvert », c'est-à-dire le dîner du roi ou mieux, son souper, vu l'heure tardive. Celui-ci est servi dans l'antichambre de la reine, sur une estrade devant laquelle une centaine de personnes ou plus, réparties en demi-cercle, contemplent le spectacle du souverain absorbant son repas le plus important de la journée. Comme la messe matinale, le Grand Couvert a ses rites : le roi, assis, les deux pieds sur un carreau, conserve son chapeau et ses gants pour manger, même s'il n'utilise pas de fourchette. Derrière lui se tiennent, debout, son premier médecin, son premier chirurgien et son premier maître d'hôtel et, assise sur un fauteuil, la reine et, sur des tabourets, son frère et sa belle-sœur, le duc et la duchesse d'Orléans, son fils et sa belle-fille, le Dauphin et la Dauphine, plus tard, ses petits-enfants. Chacun ayant pris place, on apporte la nef, c'est-à-dire cette pièce d'orfèvrerie en forme de vaisseau, qui renferme les serviettes, le pain du roi, l'assiette, la cuiller et le couteau, le tout naturellement en or. Le Premier maître d'hôtel, sa canne à la main, annonce : « Messieurs, la viande du roi. » Aussitôt, les plats, toujours couverts – et en général au nombre de quarante ! – arrivent en grand cortège depuis les cuisines, salués par les roulements de tambour. Ceux-ci pour autant n'ont pas, comme de nos jours, un ordre précis (entrée, plat, dessert), mais sont posés sur la table, permettant au roi de choisir indifféremment du salé ou du sucré, du rôti ou du bouilli, des légumes ou des fruits, même si les viandes dominent largement (bœuf, veau, mouton, agneau, poulet, pigeons, chapons, canards, dindon) et plus encore le gibier (perdrix, perdreaux, bécassines, grives). Les produits viennent directement de Versailles, en particulier les légumes cultivés par La Quintinie dans le Jardin du roi, tout près du palais, comme les petits pois et les asperges dont Louis XIV raffole.

Avec son calme habituel, dans un apparat tout aussi chorégraphique que son lever, le roi se sustente, ou plutôt il dévore, comme le raconte sa belle-sœur, la princesse Palatine : « Je l'ai vu souvent manger quatre pleines assiettes de soupes diverses [des plats de viandes en sauce], un faisan entier, une perdrix, une grande assiette de salade [des viandes salées], deux grandes tranches de jambon, du mouton au jus et à l'ail, une assiette de pâtisserie, et puis encore du fruit et des œufs durs », ce qui pour un diabétique – qui certes l'ignore – est peut-être excessif. Il boit en revanche peu, essentiellement du vin de Bourgogne coupé d'eau, que lui sert, sur son ordre, le Grand Échanson. Tout cela lui suffira-t-il pour survivre ? Non, il faut encore placer dans sa chambre un en-cas pour la nuit, qui sera consommé ! En attendant, le Grand Couvert se passe dans le silence le plus absolu, puisque personne ne se permettrait de parler, sauf le roi qui, depuis sa place, peut poser une question ou interpeller quelque courtisan. Celui-ci, dont le nombre de mots a préalablement été fixé par le roi, alors, fend la foule, s'avance, s'incline et répond. Un seul contemporain se permet se troubler l'ordre de ce souper, l'acteur Domenico Biancolelli, spécialiste du rôle d'Arlequin. Un jour, debout devant le roi dégustant des perdreaux, il mime une grande faim, se trémousse, grimace et se démène tant qu'il fait rire le souverain qui finit par ordonner : « Qu'on donne de ce plat à Dominique. » Une autre fois, un plaisant, qui a cru bon de dérober un des éléments décoratifs du lit du roi – ce qui prouve bien que n'importe qui peut aller n'importe où dans Versailles –, le lance, à travers la foule, et celui-ci tombe sur la table du souverain qui, cette fois fâché, grommelle : « Quelle insolence, quelle insolence ! »

Le Grand Couvert achevé vers 23 h 30, le roi regagne sa chambre en grand cortège, pour la cérémonie du coucher, qui est la reproduction à l'envers de celle du matin. Entouré de ceux qu'il a admis, il remet au premier maître de la garde-robe son chapeau, sa canne, ses gants et son épée, avant de se laisser docilement déshabiller, pour se retrouver en chemise, sans perruque, un bonnet de nuit sur la tête. Il ne lui reste plus qu'à s'agenouiller pour réciter ses dernières oraisons de la journée, puis à se coucher, après s'être lavé les mains et accordé quelques petits privilèges, comme celui de tenir sa chemise ou son bougeoir, qui enchantent littéralement ceux qui en sont les bénéficiaires, comme l'écrit Saint-Simon : « Il avait l'art de donner de l'être à des riens. » Le lendemain matin, chacun regardera avec envie celui qui aura été distingué à accomplir ces petits gestes l'ayant conduit à franchir la balustrade séparant le lit du roi du commun des mortels, limite visible du monde surnaturel et du monde réel ! Souvenons-nous de la stupéfaction de Monsieur Jourdain, dans Molière, lorsque le comte lui lance : « Je parlais justement de vous, hier, dans la chambre du roi. »

Il est 11 heures du soir. Priés par les huissiers d'un « Allons, Messieurs, passez », tout le monde a quitté les lieux, sauf le premier valet de chambre du roi qui, après avoir refermé les rideaux du lit et tiré les verrous, peut se coucher sur le lit de camp préparé dans un coin. Versailles peut enfin s'endormir, avant de reprendre une journée similaire. Les rêves dorment-ils ? Versailles est un rêve et le plus beau de tous, à l'image de la constellation des planètes tournant autour du Soleil.

Les produits les plus luxueux et les artisans les plus raffinés furent arrachés par Versailles à Venise : des jabots du Roi-Soleil issus de Burano aux maîtres verriers de la galerie des Glaces enlevés à Murano.

Tout ce qui vient de Venise favorise l'élévation. Dès la première moitié du XVIe siècle, les premières partitions musicales y voyaient le jour. Le haut niveau d'instruction des Vénitiens en témoigne, dont nombre de palais possédaient des bibliothèques, sans parler de son université réputée, faisant d'elle une ville de savants, d'artistes et de lettrés. Consubstantiellement lié à l'histoire de Venise, l'art, en effet, trouvait rapidement ici sa capitale, puisqu'il est peu de dire que rarement, une telle osmose se fit en un seul lieu. L'architecture, la sculpture, la peinture, la musique composèrent certes le quadriptyque majeur de ce qu'on peut appeler la « civilisation » vénitienne, mais l'art décoratif y atteignit la perfection dans presque toutes les matières, la pierre, le marbre, la mosaïque, le bois, le métal ou le tissu. De partout, on importait de Venise des meubles, des lustres, des épées, des bijoux, des pièces d'argenterie, des céramiques, des porcelaines, des stucs, des soieries, des brocarts, des broderies et des dentelles. Celles de l'île de Burano furent si célèbres que ce fut là qu'on fabriqua le produit le plus luxueux et le plus raffiné du Grand Siècle, commandé par Versailles : les jabots du Roi-Soleil !

Mais ce fut surtout par le verre que la Sérénissime s'imposa. Les Vénitiens apprirent en effet l'art du verre des Grecs, dont ils firent leurs sujets, et qui avaient, seuls en Occident, conservé le mystérieux et alchimique secret permettant de transformer le sable.

Dès le XIIIe siècle, la guilde des verriers de Venise, installée sur l'île de Murano en 1291 – pour éviter les incendies causés par les fours – fournissait déjà l'Europe en verres, bouteilles, carafes, vases et autres récipients. Leur aspect translucide ravissait les Cours encore bien rustiques du Moyen Âge, qui voyaient dans ces objets la quintessence du luxe, comme Véronèse l'a si bien montré plus tard dans son tableau, *Les Noces de Cana*, à une époque où les verres de Venise connurent leur âge d'or. Tous les visiteurs se pressaient à Murano pour admirer l'adresse des ouvriers soufflant dans la longue verge de métal au milieu du rougeoiement des feux, fascinés par l'aspect quasi alchimique de cet art qu'a reconstitué Joseph Losey, en préambule de son film *Don Giovanni*, montrant la société du « grand méchant homme » en promenade dans ces ateliers où se créaient ce que les Vénitiens appelaient leurs pierres « les plus précieuses ».

En reconnaissance de leur talent, aussi inutile qu'indispensable, les maîtres verriers vénitiens reçurent rapidement leurs lettres de noblesse, qui firent d'eux des patriciens comme les fabricants de perles ou de vitraux et de miroirs. Car Venise fabriquait également des miroirs extrêmement recherchés, que l'on rapportait en France, en

Angleterre, en Allemagne, tels des trésors, non seulement pour leur beauté, mais leur simple provenance incomparable. On sait moins que, lorsque Louis XIV décida de créer la galerie des Glaces, à Versailles, il fit appel aux ouvriers de Murano. Il fallut ruser pour obtenir leur coopération en leur promettant des privilèges considérables – exemption d'impôts, salaires mirobolants – ainsi qu'une protection militaire pour leur permettre de quitter Venise. Ils risquaient en effet d'être assassinés par leurs camarades qui ne voulaient pas que les secrets de fabrication, qui le plus souvent ne se transmettaient qu'en famille, fussent communiqués à l'étranger, si une lettre de dénonciation les concernant était adressée au Conseil des Dix ! Dès 1665, il ne fallut pas moins de trois opérations d'évacuation pour débaucher les ouvriers spécialisés, à qui Louis XIV fit l'honneur d'une longue visite.

L'ambassadeur de Venise, du reste, ne fut pas dupe de cette attention, qui écrivit alors, « leur travail est une très belle réussite. Le roi est sous le charme. Ils fabriquent des glaces en grande quantité ». Le mal était fait, les secrets de fabrication furent communiqués à la fabrique de Tourlaville, qui allait fournir le chantier de la galerie et permettre à Colbert d'imposer une mesure protectionniste, l'interdiction de l'importation des glaces de Venise en France. Triste condition cependant que celle de ces ouvriers, certes fort bien payés et bien considérés, mais tous promis à disparaître aux alentours de leur trentième année : ils finissaient leur vie prématurément, totalement empoisonnés par les émanations de mercure avec lequel, à l'époque, on fabriquait les glaces, dites à plomb.

Il est assez facile de comptabiliser cette hécatombe, puisque chacun des miroirs de la galerie des Glaces nécessitait 800 journées de travail, et qu'il fallut en fournir 357 pour achever ce parfait chef-d'œuvre de l'époque classique, paradigme de son univers associant, comme dans la tradition vénitienne, le monde réel et le monde imaginaire, c'est-à-dire le reflet des rêves. Chaque miroir, en effet, fut soufflé en manchon. Il naquit d'abord sous la forme d'une boule de verre en fusion en large tube, découpée ensuite pour former une plaque, successivement polie puis durcie et biseautée, toujours à la main, puis enfin étamée, c'est-à-dire fixée dans un amalgame d'étain, le « tain » au vif-argent ou mercure à chaud, dont l'alchimique complexité nécessitait… deux mois par glace !

12

Le génie de la France

« Et l'on peut comparer, sans crainte d'être injuste
Le siècle de Louis au beau siècle d'Auguste. »

Charles Perrault

Reconnaissable au fait qu'il soit le seul assis au milieu d'une assemblée d'hommes, le seul couvert aussi, d'un grand chapeau garni de plumes rouges, de la même couleur que ses bas, reconnaissable également à sa petite moustache et à ce regard véritablement royal qu'il porte sur celui qui regarde le tableau, Louis XIV, en 1667, pose devant Henri Testelin, avec Colbert et les membres de l'Académie des sciences. En fond de décor, l'Observatoire de Paris en construction. Et partout, des plans, des rapports, des mappemondes terrestres et célestes. L'ambiance est sérieuse, studieuse et sereine, car elle place dans une relation franche, directe et confiante celui qui préside aux destinées du royaume et ceux qui travaillent à sa gloire scientifique, la plus haute sans doute, avec la gloire artistique. Mais elle montre aussi l'aspect collectif du Roi-Soleil qui, dans la majorité de ses représentations picturales, n'est jamais seul, sauf lorsqu'il s'agit d'un portrait officiel. Qu'il visite les Gobelins, qu'il fasse la guerre ou qu'il préside une fête à Versailles ou une réception d'ambassadeurs, Louis XIV est toujours accompagné. Est-ce souci constant d'appeler tous ceux qui œuvrent à l'enrichissement du pays, qu'il s'agisse de science, d'art ou d'économie ? C'est incontestable ! Louis XIV le grand, le redouté, le monarque absolu est sans cesse mis en scène avec d'autres, comme s'il nouait une conversation incessante, un échange permanent dans l'éternité de l'image symbolique, avec ce que son royaume compte de plus intelligent, de plus doué, de plus créatif.

En digne petit-fils de Marie de Médicis, qui lui a légué une partie du sang de ces illustres banquiers florentins ayant accompagné si notablement les prémices de la Renaissance, Louis XIV, en effet, dès son avènement, place son règne sous le signe des sciences, des arts et des lettres, qui, du reste, ne sont pas dissociés à l'époque. L'important est avant tout l'affermissement de cette « Connaissance », qui civilise l'homme de qualité. Jamais aucun règne n'a autant pensionné – on ne disait pas encore « subventionné » – les écrivains, les artistes et les savants et, par là même, suscité autant de créativité. Jusqu'à la fin de son règne, en effet, le Roi-Soleil a exercé, outre sa triple fonction de chef de l'État, de chef des Armées et de chef de l'Église, celle de « ministre de la Culture », par le biais d'une Surintendance talentueusement assurée par Colbert, mais à laquelle il donne sa propre impulsion. Admiratif, l'ambassadeur Primi Visconti le souligne :

« Le roi a un bon jugement naturel, ce qui est supérieur à toutes les sciences ; il parle de tout, aussi bien d'affaires que de guerre, de bâtiments, de dessins et de musique, mieux encore qu'un ministre, un architecte, un mathématicien et que Lully lui-même. »

Une cinquantaine de personnalités des lettres, des sciences et des arts vont donc, pendant tout son règne, émarger au grand livre des pensions, pour certes contribuer à la gloire du roi, mais surtout à celle de la France, puisque l'une et l'autre sont indissociables. C'est peut-être en ce domaine plus qu'en tout autre que réside toute la force du souverain : savoir s'entourer des meilleurs parmi les meilleurs, pour faire de la France la première des nations, « *la mère des lois, des sciences et des arts* », selon les mots du poète Du Bellay, le modèle de toutes les autres. C'est le temps du mécénat absolu au service de cet ordre classique, qui n'est nullement une contrainte, mais l'aboutissement de ce « grand goût » qui fait du prince l'Apollon moderne.

Louis XIV, naturellement, n'est pas un dictateur qui joue avec les créateurs, comme des marionnettes. Il est très sincèrement admiratif de tous ceux qui ont reçu une meilleure instruction que lui et possèdent des talents qu'il n'a pas. Il ne les bride en rien, laissant s'épanouir leur personnalité, et n'hésitant pas à s'entourer d'étrangers, s'il estime qu'ils peuvent servir la France aussi bien, sinon mieux, que les Français. Le compositeur Lully, le géographe Cassini et le physicien Huygens le prouveront. Ce n'est pas parce qu'on est français qu'on intéresse le roi, mais parce qu'on sert la France. Il réussit ainsi cette gageure :

consolider le génie français avec des talents étrangers, parce qu'il sait d'instinct que le beau, le grand et le noble n'ont pas de frontières. Ainsi le Bernin est-il officiellement appelé en France à l'été 1665 pour restaurer le Louvre. Même si le projet, *in fine*, ne lui sera pas confié, il donne au jeune roi l'occasion d'impressionner le grand artiste qui réalisera son buste. Les écrivains, les érudits, les peintres, les sculpteurs, les architectes, les jardiniers, les physiciens, les chimistes et tant d'autres sont donc requis, comme les soldats d'une armée prête à se mettre en marche, sous les ordres d'un souverain déterminé à tenir les Français sous le charme et à fasciner l'Europe.

Au titre de la littérature, d'abord, un changement notable intervient : à la mort de Séguier, lui-même successeur de Richelieu, le roi de France devient le protecteur de l'Académie française. Les écrivains, de ce fait, gravitent plus étroitement dans l'entourage du souverain, à commencer par les trois plus grands, Boileau, Molière et Racine, à défaut de leur aîné Corneille, qui a surtout connu son heure de gloire sous le règne précédent, ou d'auteurs plus oubliés de nos jours, mais très appréciés à l'époque, comme Malherbe, Voiture et Bensérade.

Le premier, Boileau, chef du nouveau Parnasse, joue un rôle particulièrement influent. C'est le grand défenseur de l'ordre classique, bien que cet adjectif, instauré au XIXᵉ siècle, ne soit pas usité à cette époque. Le second, Molière, après avoir donné le spectacle dans toute la France sur les tréteaux de « L'Illustre Théâtre », s'est fixé à Paris où il a abandonné la tragédie pour la comédie. Il fait rire le roi qui le

tutoie pour lui manifester son affection et le soutient
contre ses victimes, parmi lesquels les médecins et
les dévots, allant même, un jour, pour faire taire ses
calomniateurs, jusqu'à l'inviter à sa table, honneur
inouï auquel peu de sujets du Soleil ont eu droit.
Dans la cour de marbre de Versailles, qui fait office
de scène, *Le Misanthrope*, *Le Bourgeois gentilhomme*
ou *Le Malade imaginaire*, pour ne citer que les plus
célèbres de ses pièces, détendent l'atmosphère tout en
contribuant à civiliser la société. Le troisième, Racine,
immense poète et maître absolu de la tragédie, dont
chaque vers atteint la perfection, fait parler ses personnages comme le roi et sa Cour aimeraient parler.
Aussi est-il récompensé par le titre d'historiographe
du roi. Certains écrivains, de surcroît, participent
directement aux fêtes de Versailles – « Les Plaisirs de
l'Île enchantée » en 1664 ou le Grand Divertissement
royal de 1668 – et rencontrent le roi à de nombreuses
reprises. Leurs noms sont entrés dans la légende de
la langue française : La Fontaine, Scarron, Sorel,
Quinault, Félibien, Perrault, du Cange, Baluze...
Et il n'est pas jusqu'à l'éloquence sacrée à prendre
une place particulière, en un temps où la religion est
omniprésente. Bossuet, évêque de Meaux, se taille
dans ce genre la part du lion, qui est en chaire ce que
Racine est sur la scène, avant d'être suivi par Fléchier,
Fénelon et Bourdaloue.

Les musiciens ensuite retiennent toute l'attention
d'un roi éminemment mélomane et même guitariste
confirmé, qui eut pour maîtres, dans sa jeunesse,
Étienne Richard et Francesco Corbetta. Lully, le premier parmi ses pairs, a toute la faveur du souverain,

qui voit ses journées rythmées par ce qu'on appelle les « vingt-quatre violons du roi ». S'ils sont plus que ce chiffre et pas tous violonistes, ils sont présents à la messe du matin, au retour de la chasse, au souper du roi ou aux bals de la Cour. Le petit Florentin, appelé en France pour faire office de maître de musique de la Grande Mademoiselle, effectue une foudroyante ascension, qui fait de lui l'incontournable patron de l'opéra. Paradoxalement, il invente la musique française, image de la somptuosité de Versailles et de la gloire de son hôte, malgré son caractère exécrable de colérique sanguin et d'homosexuel déclaré. Ce dernier point choque pourtant son protecteur qui va le convaincre de se marier et de faire des enfants, dont Louis XIV, naturellement, sera le parrain ! Après lui viendront Delalande et Couperin dont les œuvres accompagneront le roi jusqu'à sa mort.

Les peintres sont aussi considérés. Derrière le premier d'entre eux, Charles Le Brun, véritable metteur en scène de Versailles, dont il supervise toute la décoration intérieure – en particulier la galerie des Glaces et son immense plafond – se rangent Rigaud, Poussin, Coypel ou Van der Meulen. Le Louvre devient le palais des artistes, qui y reçoivent un logement/atelier et peuvent y exposer leurs œuvres, tout en abritant les séances de l'Académie, devenant, selon l'expression de François Bluche, « le palais de la Culture ». Successivement, sont fondées, à Paris, la manufacture royale des Gobelins, d'où sortent bientôt les premières somptueuses tapisseries, mais aussi, à Rome, l'Académie de France, installée à la Villa Médicis, où les futurs peintres vont se former au goût antique. Comme les peintres, les sculpteurs (Coysevox, Puget, Le Hongre) et les architectes (Le Vau, Mansart, Libéral Bruant, Marot, Cottard) ont également toute la confiance d'un roi maître d'œuvre de ses commandes qui estime que « rien ne marque davantage la grandeur et l'esprit des princes que les bâtiments ». À destination de ces derniers est fondée, en 1648, l'Académie de peinture et de sculpture et, en 1671, l'Académie d'architecture, qui s'ajoutent à aux Académies de musique et de danse. Il n'est pas jusqu'à Paris à bénéficier de l'intérêt du roi qui dote la ville de grandes réalisations, parmi lesquelles l'Hôtel des Invalides, par Libéral Bruant, son église du Dôme, par Mansart, la grande colonnade du Louvre, par Perrault, les pavillons du château de Vincennes, par Le Vau et l'hôpital de La Salpêtrière, par Libéral Bruant. Le roi est un passionné de sculpture, d'architecture et de peinture qui, en général, possède un goût très sûr, même si, là encore, il n'hésite pas à dire, au sujet d'un Corrège qu'on lui offre un jour : « Les connaisseurs le trouvent fort beau, mais moi, je ne m'y connais pas assez pour en découvrir toutes les beautés. »

La science enfin : dès 1665, le roi subventionne *Le Journal des savants*, créé par Denis de Sallo, le plus ancien du genre, avant de fonder, l'année suivante, l'Académie des sciences, pour faire pièce à la Royal Society, à Londres, de six ans son aînée. Elle compte rapidement quelque soixante-dix membres représentant l'élite des disciplines. La nouvelle institution, dans laquelle œuvrent les mathématiciens Robertval et Carcavy, le physicien Mariotte, le médecin Cureau de La Chambre, jouera un rôle considérable jusqu'à l'avènement du siècle des Lumières, qui lui sera infiniment redevable d'avoir ainsi ouvert la voie qui conduira à l'*Encyclopédie*. Plus encore, le roi manifeste son intérêt pour un certain nombre de disciplines, comme l'astronomie. N'est-ce pas sous son règne que progressent significativement les idées de Galilée ? Que Jean Picard mesure l'arc du Méridien ? Que Huygens met en évidence la force centrifuge qui préfigure les découvertes de Newton ? Que Tournefort fait progresser la botanique ? Que Cassini entreprend la réalisation de la première carte de France, jusque dans ses points les plus reculés, véritable exploit à l'époque, avec la présence de chaque village, chaque château, chaque monastère, chaque forêt et chaque étang ? Celle-ci, en 1790, permettra d'ailleurs à la jeune Révolution d'établir une nouvelle division territoriale de la nation en créant les départements.

Parmi les inventions scientifiques révélées au palais de Versailles, l'historien Philippe Delorme, avec son talent coutumier, nous interpelle sur le fait que la photographie aurait pu aboutir sous Louis XIV et qu'on aurait pu ainsi tirer le portrait du roi : « La photographie aurait pu exister dès le XVIIe siècle ! On rêve dès lors de clichés de Versailles, de Louis XIV ou de la Montespan. La chambre noire – *la camera obscura* – date en effet de la Renaissance italienne. Le génial Léonard de Vinci en fait mention dans ses Carnets. Le principe en est simple : la lumière qui pénètre dans un trou minuscule dans une boîte fermée se projette à l'envers sur la paroi opposée. En plaçant une lentille devant l'ouverture, on augmente la qualité de l'image. Il suffit ensuite d'enduire la surface réceptrice d'une substance sensible. Or, depuis le Moyen Âge, les alchimistes connaissaient les propriétés du chlorure d'argent, que les rayons lumineux font noircir. Si quelque ingénieur du Grand Siècle avait imaginé de combiner ces deux savoirs (chambre noire et chlorure d'argent), il aurait pu tirer le portrait du Roi-Soleil ! »

N'est-ce pas encore sous son autorité qu'est réorganisé le Muséum, avec en particulier son jardin aux herbes médicinales, splendide vitrine de la politique scientifique française, dans laquelle les cours sont désormais gratuits et libres pour tous ceux qui sont capables de les suivre ? Que le Collège de France, dans le Quartier latin, établit son audience internationale ? Que la Grande et la Petite Écurie, à Versailles, fondent la première école vétérinaire hippiatrique ? Que la ménagerie du roi, à Versailles encore, permet la création d'une discipline nouvelle, l'anatomie comparée des animaux ? C'est enfin la construction, par Claude Perrault, de l'Observatoire, dans le prolongement du palais du Luxembourg, établissement que visitera bientôt le roi d'Angleterre Jacques II. Là s'organisent, pour plus de deux siècles, la géodésie, l'astronomie de position et l'astronomie méridienne, qui feront la gloire d'un établissement partout imité dans le monde.

Le règne de Louis XIV est autant – on ne le souligne pas assez ! – celui des arts que celui des sciences, en particulier les mathématiques, qui connaissent une stupéfiante révolution. Le concept même de progrès scientifique s'impose et contribue à asseoir l'autorité du roi, qui est tout à la fois le protecteur des savants et leur principal employeur, y compris à Versailles qu'inspirent la science autant que l'art. Il faudra, en effet, plus que de l'inspiration pour mener à bien l'immense chantier du château tout au long des cinquante années qu'il va durer, occupant savants et ingénieurs à domestiquer la nature et à acheminer les eaux dans ce lieu hostile et éloigné de tout. Le château représente de ce fait un but national pour lequel tous les talents sont requis, autant que les arsenaux ou les chantiers navals.

Le roi est enfin le premier collectionneur du royaume, éclipsant ainsi non seulement ses prédécesseurs, mais encore les autres souverains, ses contemporains. Meubles, dessins, vélins enluminés, tableaux, intailles, camées, gemmes, médailles, pièces d'orfèvrerie, marbres antiques, marqueteries de pierre dure, bustes antiques en porphyre, bronzes, livres, manuscrits enluminés, issus de Mazarin, de son oncle Gaston d'Orléans, de Fouquet ou acquis par lui-même vont peu à peu constituer le plus vaste cabinet de curiosités d'Europe, que le musée du Louvre, aujourd'hui, s'honore de posséder. Parmi les pièces les plus fabuleuses sont certains joyaux, comme ce diamant jaune baptisé « le Sancy », jadis propriété de Charles le Téméraire ou cet autre, dit « le Bleu de France », rapporté des Indes par Tavernier. Et Saint-Simon, toujours, de glisser : « Prince heureux s'il en fut jamais en figure unique, en force corporelle, en santé égale et ferme et presque jamais interrompue, en siècle si fécond et si libéral pour lui en tous genres qu'il a pu en ce sens être comparé en celui d'Auguste, en sujets adorateurs prodiguant leurs biens, leur sang, leurs talents, la plupart jusqu'à leur réputation, quelques-uns même, leur honneur et beaucoup trop leur conscience et leur religion pour le servir, souvent même pour lui plaire. De là cette autorité sans bornes qui put tout ce qu'elle voulut et qui trop souvent voulut tout ce qu'elle put, et qui ne trouva jamais la plus légère résistance. » Tandis que l'ambassadeur Ezéchiel Spanheim trouve le mot de la fin : « Comme les qualités personnelles du roi, les heureux succès de ses établissements et de ses entreprises, l'état florissant de son règne dans ses finances, dans ses armées, dans ses généraux, dans ses conquêtes, joint aux flatteries ordinaires des courtisans et au génie soumis de la nation envers son prince, l'élevèrent bientôt au-dessus non seulement des monarques ou des souverains de son temps, mais de ceux mêmes des règnes précédents, il s'accoutuma insensiblement à prendre goût à ses éloges et à croire qu'ils n'étaient pas sans fondement. On s'attacha à le faire seul l'auteur et le mobile de tous les heureux succès de son règne, à les attribuer uniquement à ses conseils, à sa prudence, à sa valeur et à sa conduite, bien plus qu'à ses forces, à ses ministres, à ses généraux et aux conjectures. »

Jusqu'au règne de Louis XIV, la presse est quasiment inexistante. Mais, en 1672, le chroniqueur Jean Donneau de Visé fonde une publication régulière, qu'il intitule *Le Mercure galant*. D'abord trimestriel puis mensuel, il va bientôt permettre à ses abonnés, au fin fond de la France, de s'informer des nouvelles du roi, de la Cour et de la ville, même si la qualité de ses articles est inégale. De toutes les manifestations du Génie de la France, celle-ci, sans conteste, est l'une des plus modernes. Le roi le comprend bien, du reste, qui couvre de faveurs Donneau de Visé, réalisant qu'à travers les lignes de ce petit livret, c'est sa renommée qui se propage, plus encore que les innombrables lettres des deux meilleures épistolières de son règne, sa belle-sœur la princesse Palatine et naturellement Madame de Sévigné. Répandre les nouvelles donnera naissance à ce qu'on va bientôt appeler l'opinion publique. C'est une des grandes contributions du règne de Louis XIV, qui annonce le siècle des Lumières. Parfaitement lucide de l'apport des créateurs, le roi leur lance : « Vous pouvez juger, Messieurs, de l'estime que je fais de vous, puisque je vous confie la chose du monde qui m'est la plus précieuse, ma gloire. »

La pièce de Molière *Le Tartuffe* fait scandale, mais a la chance de plaire au roi. L'auteur s'en réjouit : « Nous vivons sous un prince ennemi de la fraude. »

Le 12 mai 1664, la comédie en cinq actes et en vers comportant 1 962 alexandrins signés Molière fut représentée pour la première fois au château de Versailles. C'est contre les agissements de la Compagnie du Saint-Sacrement, société religieuse très puissante qui utilisait des méthodes abusives comme la dénonciation, que Molière écrivit *Le Tartuffe*.

Tartuffe est un faux dévot. Introduit dans une famille par le père, naïf, il va tenter de le dépouiller de tous ses biens, d'épouser sa fille et de séduire sa femme. Heureusement, il sera démasqué. C'est le roi lui-même, à la fin de la pièce, qui rétablit l'ordre en le faisant arrêter.

Si elle eut l'heur de plaire au roi, cette pièce audacieuse provoqua une violente réaction de la part des dévots qui parvinrent à faire interdire la pièce sous prétexte que Molière était un impie et qu'il contribuait grandement à dévaloriser les devoirs de la dévotion et la sincérité des croyants.

Tel un roc dans la tempête, Molière continua à écrire et à faire représenter plusieurs autres pièces fameuses : *Dom Juan ou le Festin de pierre* en 1665, qui elle aussi ne tardera pas à être interdite à cause de la cabale des dévots, puis *Le Misanthrope ou l'Atrabilaire amoureux* en juin 1666. Le 5 août 1667, Molière mit pour la seconde fois *Le Tartuffe* à l'affiche, bravant l'indignation des dévots. La pièce n'avait pas encore été représentée que ceux-ci protestèrent à nouveau. On fit comprendre au roi qu'il était inadmissible que le ridicule de l'hypocrisie parût sur scène.

Les dévots affirmaient que Molière « n'était pas préposé pour reprendre les personnes qui se couvrent du manteau de la dévotion, pour enfreindre les lois les plus saintes, et pour troubler la tranquillité domestique des familles ». D'autres, l'écrivain Gilles Ménage notamment, défendaient la pièce : « Je lisais hier *Le Tartuffe* de Molière. Je lui en avais autrefois entendu lire trois actes chez M. Monmort, où se trouvèrent aussi M. Chapelain, M. l'abbé de Marolles, et quelques autres personnes. Je dis que c'était une pièce dont la morale était excellente, et qu'il n'y avait rien qui ne pût être utile au public. »

Louis XIV jugea lui aussi à propos de défendre *Le Tartuffe*. Molière, d'ailleurs, lui confirma les bonnes intentions qu'il avait eues en écrivant cette pièce. De sorte que le roi ayant vu par lui-même qu'il n'y avait rien dont les dévots puissent être scandalisés, et qu'au contraire on y combattait un vice qu'il a toujours eu soin de réprimer par d'autres moyens, il permit à Molière de représenter *Le Tartuffe*, le 5 août 1667, comme prévu.

La seconde représentation fut annoncée pour le 7, mais, dès le 6, *Le Tartuffe* fut cette fois interdit. Le pouvoir de la censure et de l'Église était alors très grand. Et le roi, bien qu'il fût le maître, devait tenir compte de l'avis de l'Église. À la place, on joua une comédie intitulée *Scaramouche ermite*, qui fut bien accueillie par le parti dévot. Louis XIV déclara, en parlant au prince de Condé : « Je voudrais bien savoir pourquoi les gens se scandalisent si fort de la comédie de Molière et ne disent pas un mot de celle de *Scaramouche*. » Condé répondit : « C'est que la comédie de *Scaramouche* joue le ciel et la religion, dont ces messieurs ne se soucient guère, tandis que celle de Molière les joue eux-mêmes ; et c'est ce qu'ils ne peuvent souffrir. »

Ce n'est qu'en 1669, après que trois placets furent adressés au roi et que la pièce eut été entièrement remaniée, que *Le Tartuffe ou l'Imposteur* fut autorisé et connut enfin la gloire. Dès 1665, la troupe était devenue troupe du roi. Cinq ans plus tard, c'est le 14 octobre que fut créé *Le Bourgeois gentilhomme* au château de Chambord. La troupe de Molière s'y était transportée parce que c'est là que, cet automne, résidaient, sous les feuilles dorées du Val de Loire, le Roi-Soleil et sa Cour. Molière lui-même y jouait Monsieur Jourdain. Si aux premiers abords l'accueil du roi et de ses courtisans parut fort réservé, le souverain après un moment de réflexion fit cette remarque des plus agréable : « En vérité vous n'avez rien fait qui m'ait le plus diverti. »

Ainsi Molière, fils de tapissier parisien, né Jean-Baptiste Poquelin en 1622, fit une carrière prodigieuse. Il fait ses débuts dans une petite troupe au nom plein d'avenir : « L'Illustre Théâtre ». C'est lui qui l'a fondé en 1643 en association avec une famille de comédiens : les Béjart. Presque tout de suite les farces qu'il propose conquièrent le public. On pourrait dire que Molière est à la fois un tragédien raté et un acteur comique sans pareil. En 1659, l'Illustre Théâtre joue devant Louis XIV *Les Précieuses ridicules*, sous la protection de Monsieur, frère du roi.

Molière mourra après une représentation du *Malade imaginaire*, en 1673. Jean-Baptiste Poquelin dit Molière quittait la terre après avoir écrit plus de trente pièces.

13

Le « grand tournant »

> « Cependant, nous ne voyons rien dans le monde, de tout ce qui a quelque rapport et quelque ressemblance avec le monde lui-même. »
>
> Louis XIV

À Versailles, dans la salle du Conseil, l'été 1682, un tout petit nombre de familiers, debout selon l'usage, entoure le roi, assis devant la célèbre table recouverte d'un tapis précieux, sur laquelle deux hauts chandeliers éclairent un amoncellement de papiers. Dans un silence pesant, que Louvois n'ose interrompre, le roi lit, avec effarement, le compte rendu des interrogatoires de la femme, dite la Voisin, qui a empoisonné les hommes de sa famille et qui, lors de son procès, a dénoncé tous ses « clients » ayant utilisé philtres magiques, formules de sorcellerie et drogues en tout genre. Ils sont si haut placés que le lieutenant général de police, Gabriel Nicolas de La Reynie, n'a pas osé en publier la liste. À l'affaire de la Brinvilliers, condamnée et brûlée le 17 juillet 1676, et dont les actes avaient alors défrayé la chronique, s'est ainsi ajoutée celle de la Voisin, qui subira le même sort le 22 février 1680. Mais, à présent, c'est le roi qui, après une longue et complexe enquête de deux années, dans le secret de cette « chambre ardente », prend connaissance de ces faits terribles, messes noires avec assassinats d'enfants, empoisonnements, parties fines des grands avec des jeunes garçons. Lui, l'homme si fondamentalement « normal » dans ses goûts et ses mœurs, découvre révulsé les détails de ces histoires sordides.

Achevant la lecture d'une pièce avant de prendre connaissance de la suivante, Louis XIV fronce les sourcils ou lève les yeux au ciel, avant d'échanger avec Louvois et quelques secrétaires impassibles, de longs regards silencieux. Ce qu'il y a sur la table, révélé au grand public, ferait l'effet d'une véritable bombe, qui éclabousserait les grands, la Cour et la Ville, sans compter le clergé, puisque nombre de prêtres sont impliqués comme les abbés Mariette et Guibourg, spécialistes des messes noires. Certes, la Voisin a expié ses crimes sur le bûcher de la place de Grève, 367 personnes ont été arrêtées et ont croupi dans les cachots du Grand Châtelet, avant d'être jugées tout au long de quelque 210 audiences. À l'issue de celles-ci 34 ont été exécutées, 5 envoyées aux galères et 23 bannies du royaume, mais ce n'est là que du menu fretin. Peut-on aller plus haut sans provoquer le plus grand scandale du siècle ? Certainement pas, d'autant qu'un nom revient à plusieurs reprises, celui de Madame de Montespan elle-même, qui aurait fait avaler au roi nombre des poudres de la Voisin.

Le 20 août 1680, dans le cadre de l'affaire des Poisons, le lieutenant de police La Reynie a en effet entendu les confessions de Marie-Marguerite Monvoisin, fille de la célèbre « faiseuse de poudre » Catherine Deshayes, dite la Voisin. Il a alors appris que Madame de Montespan, favorite du roi, était impliquée dans l'affaire et participait aux messes noires célébrées chez sa mère par l'abbé Guibourg. Marie-Marguerite Monvoisin lui a montré le texte lu par la favorite au cours de l'une de ces cérémonies diaboliques, alors que l'on vient de dire la messe sur son corps nu : « Je demande l'amitié du roi et celle de Monseigneur le Dauphin, et qu'elle me soit continuée, que la reine soit stérile, que le roi quitte son lit et sa table pour moi, que j'obtienne de lui tout ce que je demanderai pour moi et mes parents, que mes serviteurs et domestiques lui soient agréables ; chérie et respectée des grands seigneurs, que je puisse être appelée aux Conseils du roi, et savoir ce qui s'y passe, et que cette amitié redoublant plus que par le passé, le roi quitte et ne regarde La Vallière et que, la reine étant répudiée, je puisse épouser le roi. »

L'affaire des Poisons a alors pris une nouvelle ampleur. Le 15 septembre, un paysan normand du nom de Philippe Galet a reconnu avoir fabriqué un philtre à sa demande destiné à rendre le roi à nouveau amoureux d'elle. En effet, Louis XIV avait à cette époque pris une nouvelle maîtresse en la personne de Mademoiselle de Fontanges et n'avait d'yeux que pour elle. Le 30, Françoise Filastre, autre empoisonneuse, a affirmé avoir élaboré une poudre pour empoisonner, précisément, Mademoiselle de

Fontanges. On parle également d'un placet enduit de poison qui devait tuer le roi lui-même.

Louis XIV est atterré, mais ne peut faire arrêter la mère de ses enfants, le grand amour de sa vie. Alors, à Louvois qui le presse de détruire ces documents, il répond par l'affirmative, et jette lui-même, dans la cheminée, les papiers qui s'embrasent les uns après les autres et se tordent avant de disparaître, comme les damnés de l'enfer, à ce que racontent les prédicateurs en chaire pour terroriser leurs ouailles et les faire entrer dans le rang. L'autodafé achevé, le roi se rend chez sa maîtresse et exige des explications lors d'une rencontre plus qu'orageuse. Elle nie, crie, pleure, puis finit par demander pardon. Mais, de ce jour, quelque chose se casse entre eux. La séparation, pourtant, ne se fera que progressivement, tant le lien qui les unit est fort. Il ne faut rien précipiter pour ne pas donner prise à la calomnie. Malgré le secret, certains sauront et parleront, ce qui conduira la magnifique favorite à quitter Versailles en 1691, la mort dans l'âme, pour se retirer au couvent des Filles Saint-Joseph, à Paris, où elle s'éteindra le 27 mai 1707.

Tous les historiens ont noté qu'à partir de cette époque, le « grand règne » va rapidement passer de la lumière à l'ombre, de la paix à la guerre, de la postérité à la misère. Comme si le charme cessait d'agir, la situation s'inverse, obligeant le roi à traverser toute une série d'épreuves, dont il va certes triompher, mais à quel prix ! Celui d'une vieillesse engluée dans la solitude. Il est vrai aussi que le premier règne s'appuie sur Colbert, tandis que le second commence à la mort de ce dernier. Ce temps des nuages, qu'on appelle « le grand tournant », inspire sans doute cet aveu édifiant au Roi-Soleil lui-même : « S'il arrive que nous tombions malgré nous dans quelqu'un de ces égarements, il faut du moins, pour en diminuer la conséquence, observer deux précautions que j'ai toujours pratiquées et dont je me suis fort bien trouvé. La première est que le temps que nous donnons à notre amour ne soit jamais pris au préjudice de nos affaires, parce que notre premier objet doit être la conservation de notre gloire et de notre autorité, lesquelles ne se peuvent maintenir que par un travail assidu. Mais la seconde considération, qui est la plus délicate et la plus difficile à pratiquer, c'est qu'en abandonnant notre cœur, nous demeurions maîtres de notre esprit ; que nous séparions les tendresses d'amant avec les résolutions du souverain, et que la beauté qui fait nos plaisirs n'ait jamais la liberté de nous parler de nos affaires, ni des gens qui y servent. »

L'affaire des Poisons a révélé d'autres affaires, en particulier de mœurs, dont le « Cabinet noir » l'informe quotidiennement. Le roi s'aperçoit que, dès qu'il a le dos tourné, sa Cour sombre dans la débauche, tandis que nombre de ses proches – son frère, certes depuis toujours, mais aussi son propre fils, le comte de Vermandois – s'adonnent à ce qu'on appelle pudiquement « le vice italien », c'est-à-dire cette homosexualité qui semble triompher partout au Grand Siècle. L'inceste n'est pas en reste, sans compter ces soirées à caractère sadique avant l'heure, qu'organisent certains grands seigneurs à Paris, avec parfois mort de jeunes garçons ou de jeunes filles.

Certes, il sait bien qu'il n'a jamais été lui-même un modèle de vertu, mais il déteste que le secret des alcôves s'affiche au grand jour, dans les conversations, les lettres dont sa belle-sœur, la princesse Palatine, inonde l'Europe ou encore les écrits très libertins de Bussy-Rabutin, le cousin de Madame de Sévigné, auteur d'un brûlot assassin, l'*Histoire amoureuse des Gaules*, qui le conduit tout droit à la Bastille.

Un malheur ne venant jamais seul, la santé du roi donne quelques signes de fatigue. Régulièrement, en effet, Louis XIV souffre de fièvres, de maux de tête, de vertiges, de rages de dents, de problèmes digestifs, de coliques néphrétiques, de crises de goutte et de rhumatismes. Plusieurs raisons à ces pathologies : l'humidité de Versailles, le manque d'hygiène physique du roi, son alimentation et ce diabète qui le mine, sans compter naturellement la totale incompétence des médecins de l'époque qui ne connaissent que deux thérapies, la saignée et le lavement ! Les Diafoirus qui le servent ne le saignent-ils pas, un jour, jusqu'à huit fois et ne lui administrent-ils pas, un autre, jusqu'à vingt-deux lavements ?

Bien sûr, l'extraordinaire volonté du souverain, qui, jusqu'au bout, tente de maîtriser son corps, comme il le fait avec sa politique, lui permet de résister à tant de barbarie. Il en résulte des conséquences fâcheuses, comme, à la suite d'une opération ratée à la mâchoire, un écoulement malodorant de la bouche et du nez. Son haleine, de ce fait, empeste, obligeant Madame de Montespan, quand elle couche avec lui, à tenir en permanence un mouchoir parfumé sur son nez.

Survient enfin ce qu'aujourd'hui, on considère toujours comme « la grande faute » du règne, la révocation de l'Édit de Nantes, en 1685, qui, jusque-là, permettait aux quelque 800 000 protestants français d'exercer librement leur culte. Comment ce souverain, pourtant toujours très désireux de bien faire, en est-il arrivé à cette extrémité ? En s'en remettant totalement aux avis des gens d'Église – il n'est lui-même pas théologien et ne le sera jamais – qui lui font croire, souvent au prix de mensonges éhontés, que les protestants constituent une menace. C'est tout à fait faux, puisqu'en puisant leurs réflexions personnelles dans l'étude de la Bible, ils développent, sinon une libre pensée, du moins une pensée libre. Le roi tient compte aussi de l'opinion publique française, catholique dans son immense majorité, qui n'a jamais véritablement toléré le développement du protestantisme sur son sol, et qui ne réclame aucunement la tolérance, dans quelque matière que ce soit. Ce sentiment n'apparaîtra qu'au siècle suivant, avec les Lumières. En revanche, la réussite matérielle des protestants est manifeste. Ils sont souvent plus riches que les catholiques, un motif sérieux pour la révocation. Enfin, il y a la terrible accusation de « régicide » lancée contre ces protestants anglais, qui ont coupé la tête de Charles Ier, en un temps où ce crime s'apparente au « déicide ». Accusation fausse pour les protestants de France qui, eux, n'ont jamais voulu attenter à la vie de Louis XIV.

Dans cette monarchie absolue, où, depuis son sacre, le roi représente Jésus-Christ sur Terre, où la politique et la religion sont totalement imbriquées, il ne saurait y avoir qu'une religion, comme il n'y a qu'un chef, ce que définit le principe : « Un roi, une loi, une foi ». L'acte de révocation précise du reste que le but de l'Édit de Nantes était de faciliter le retour de tous ses sujets à l'unité de l'Église, comme l'avait voulu son grand-père. Il fallait à présent mettre fin à une situation « provisoire », qui n'avait que trop perduré. La religion, en effet, occupe encore une place considérable dans le royaume, puisque toute la vie des hommes, depuis leur baptême jusqu'à leurs funérailles, tourne autour d'elle. Le roi lui-même, qui commence et termine sa journée par des prières, assiste quotidiennement à la messe et suit avec application toutes les fêtes religieuses, est un homme pieux et soumis à l'Église. Ne porte-t-il pas le titre de « Très Chrétien » ?

Rien, dans ce domaine, ne le distingue du dernier manant de France. Ses confesseurs ont donc une réelle influence sur lui, de même que les prédicateurs, Bossuet, Massillon, Fléchier, Bourdaloue, dont les sermons – plus de mille durant tout le règne ! – édifient la Cour. Il conserve néanmoins sa liberté politique de suivre ou non leurs préceptes, de satisfaire ou non leurs vœux. Il est donc particulièrement réceptif à ce que l'Église de France nomme « les intérêts du ciel », et dont le premier, conformément au serment qu'il a prêté durant le Sacre, est d'éradiquer définitivement l'hérésie. Voilà qui explique son acte, à une époque où sa foi s'accroît, de même que sa pression sur la nation, comme il ne s'en cache pas lui-même en annonçant : « Je suis persuadé que Dieu consommera à sa gloire l'ouvrage qu'il m'a inspiré. »

Louis XIV, à qui on raconte des balivernes en lui affirmant que pratiquement tous les protestants de France sont prêts à se convertir, serait très étonné si on lui disait que l'Édit de Fontainebleau – où il fut signé –, au reste approuvé par 90 % des Français, allait un jour constituer, au Tribunal de l'Histoire, l'erreur suprême de son règne ! Il agit en toute « bonne foi », même s'il s'apercevra plus tard qu'il est allé trop loin. Du reste son fils, le Grand Dauphin, en principe le futur roi, hostile à la révocation, ne le lui a pas caché avec quelques autres, plus proches de ce qu'on appellerait aujourd'hui, dans la vie politique, « le terrain », que cette mesure était excessive.

Partant du principe que tout ce qui n'est plus permis est donc interdit, les pasteurs sont priés de quitter le royaume, tandis que les écoles protestantes sont fermées et les temples détruits (comme celui de Charenton, chef-d'œuvre de Salomon de Brosse) ou transformés en églises, comme beaucoup à Paris. Quant aux protestants eux-mêmes, ils n'ont qu'un simple choix : quitter le royaume, mais, dans ce cas, leurs biens seront confisqués, ou se faire catholiques, étant entendu que ceux qui resteraient en France sans renier la religion de leurs pères seraient condamnés, pour les hommes aux galères, pour les femmes à l'enfermement perpétuel, le plus souvent dans la sinistre tour de Constance d'Aigues-Mortes. Aussitôt 200 000 protestants s'exilent en Angleterre, en Allemagne, en Suisse, aux Pays-Bas, parfois plus loin, en Amérique, tandis que les autres entrent dans la clandestinité – on dit alors « le désert » –, pourchassés par les intendants chargés d'éradiquer la « religion prétendument réformée » et subissant une odieuse répression que Louvois met en œuvre sans état d'âme. Ainsi les fameuses « dragonnades », ou encore, en 1702, la malheureuse guerre menée par Villars contre les « Camisards », ces paysans protestants des Cévennes courageusement dressés pour la défense de leur foi.

La révocation a au moins trois conséquences. La première est d'ancrer la France dans la répression et de bloquer toute évolution libérale pour longtemps, puisqu'il faudra attendre Louis XVI et Malesherbes pour restituer aux protestants une partie de leurs droits. La deuxième est de priver la Nation d'une grande part de ses élites. La majorité des protestants – le grand Vauban ne l'était-il pas, ainsi que Turenne, jusqu'à sa conversion, ou même Duquesne, qui ose lancer au roi, un jour : « Sire, quand j'ai combattu pour Votre Majesté, je n'ai pas examiné si elle était de la même religion que moi ? » – étaient en effet des médecins, des scientifiques, des hommes de loi, des négociants, des manufacturiers de pointe, des orfèvres, des imprimeurs, des horlogers ou des marins. De surcroît, les protestants étaient jusque-là les sujets les plus fidèles du roi. En les chassant et les pourchassant, la révocation va les détacher du trône et faire d'eux, au siècle suivant, les plus ardents propagateurs de l'esprit des Lumières contre la royauté. Louis XIV passe désormais pour un « tyran », celui que les pasteurs présentent comme « la bête de l'Apocalypse », à l'origine d'un « tremblement de terre qui choque toute l'Europe » !

La troisième conséquence est de dresser un peu plus l'Europe protestante du Nord contre la France catholique, tout en précipitant bientôt, outre-Manche, la chute de la dynastie catholique des Stuarts. Les Anglais ne brûlent plus que d'une chose : faire aux catholiques ce que le roi de France a fait aux protestants. Aujourd'hui encore on demeure confondu face à une décision si aberrante, dont Louis XIV, *in fine*, porte seul la responsabilité, puisqu'en un temps où la séparation des pouvoirs n'existe pas, il est seul décisionnaire. C'est d'autant plus vrai que, ses grands ministres de jadis étant morts (Colbert, Seignelay et Louvois), il s'investit de plus en plus dans les affaires publiques. Mais c'est l'esprit d'une époque, qui le persuade que ceux qui abjurent leur religion le font inspirés par la grâce ou qu'il est normal d'assassiner ou de faire périr aux galères ceux qui honorent Dieu à leur manière ! « Rien n'est si beau que tout ce qu'il contient, dit Madame de Sévigné de l'Édit, et jamais aucun roi n'a fait et ne fera rien de plus mémorable », tandis que Racine applaudit, dans le prologue d'*Esther*, celui que ses sujets baptisent « le nouveau Constantin » :

« Du zèle qui pour Toi [entendons Dieu] l'enflamme et le dévore [entendons le roi]
La chaleur se répand du couchant à l'aurore…
De Ta gloire animé, lui seul de tant de rois
S'arme pour sa querelle et combat pour Tes droits. »

Singulier souverain qui, d'un côté, fait tuer ses sujets qui ne pensent pas comme lui, et, de l'autre, se montre particulièrement aimable avec son entourage et même ses serviteurs, allant jusqu'à empêcher qu'on sanctionne un valet qui, un jour, n'était pas là pour ouvrir certaine porte, d'un mot qu'on répète : « Ne croyez-vous pas qu'il est assez affligé de m'avoir fait attendre ? »

L'exil des huguenots français les a conduits au bout du monde. En Europe comme en témoigne l'émouvant musée de Berlin qui leur est dédié, dans l'Empire russe, en Afrique du Sud, où leurs empreintes sont encore si vivantes à Stellenbosch là où ils enracinèrent leurs plants de vigne importés de France, mais aussi en Amérique du Nord où l'on trouve beaucoup de leurs descendants dont certains sont célèbres. Le musicien Quincy Jones, que j'ai rencontré chez Daniel Filipacchi, n'a pas manqué de me rappeler que petit-fils d'esclave du Mississippi, il descend aussi en ligne directe d'une famille de huguenots, musiciens à la cour d'Henri IV. Il ne faut pas oublier non plus que le premier président des États-Unis d'Amérique, George Washington, descend en droite ligne du premier émigré en Virginie, Nicolas Martiau (1591-1657), un protestant de l'île de Ré qui débarqua du *Francis Bonaventure* le 11 mai 1620, cinq mois avant l'arrivée des puritains du *Mayflower* et dix ans exactement, mois pour mois, après l'assassinat du bon roi Henri IV. Cet ancêtre français mit au service de sa nouvelle patrie ses talents d'ingénieur militaire avant d'exercer les fonctions de juge de paix et d'assumer la charge de député à l'assemblée locale de Jamestown où il fut élu représentant de la presqu'île de Pamunkey. Toutes ces raisons auraient rendu cet ancêtre cher au cœur de Washington si ce

dernier avait eu le loisir d'étudier son arbre généalogique et de remonter jusqu'à la cinquième génération.
Un autre détail de la vie de son ancêtre lui serait en
outre apparu des plus symboliques : cent cinquante
ans avant la bataille décisive de Yorktown, en 1631
– Louis XIV allait naître sept ans plus tard –, Nicolas
Martiau s'était rendu acquéreur du terrain sur lequel
son descendant allait s'illustrer ! Aujourd'hui les
élus de l'île de Ré ont admirablement rempli leur
devoir de mémoire. En effet, on peut voir la statue
de George Washington à Saint-Martin-en-Ré, érigée
dans le jardin du musée, et celle de Nicolas Martiau
qui s'élève à La Flotte, le regard porté vers l'Océan.

Parmi les descendants des huguenots français on
peut aussi compter Barack Obama, l'actuel président
des États-Unis d'Amérique, qui a reçu le prix Nobel
de la paix en octobre 2009. Une étude menée par
l'Église mormone, une branche religieuse américaine
férue de généalogie, affirme qu'il serait descendant
d'un certain Mareen Duvall, fils de huguenots français. Ce Duvall aurait par la suite épousé la petite-fille
d'un nommé Richard Cheney, arrivé d'Angleterre
dans le Maryland vers 1650. Au cœur de l'été 2009,
le lundi 20 juillet, une quinzaine de jours avant l'anniversaire de ses 48 ans, Barack Obama a reçu Thomas
Manson, chef de l'Église mormone, afin de le remercier de cette étonnante découverte. Le président a
déclaré qu'il était impatient de consulter les archives
concernant ses racines. Grâce à la base généalogique
mondiale sise dans l'Utah à Salt Lake City, Barack
Obama se savait déjà cousin au huitième degré de

Dick Cheney, l'ex vice-président des États-Unis au temps de George Bush.

C'est sans compter sur tous les huguenots français qui envahirent de leur talent les différents pays du monde après s'être sentis chassés du royaume de France par la révocation de l'Édit de Nantes en 1685.

Mais les protestants ne sont pas les seuls ennemis de ce « Roi Très Chrétien », qui estime, d'une part, que toute autorité vient de Dieu et, d'autre part, qu'il convient « de rendre à Dieu ce qui est à Dieu et à César ce qui est à César », c'est-à-dire lui-même. Les jansénistes constituent également une menace pour l'unité religieuse du royaume. Ils prônent la théorie de la grâce, accordée par Dieu à un petit nombre seul. Les quiétistes qui, eux, prônent la doctrine du « pur amour » et l'union mystique avec Dieu, sont eux aussi menacés. Nombre de membres de la bourgeoisie parisienne – surtout au Parlement – sont jansénistes et fréquentent le monastère de Port-Royal des Champs, dans la vallée de Chevreuse, où s'effectuent de pieuses retraites sous les auspices de la famille Arnaud. La rigueur de leur aristocratique spiritualité est d'ailleurs frappante sur les divers tableaux qui les représentent.

En 1709, Louis XIV, pressé par son confesseur, le terrible Le Tellier, fait évacuer par la troupe et presque entièrement détruire Port-Royal, temple de la contestation et du rassemblement des mécontents, dont il ne reste aujourd'hui qu'un petit bâtiment. À la demande du roi, le pape ira jusqu'à fulminer contre ceux que le roi appelle, avec impatience, « ces messieurs… ces messieurs ». La bulle « Unigenitus », du 8 septembre 1713, condamnera le jansénisme. Quant aux quiétistes, représentés par Madame Guyon, amie de Fénelon, ils seront aussi interdits et leur inspiratrice enfermée.

La France du Grand Siècle pratique en effet la ségrégation religieuse mais pas raciale. Si les Juifs sont acceptés ils n'ont pas le droit de construire des synagogues publiques même si Louis XIV aurait, dit-on, envisagé de leur attribuer un territoire spécifique entre la France et l'Espagne, dans cette Navarre dont le Roi-Soleil est également le souverain depuis que son grand-père Henri IV l'a apportée à la Couronne de France et dont il ne reste que la partie septentrionale dite « Basse-Navarre », entre Saint-Palais et Saint-Jean-Pied-de-Port.

À ce propos, le journaliste Périco Légasse, enfant du Pays basque, se souvient d'une conversation entre son père, l'écrivain Marc Légasse, et le docteur Georges Pialloux, historien local des plus respecté, auteur du livre *Portua*, dédié à l'histoire de Saint-Jean-de-Luz et de Ciboure, au cours de laquelle l'érudit tenait pour très probable que le Roi-Soleil avait pour projet d'installer des Juifs entre la Nivelle et la Bidassoa, théorie qui, à ce jour, n'a pas été étayée. Autre hypothèse, Louis XIV roi de France et de Navarre aurait pensé à ce qui lui restait du royaume de Navarre situé sur le versant nord des Pyrénées comme l'espace idéal pour cet asile. Pourquoi la Navarre ? Parce que c'est une région où la tradition de tolérance religieuse est inscrite dans les institutions. Pour preuve à la fin du XIIe siècle, le roi de Navarre Sanche VI le Sage promulgue un édit punissant de mort quiconque attenterait à la vie d'un Juif résidant en son royaume.

Louis XIV, comme ses successeurs, n'a jamais été antisémite, non seulement parce que les Juifs dans la France de l'Ancien Régime étaient considérés comme les « témoins » de la véracité de l'histoire de Jésus, mais encore parce qu'il était comptable de l'intégrité de ses sujets.

En vérité c'est Louis XVI qui naturalise le premier certains Juifs de France, car depuis 1787 les Juifs portugais et avignonnais, ceux de Bayonne ou de Bordeaux jouissaient de tous les droits civils comme Français naturalisés, ils sont déclarés citoyens à part entière par une majorité de 150 voix (le 28 janvier 1790). Après l'échec, en janvier 1791, d'une nouvelle tentative en faveur de l'émancipation complète des Juifs, le 28 septembre 1791, quelques jours avant la dissolution de l'Assemblée nationale, Adrien Duport, membre du Club des Jacobins, monte de façon impromptue à la tribune et déclare : « Je crois que la liberté de culte ne permet aucune distinction dans les droits politiques des citoyens en raison de leur croyance. La question de l'existence politique [des Juifs] a été ajournée. Cependant, les Turcs, les musulmans, les hommes de toutes les sectes, sont admis à jouir en France des droits politiques. Je demande que l'ajournement soit révoqué et qu'en conséquence il soit décrété que les Juifs jouiront en France des droits de citoyen actif. » Cette proposition est acceptée. L'Assemblée adopte la loi le lendemain et se sépare deux jours plus tard. Le 13 novembre, Louis XVI ratifie la loi déclarant les Juifs citoyens français. On peut mesurer ici le rôle primordial de celui qui fut par excellence le roi humanitaire.

Revenons à Louis XIV.

En 1992, le Musée basque et de l'histoire de Bayonne organisait une grande exposition et l'université de Pau et des Pays de l'Adour un colloque illustrant « L'exode des Juifs d'Espagne vers Bayonne ». Comme l'écrit remarquablement le conservateur Olivier Ribeton dans sa préface du catalogue de l'exposition : « La commémoration du cinquième centenaire du décret d'expulsion du 31 mars 1492 des rois catholiques est l'occasion de souligner le rôle de terre d'accueil des Juifs hispano-portugais joué par la région de Bayonne à l'aube du XVIᵉ siècle. Il a fallu l'encouragement du roi de France et l'appui du gouverneur de Bayonne, le comte de Gramont, pour faciliter l'arrivée des Juifs "Nouveaux-Chrétiens" d'Espagne ou "Conversos" convertis de force du Portugal, lesquels, peu à peu, pratiquèrent la religion hébraïque sans trop de difficultés. Par arrêt du 7 janvier 1602, le roi Henri IV, à propos des dits Portugais, mandait "au sieur de Gramont gouverneur et à tous nos autres officiers qu'il appartiendra de les soutenir en leur faisant toute faveur et assistance". On voit donc ces familles s'établir le long de l'Adour et de ses affluents : en 1633 on comptait 80 familles judaïsantes à Labastide-Clairence en Basse-Navarre, plus de 60 au bourg Saint-Esprit de Bayonne, plus de 40 à Peyrehorade, une dizaine à Dax. La Maison de Gramont s'instaure protectrice des Juifs et leur ouvre les portes de sa souveraineté de Bidache en 1627. Des familles juives jouèrent un rôle important dans l'administration de la ferme générale de Bidache et dans le négoce et l'armement maritime de Bayonne, en liaison principalement avec Amsterdam. À Bayonne, les Séfarades s'organisent en "Nation" juive avec ses règlements. Le concept de nation n'est pas nouveau dans la mesure où les Juifs étaient régis jusqu'à la Révolution française par des lois d'exception qui cimentaient leur solidarité communautaire, époque où de multiples privilèges compartimentaient la société. C'est une communauté qui affirme avec éclat son identité au XVIIIe siècle, au point d'offrir des réjouissances publiques lors de la naissance du Dauphin en 1781. Les plus riches d'entre eux apprécient la dimension sociale de leur réussite économique et fondent des synagogues privées, ou aident les plus pauvres de leurs coreligionnaires. Ce besoin d'être reconnu transparaît dans l'art du portrait qui fixe, pour notre bonheur, les traits du visage des personnages les plus en vue. Un édit royal d'août 1696 impose l'enregistrement des armoiries de toutes les personnes, nobles ou non nobles, qui prétendaient au droit de les porter. D'après Henry Léon, premier historien des Juifs de Bayonne (1893), le gouvernement de Louis XIV décida de soumettre le droit au port des armoiries à des taxes qui eurent "le caractère d'un impôt somptuaire, et de trouver dans la vanité humaine de précieuses ressources pour combler le déficit d'un budget obéré". Il y eut donc de nombreux blasons octroyés aux "marchands portugais", c'est-à-dire aux Juifs du bourg Saint-Esprit et de la région de Bayonne : les Carvaillo, Silva et Lopes Silva, Mendès Dacosta, Vaes Olivera, Ferreira, Gomés et

Gomés Brito, Pereyre Brandon, Rodrigues Gardoze, Nunés, Florés, Mendés. De plus, la communauté elle-même de la "Nation Judaïque ou Portugaise du Port Saint-Esprit de Bayonne" reçut des armoiries "de gueules à cinq pattes de griffon posées en bande, deux, deux, une". »

Le racisme en tant que tel n'existe pas au Grand Siècle. Il sera une invention du XIXe siècle. Les Juifs de ce fait sont mieux traités que ceux qu'on appelle improprement les bohémiens – déjà ! – qui ne viennent pas tous de Bohême, parce qu'ils sont ceux que l'on considère comme perpétuels errants et fauteurs de désordre.

Les hommes sont expédiés aux galères et les femmes tondues et enfermées à Bicêtre, cet immense « dépotoir » de l'humanité fragile, à la porte de Paris, où dans une promiscuité abominable, sont entassés les marginaux, prostitués des deux sexes, fous – toujours considérés comme des délinquants –, voleurs, faussaires, assassins, mendiants, étrangers de toutes sortes. Quotidiennement battus, ils sont violés, tués au mépris de toute dignité humaine, avec pour seul souci de cacher la misère au lieu de la guérir. Bicêtre, dont la seule porte de sortie est la mort, compte jusqu'à 40 000 pensionnaires, sur lesquels un évêque du temps porte cette appréciation, qui nous laisse pantois : « Les pauvres étant nés tels ou étant réduits à cette condition par l'ordre de la providence, ce n'est pas leur ôter la liberté que de les enfermer, c'est leur ôter leur libertinage. » Si le « masque de fer », sur l'identité duquel les historiens s'opposent depuis des siècles, demeure, avec Fouquet, le plus célèbre des prisonniers de France, ceux-là sont des dizaines de milliers que la postérité a tendance à oublier, tout autant que les quelque 12 000 infortunés galériens – la « chiourme » de la France – enchaînés par six, qui rament de dix à quinze heures par jour, sous la menace permanente du fouet, dans d'abjectes conditions de vie !

Bien sûr, Louis XIV n'a jamais mis les pieds à Bicêtre ni sur une galère, assisté à une dragonnade ni encore à ce spectacle atroce des dernières « sorcières » qu'on brûle en public. Il n'a probablement aucune idée concrète de la misère de son peuple, sinon à travers les images édulcorées qu'en donnent, pendant le Carême, les prédicateurs de la Cour. Il souhaite très sincèrement que la condition de ses sujets s'améliore. Faut-il lui imputer, pour autant, les effets les plus tragiques de l'ordre de son époque ? Ce serait excessif. Pour les contemporains du Grand Siècle, la société est comme elle est, même aux yeux des plus défavorisés.

Ceci explique que, du haut en bas de la France, une armée d'espions surveille tout le monde et expédie en prison sur simple lettre de cachet – au Châtelet, à la Bastille, à Vincennes ou dans les lointains châteaux de province – ceux qui manifestent la moindre velléité d'indépendance, tandis que les ouvriers à qui il prendrait fantaisie de franchir les frontières pour travailler ailleurs sont punis de la peine de mort, de même que les soldats déserteurs. Avec les paysans, les ouvriers demeurent les grands exclus du siècle, comme ces 6 000 qui périssent sur le chantier de Versailles, victimes d'accidents ou du paludisme, dont la contamination se propage en 1687. Pour ne pas effrayer les autres, on les enterre clandestinement de nuit. Pourtant, les ouvriers ne se plaignent pas. Ne sont-ils pas plus libres que les Indiens de Louisiane que les colons français massacrent sans état d'âme, ou que les esclaves noirs qu'on transporte de l'Afrique à l'Amérique, pour les faire travailler, aux Antilles, à la culture de la précieuse canne à sucre ?

Le meilleur élève de Le Brun a beau peindre le roi félicité par le ciel pour avoir révoqué l'Édit de Nantes, une chape de plomb s'étend sur le royaume, que dénonce un violent pamphlet de Jurieu, édité à Amsterdam, intitulé *Les soupirs de la France esclave qui aspire à la liberté.* Il n'est pas jusqu'à Versailles où la morosité est de mise. La princesse Palatine le souligne : « Cette Cour ne ressemble plus à rien. »

Ce sentiment va se renforcer bientôt par la guerre qui recommence, cet éternel fléau des peuples devant ainsi payer l'amusement des princes et justifier la source même de leur pouvoir, comme si, à une époque où l'artillerie commence à faire de sérieux progrès, il s'agissait encore de l'art d'impressionner sa dame dans les lices des tournois ! Avec l'installation des armées permanentes, la vraie guerre naît au début du XVIIIᵉ siècle, celle qui, après chaque bataille, laisse des centaines, parfois des milliers de morts, fauchés par la mitraille, sans compter les invalides et les amputés, dont la détresse émeut tous ceux qui sont confrontés à l'envers de l'épopée.

Charles Perrault fait figure de porte-parole du roi et office de ministre de la Culture et de la Communication et obtient, en s'opposant à Colbert, que le jardin des Tuileries soit ouvert à tous les Parisiens.

Charles Perrault, né le 12 janvier 1628, était le dernier d'une famille de sept enfants. Il perdit à l'âge de six mois son frère jumeau François. Très brillant dans les études littéraires et philosophiques qu'il suivait au collège de Beauvais à Paris, Perrault quitta subitement la classe à la suite d'un éclat avec son professeur. Un de ses camarades prit son parti. Tous deux décidèrent après ce différend de ne plus retourner au collège et de se donner réciproquement des cours. Ils se mirent avec ardeur à la lecture des auteurs sacrés et profanes, des Pères de l'Église et bien sûr de la Bible. Ces libres études furent favorables à Charles Perrault, qui mit en vers burlesques le sixième livre de l'*Énéide* de Virgile.

Comment un auteur de contes de fées (*Cendrillon*, *La Barbe-bleue*, *Le Petit Poucet* ou *La Belle au bois dormant*) pouvait-il être concrètement utile à un souverain en exercice ? Tout d'abord, il est bon de rappeler aujourd'hui, au siècle des princes des médias, le grand cas que faisaient jadis les souverains de leur communication, à commencer par le plus rayonnant et le plus médiatisé d'entre eux : Louis XIV. Le Roi-Soleil, qui se prenait pour son propre ministre de la Culture, en avait également un auprès de lui qui, sans posséder ce titre, en exerçait la fonction. Ce ministre était d'autant plus secret que son rôle était à la fois précis et double. D'abord, il mettait en place la politique culturelle du souverain-mécène, mais, ensuite, il était plus particulièrement chargé de son « image » et, pour tout dire, de sa propagande. C'est ainsi que, pendant vingt ans, Perrault a servi la communication solaire du roi. Avec le recul, on peut dire qu'il a bien réussi. Mieux, il ne faisait pas seulement la propagande personnelle du souverain, il était chargé de faire la publicité de la monarchie. Mais il allait beaucoup plus loin, ne se contentant pas d'utiliser les médias à sa disposition, le monde des gazettes. Pour lui, diffuser des images, c'était faire passer ses messages. Bien avant la création d'Internet, il avait compris qu'il fallait passer par la toile : il invitait donc les plus grands peintres à mettre leur talent au service du roi. Charles Perrault ne se contentait pas d'écrire des contes et de conseiller le Roi-Soleil, il était avant-gardiste en bien des domaines, notamment dans son analyse des supports de communication – qui existaient déjà à l'époque, le premier journal français ayant été fondé en 1631, sous Louis XIII, par Théophraste Renaudot. Pionnier en la matière, Perrault était une sorte de Marshall McLuhan (un théoricien canadien américain du monde des médias) du Grand Siècle.

Après que Colbert se fut assuré de la discrétion de Perrault en lui dictant un rapport secret sur Fouquet, il commença sa carrière d'« attaché de presse » du roi. On le nantit d'un bureau à Paris et d'un logement à Versailles. Partout il dut organiser et répandre l'image du roi. Il s'y employa dans tous les domaines : monuments, tapisseries, médailles, livres. Rédacteur de génie, il composa lui-même les brochures politiques et les éditoriaux nécessaires aux objectifs officiels où il vantait avec talent Louis XIV, non seulement homme d'État mais aussi stratège. Il entoura le pouvoir des artistes les plus méritants et des créateurs les plus remarquables. Sans exiger de déclaration d'allégeance, il veilla à tout ce qui put aider à la gloire du Roi-Soleil. En vérité, il cumulait culture et communication.

Pendant vingt ans, Charles Perrault fut l'exécuteur efficace de la vaste politique culturelle du roi et, en ce domaine, le plus imaginatif du monde. À Paris, on peut encore aujourd'hui en mesurer concrètement les effets : les arcs de triomphe de la porte Saint-Denis et de la porte Saint-Martin qu'il a initiés sont toujours là. Il a présidé à l'installation d'un laboratoire de chimie dans la Bibliothèque royale, parrainé la manufacture des Gobelins. Il fut animé d'une obsession incroyablement moderne : le bien public et surtout l'accession de tous à la connaissance. Ainsi, il s'opposa un jour à Colbert, qui voulait interdire au public l'entrée des jardins des Tuileries qu'on venait de replanter. Il obtint qu'ils fussent ouverts aux Parisiens. De même, reçu à l'Académie française en 1671, il demanda que le public soit admis à la séance de réception, et son vœu fut exaucé. Ce fut donc grâce à l'auteur de *La Belle au bois dormant* que l'Académie française, créée par Richelieu, ouvrit ses portes pour la première fois. En matière de théâtre, il montra une intuition prodigieuse, distinguant le génie de Racine dès *La Thébaïde ou les Frères ennemis* en 1663.

Sa magnifique activité engendra des oppositions et des jalousies féroces. Boileau, historiographe du roi, estimait qu'il lui faisait de l'ombre, et Louvois, nommé en 1683 surintendant des Bâtiments, Arts et Manufactures, voyait en lui un rival. Mais Perrault, comme son *Petit Poucet*, ne se laissa pas faire. Il ne faut pas oublier la persévérance, l'opiniâtreté, la ténacité du septième d'une longue fratrie. Il avait cette rage face à tous les obstacles, à tous les opposants. Son secret ? D'abord réagir et puis après rêver. On domine toujours ses adversaires en les prenant de vitesse par le haut, on échappe à leurs coups en s'élevant, on les laisse loin derrière en rebondissant là où ils ne peuvent vous atteindre. Ainsi agit-il : il écrivit des contes. Charles Perrault, aux avant-postes de la modernité, était déjà un prince des médias. Comme ceux d'aujourd'hui, il jouxtait le Soleil. Car les rois et les médias partagent le même désir : ils veulent par deux fois régner absolument sur la sensibilité des âmes et l'éternité des images.

14

La guerre encore et toujours

« Les plaisirs à ses yeux ont beau se présenter
Sitôt qu'il voit Bellone, il quitte tout pour elle
Rien ne peut l'arrêter
Quand la gloire l'appelle. »

Quinault

Le 20 mai 1692, près de Gévries, en Flandre, dans l'actuelle Belgique, l'ambiance des grands jours préside à cet immense rassemblement d'hommes, l'arme au pied, en pleine campagne, sur fond de blés fauchés et de verdure. Si l'uniforme n'est pas encore de mise pour tous, chacun vérifie que ses armes sont adaptées, ses chaussures correctement ajustées et sa provision de vin bien serrée pour se donner du cœur, le moment venu. Sur des files et des files, les hommes se rangent par bataillon ou escadron, sous l'autorité des sergents, tandis que les bannières flottent dans l'air léger, portant les armoiries des propriétaires de régiments, les plus grands noms de France dont les lieutenants, capitaines et colonels rêvent de gloire. Rarement armée n'a été aussi sûre d'elle-même, avec ses 120 000 hommes. Racine, présent à la parade en tant qu'historiographe du roi, est, une fois de plus, sous le charme : « C'était assurément le plus grand spectacle qu'on ait vu depuis plusieurs siècles. »

Ce spectacle, c'est celui de Louis XIV, 54 ans, à cheval, passant ses troupes en revue avant la bataille, avec ce calme olympien qu'il aime afficher en public, mais aussi cette détermination qui lui fait forcer le destin (comme Napoléon après lui) à laquelle les soldats sont si sensibles. Ils ne sont jamais aussi valeureux que lorsque le chef suprême est avec eux. Une fois de plus, il va falloir monter au feu, s'y distinguer, tant pour l'honneur du roi que pour celui de la nation. Une frénésie s'empare des hommes qui crient « Vive le roi », lorsque le souverain, suivi de ses maréchaux, des jeunes princes de la famille royale, passe devant eux. Il faut dire qu'ils sont aussi rassurés par le nombre impressionnant de canons, dont la contribution est essentielle aux batailles de la guerre moderne.

Cette scène, qui se reproduit à de nombreuses reprises, se déroule dans le nouveau conflit où la France est engagée, après dix ans de répit entre la paix de Nimègue, en 1678, et la reprise des hostilités, en 1688. Une décennie extrêmement profitable à son économie, d'autant qu'une excellente conjoncture climatique a accompagné cette période. La volonté de puissance du roi va malheureusement compromettre cette situation qui, depuis quelques années, trop assuré de sa toute-puissance, se montre de plus en plus agressif avec ses voisins, les poussant à se coaliser contre lui. Usant de ce qu'il appelle les « réunions », c'est-à-dire l'interprétation extensive de certaines clauses du traité de Nimègue pour réclamer de nouveaux territoires, il a multiplié les coups d'éclat : il a fait ainsi bombarder la ville de Gênes, coupable d'avoir prêté ses galères à l'Espagne, et contraint son Doge à venir s'humilier, le 15 mai 1685, dans la galerie des Glaces de Versailles, où il a dû s'incliner devant le souverain. Il a encore – et pour la seconde fois ! – ravagé le Palatinat, au nom des droits de sa belle-sœur, s'est opposé au pape Innocent XI lui-même, qui a supprimé à Rome les franchises des ambassades. Il a pris des mesures de rétorsion lors de la nomination de l'archevêque Électeur de Cologne, où il a imposé son candidat, Egon de Fürstenberg, contre celui de l'empereur, Joseph-Clément de Bavière.

Cette ultime provocation, jointe naturellement à la révocation de l'Édit de Nantes, met le feu aux poudres et conduit les signataires de la Ligue d'Augsbourg à rompre la trêve de Ratisbonne, à l'automne 1688. Or cette même année, les Britanniques chassent leur souverain catholique, Jacques II, et le remplacent par son beau-frère, protestant, Guillaume d'Orange, Stadoudher des Provinces-Unies, proclamé aussitôt roi d'Angleterre, sous le nom de Guillaume III. C'est le pire ennemi de Louis XIV et il rassemble contre lui non seulement les Provinces-Unies, un État fédéral comprenant la partie septentrionale des Pays-Bas, mais aussi l'Angleterre, avec cette fois la ferme détermination d'en découdre. Le roi de France recueille son infortuné cousin Jacques II et met à sa disposition son cher château de Saint-Germain, horrifié de constater que les Anglais n'ont pas hésité à exiler leur roi après avoir tranché le col de son père, Charles Ier.

Le nouveau roi d'Angleterre n'a-t-il pas dit : « Je périrai ou j'irai brûler Versailles » ? Une telle insolence ne saurait demeurer impunie, même si, autour de Fénelon, se rassemble un petit groupe d'intellectuels isolés réclamant la paix.

Certes, le roi de France possède la plus puissante armée de son temps, la plus nombreuse et même la mieux organisée, mais cette fois, l'alliance du roi d'Angleterre et de l'empereur risque d'être extrêmement dangereuse pour la France et formidablement coûteuse en hommes et en argent, comme le voit bien Bussy-Rabutin : « C'est la plus grande guerre qu'aura jamais roi de France sur les bras. » Qu'importe ! Le roi est prêt à tous les sacrifices, en commençant par le premier : l'ensemble du mobilier d'argent de Versailles – soit quelque 200 tonnes ! – est envoyé à la fonte pour assurer les liquidités de la guerre. Les conséquences furent paradoxales, privant la France d'un extraordinaire ensemble décoratif, mais aussi stimulant cet artisanat en voyant naître un nouveau style, celui de Boulle, le plus grand ébéniste du temps, inventeur du mobilier Louis XIV, cette fois en bois, avec une caractéristique unique, l'apparition de la marqueterie.

En attendant, la guerre commence et les Français accumulent les succès, triomphant rapidement, grâce à deux maréchaux exceptionnels, Luxembourg et Catinat, le premier à la tête de l'armée des Flandres, le second à la tête de celle d'Italie, où le 18 août 1690 il inflige une sérieuse défaite à Victor-Amédée de Savoie. La victoire de Fleurus, le 1er juillet de cette même année – ancêtre d'une future bataille révolutionnaire – permet la prise de Mons et celle de Namur. Louis XIV, en armure, assiste à cette dernière en personne, s'exposant à la mitraille, malgré une crise de goutte particulièrement aiguë, ce qui arrache à Boileau ces vers de courtisan :

« Quel bruit, quel feu l'environne ?

C'est Jupiter en personne,

Ou c'est le vainqueur de Mons.

N'en doute point, c'est lui-même.

Tout brille en lui, tout est roi. »

Le 3 août suivant, les Français triomphent encore à Steinkerque et enfin, le 29 juillet 1693, à Neerwinden, près de Bruxelles, ce qui permet de rapporter à Paris tant de drapeaux ennemis qu'on surnomme le maréchal de Luxembourg « le tapissier de Notre-Dame ». C'est en effet là qu'on les suspend, pour que tout Paris les voie. Le roi, en revanche, est moins heureux sur mer, malgré l'importance et la qualité de sa flotte qui, les 2 et 3 juin 1692, essuie une importante défaite à La Hougue, sur les côtes de la Manche. Tourville, qui avait mission d'envahir l'Angleterre, s'y fait sévèrement bousculer en perdant quinze des plus beaux vaisseaux français, dont *Le Soleil Levant*, au nom si symbolique. Le corsaire Jean Bart sera plus heureux qui, l'été 1694, remportera le combat naval du Texel, dans lequel pas moins de 96 navires marchands chargés de blé de la Baltique sont par lui libérés, permettant de nourrir un Paris affamé. Pour cet exploit, le corsaire est élevé au rang de chef d'escadre et prié de venir à Versailles chercher sa récompense. Il s'y présente avec le même naturel qu'il use sur son bateau, chiquant sans vergogne et parlant comme il en a l'habitude :

— Monsieur Bart, je vous ai fait chef d'escadre, lui dit le roi.

— Et vous avez bien fait, lui répond Bart sans nulle gêne. Mais après tant de succès, vient comme souvent le temps de l'enlisement, d'autant que l'hiver 1692 est tellement rigoureux qu'aucune avancée n'est possible. La famine qui sévit alors en Europe, et principalement en France, les épidémies, dont le terrible typhus, contraignent les parties à cesser les batailles rangées, se contentant de se bombarder mutuellement, sans qu'aucun succès se distingue dans cette guerre qui s'essouffle, faute d'argent, d'hommes et même de chefs, puisque, du côté français, meurt bientôt le maréchal de Luxembourg. Le roi de France tente de négocier des paix séparées avec certains de ses ennemis, comme le duc de Savoie, maillon faible de la coalition. Il finit par travailler à une paix de compromis qui, finalement, est signée dans le village hollandais de Ryswick, le 30 octobre 1697.

Celle-ci entérine le rattachement de l'Alsace à la France, lui rend Pondichéry, aux Indes, ainsi que la moitié de l'île de Saint-Domingue, aux Antilles. En revanche, Louis XIV doit reconnaître en Guillaume III le roi d'Angleterre, rendre la Lorraine à son duc légitime et le Luxembourg à l'Espagne, terres qu'il avait annexées quelque peu arbitrairement, de même qu'une partie de la Catalogne. Il doit également renoncer à la succession palatine et faire quelques concessions commerciales aux Provinces-Unies. Cette paix indigne la France, qui ne comprend pas pourquoi on a consenti tant de sacrifices pour en arriver là. Le roi estime pour sa part que l'opération est un succès : « Le moment que le ciel avait marqué pour réconcilier les nations est arrivé ; l'Europe est tranquille ; la ratification du traité que mes ambassadeurs avaient conclu depuis quelque temps avec ceux de l'Empereur et de l'Empire achève de rétablir partout cette tranquillité si désirée. »

En fait, cette paix n'est pas si mauvaise pour la France : elle conserve ses points de défense les plus stratégiques, tout en intimidant encore ses ennemis, qui ont préféré une paix prudente à un conflit long et incertain.

Lors d'une traversée vers la Martinique, une petite fille qu'on croit morte va être basculée dans l'océan. Sa mère sauve *in extremis* celle qui, beaucoup plus tard, s'appellera Madame de Maintenon.

Dans son essai *Le Génie latin*, publié en 1913, Anatole France nous conte la vie de l'écrivain Paul Scarron (1610-1660). Il nous rappelle que ce fils d'un conseiller au Parlement de Paris, qui vécut de 1632 à 1640 au Mans, fut atteint d'une maladie qui le paralysa progressivement, lui laissant cependant l'usage de ses mains.

Rentré à Paris en 1652, Scarron, malgré son handicap, se marie. Qui est donc l'heureuse élue de celui dont le pauvre corps figé en forme de Z ne peut se déplacer qu'en fauteuil roulant ? Eh bien, c'est une jeune fille de seize ans et demi. Scarron dit qu'elle lui apporta « deux grands yeux fort mutins, un très beau corsage, une paire de belles mains, et beaucoup d'esprit ».

Le nom de cette perle rare ? Françoise d'Aubigné. Anatole France nous rappelle que la jeune épousée n'est autre que la petite-fille du poète guerrier et parfois brigand Agrippa d'Aubigné, huguenot par devoir et fidélité à la mémoire des cent conjurés protestants pendus au balcon du château d'Amboise par les catholiques.

Agrippa avait un fils : Constant d'Aubigné. Celui-ci commence par écrire des poèmes, il joue merveilleusement de la viole et du luth, mais les choses se gâtent avant sa vingtième année : il devient joueur, violent, amateur de ribotes au point qu'il se bat en duel et tue un homme. Il se marie en cachette de son père, le trahit, multiplie les dettes de jeu, fabrique de la fausse monnaie, tue sa femme et l'amant de celle-ci dans une auberge… Mis au cachot, il séduit la fille du gouverneur de sa prison, Jeanne de Cardilhac, et l'épouse en 1627. Le voici libre, mais il complote contre Richelieu qui l'enferme au fort de la Prée dans l'île de Ré. En 1635, alors qu'il a été transféré à la prison de Niort, naît Françoise, que sa mère Jeanne va appeler « Bignette », c'est-à-dire « la petite Aubigné ». La situation financière de la famille est si désastreuse que Jeanne, qui tente de vivre un temps à Paris, doit vendre tous ses biens.

Jean-Joseph Julaud, l'historien de tous les secrets, nous révèle l'incroyable destin de Bignette : « Lorsque Constant sort de prison après la mort de Richelieu, "Bignette" a 7 ans. Le 27 août 1644, elle embarque avec son père, sa mère et ses deux frères sur l'*Isabelle de la Tremblade* qui va les conduire en Martinique. Constant compte y faire fortune… La traversée se déroule dans des conditions très difficiles. Les passagers tombent malades tour à tour. Beaucoup meurent et sont jetés à la mer après une courte cérémonie : le canon tonne puis le corps bascule dans l'océan.

Après deux ou trois semaines de navigation, Bignette est prise d'une forte fièvre. Puis, quelques jours plus tard, elle tombe dans une sorte de léthargie suivie d'une raideur telle du corps qu'on la croit morte. Sa mère est au désespoir. Le lendemain, on enveloppe l'enfant dans une toile, on s'apprête à la basculer dans l'océan, le canon va tonner. Jeanne se précipite pour embrasser une dernière fois sa petite Françoise. Soudain, l'ayant effleuré des mains et des lèvres, elle s'écrie : "Son cœur bat, elle vit encore !" Bignette est frottée, réchauffée, elle revient à la vie. Sauvée ! La famille s'installe en Martinique, mais dès le début de 1645, Constant trouve un prétexte pour revenir en France, abandonnant sur l'île sa famille. Jeanne parvient à ramener son monde en France trois ans plus tard. Cinq années passent, Françoise, devenue une très belle jeune fille, épouse Paul Scarron. »

15

L'ultime compagne
ou le règne de la vertu

« Madame de Maintenon, un personnage unique
dans l'histoire de la monarchie française. »

Voltaire

Le 9 octobre 1683, dans la chambre du roi, à
Versailles, probablement vers minuit, à l'heure
où les courtisans dorment, se déroule une étrange
cérémonie. À genoux sur des carreaux placés côte
à côte, Louis XIV et Madame de Maintenon se
recueillent devant un autel improvisé, autour duquel
Monseigneur Harlay de Champvallon et le père La
Chaise officient, tandis que les deux gentilshommes
de la chambre font office de servants. Entre deux
bougeoirs d'argent, rideaux tirés sur la cour d'honneur, un mariage secret est en train d'être célébré, le
premier du genre dans l'histoire de France, puisque
jamais, jusque-là, un roi n'avait épousé une personne
d'une telle condition inférieure, même si, naturellement, nul n'oserait parler de mésalliance, puisque
le roi « ennoblit » tout ce qu'il touche. Mais, pour

la mariée, c'est bien, comme dans les contes de Monsieur Perrault, la bergère qui épouse le prince, ce qui inspire à Saint-Simon ce commentaire acide : « L'histoire ne voudra pas le croire. »

Le roi, certes, n'est plus le jeune danseur devant la Cour, le fringant cavalier ou même l'amant passionné qui, jadis, courait sur les toits pour rejoindre quelque belle. Sans son imposante perruque, ses talons rouges, ses dentelles et ses somptueux vêtements de damas, de soie ou de brocart, il n'en impose plus guère. Mais tout de même, pour tous, il est le roi, celui que chacun regarde fasciné. À commencer par elle, toute modeste sous sa mantille noire, qui baisse humblement les yeux lorsqu'il lui passe la bague au doigt, avec la bénédiction pleine et entière de l'Église, elle qui, en cet instant discret, mais tout de même solennel, peut méditer sur son extraordinaire destin.

Mais pourquoi un mariage ? D'abord, parce que depuis un peu plus de deux mois, le roi est veuf, qui a perdu son épouse légitime, Marie-Thérèse. Ensuite, parce que depuis le départ de Madame de Montespan, il s'est considérablement rapproché de la gouvernante de ses bâtards qui, non seulement est encore une fort jolie femme, mais encore une compagne d'un commerce agréable et doux, confiant elle-même quel supplice c'était d'« amuser un homme qui n'est plus amusable », comme le fera plus tard Madame de Pompadour ayant appris à devenir l'amie d'un Louis XV taciturne et même parfois dépressif. Elle sait, en effet, tout à la fois l'entourer et converser avec lui, mais encore ramener cet homme, vieillissant, dans le sillage de la décence et de la religion, avec la complicité de son confesseur et des hommes d'Église qui gravitent autour du souverain. Séduit, il l'avait faite naguère marquise de Maintenon, du nom de cette terre qu'il lui avait donnée, accompagnée d'un beau château. Mais contrairement à toutes les autres, elle a réclamé le mariage, puisque tous deux étaient enfin veufs. Il a consenti, ne serait-ce que pour une raison d'une évidente simplicité : il pourra désormais lui faire l'amour autant qu'il le voudra, sans pécher, puisqu'elle sera sa compagne légitime, et sans la tromper, puisqu'elle le contraint à lui demeurer fidèle ! Pour autant, compte tenu de ses dispositions, elle sait qu'il lui faudra, chaque jour, jusqu'au grand âge, en passer par là, bien qu'elle n'ait aucun goût pour la chose. Mais, bon, « si veut le roi »… elle participe ainsi à son salut.

Ainsi le Soleil vient-il d'épouser devant Dieu, sinon devant les hommes, celle qui revenait de loin, puisqu'on chuchote que, dans son adolescence, elle avait dû garder des oies pour survivre et même se nourrir à une soupe populaire ! La vie de Françoise d'Aubigné, aînée du roi de trois ans, est, en effet, un roman dont beaucoup d'auteurs se sont inspirés. Petite-fille d'un fameux capitaine poète qui, malgré sa particule, n'était pas noble, elle était issue d'une famille protestante qui avait connu de sérieux revers de fortune. Née dans une prison de Niort, où sa mère était alors détenue, elle avait été placée chez des particuliers, qui en avaient fait leur servante. Elle avait fini par épouser un cul-de-jatte, infirme et difforme, mais merveilleux écrivain, Paul Scarron qui, dans le Paris des débuts du XVIIe siècle, l'avait laissée libre de mener sa vie à sa guise, bien que, contrairement à ses vœux, dit-elle, « ce ne fut pas un mariage blanc, mais plutôt gris, gris sale, très sale » !

Versa-t-elle, comme certains le dirent, dans la galanterie ? Ou demeura-t-elle sage ? Elle sut apprendre, en tout cas, les belles manières et se faire des relations. Elle devint ainsi une de ces précieuses à la mode et fut veuve à 24 ans. Celle qu'on surnommait, en raison de son séjour d'enfance antillais, « la Belle Indienne », finit alors par entrer dans la société de Madame de Montespan qui en fit l'habile gouvernante des enfants que le roi lui fit, et qu'elle éleva avec amour. Sérieuse, dévouée, excellente pédagogue, elle alla jusqu'à accompagner le petit duc du Maine, victime d'un pied bot et d'une santé fragile, jusqu'à Barèges, au fond des Pyrénées, une bourgade perdue dans la montagne, sans aucun confort. Ce fut à l'époque un exploit, dont le roi lui fut redevable, tout en étant de plus en plus sensible au charme de cette femme « belle, bonne, pleine d'esprit mais sage ».

Surnommée par la Cour « Madame de Maintenant » – ou, plus crûment, « le vieux cul béni » –, elle va, pendant trente-deux ans, veiller sur le roi jusqu'à la fin, en épouse soumise, subissant quotidiennement un assaut de lit, qui ne lui plaît guère, mais qui permet à son mari d'échapper aux flammes de l'enfer. Avec elle, l'ambiance de Versailles change. Le roi vit davantage en petit comité auprès de celle qu'il surnomme « Votre solidité », puisque leurs appartements sont contigus, et c'est le plus souvent dans la chambre de la marquise, tendue de rouge, qu'il passe une bonne partie de ses journées. Les grandes fêtes s'estompent, la dévotion devient à la mode, les amusements cessent et seuls les folliculaires s'en donnent à cœur joie, à commencer par le Montesquieu des *Lettres persanes* qui fait dire à l'un de ses personnages qui la compare au général Villars, alors qu'elle n'a qu'à peine la cinquantaine lors de son mariage : « Le roi à une maîtresse de quatre-vingts ans et un général de vingt-deux. »

Les chansons fleurissent partout :

« Que dirait le petit bossu (Scarron)
S'il se voyait être cocu
Du plus grand roi de la terre ?
Laire la, laire, lanlaire,
Il dirait que ce conquérant
A tant pris, qu'à la fin, il prend
Le reste de toute la terre
Laire la, laire, lanlaire. »

Ou encore :

« Des Pontchartrains, des Chamillards,
Des Beauvilliers, des Noaillistes,
Des faux dévots, des papelards,
Des missionnaires, des jésuites,
En France, on en a à foison,
Grâce à la vieille Maintenon. »

Auprès de sa nouvelle épouse qu'il prend pour femme à l'âge de 45 ans, le roi va entrer dans l'âge mûr et finir ses jours, menant désormais une vie de couple, sage et mesurée, qui va lui permettre d'entrer sereinement dans la vieillesse. Une grande complicité les unit – et pas seulement en matière de religion – puisque tous deux ont les mêmes goûts en matière d'art et de littérature. Pour elle et les demoiselles de

Saint-Cyr, l'institution qu'elle a fondée afin d'assurer l'éducation des jeunes filles de la noblesse pauvre, Racine va écrire quelques-unes de ses plus belles pages, *Esther* et *Athalie*. Tous deux sont également passionnés d'architecture et pour elle, le roi fait édifier, à Versailles, le Grand Trianon. Se mêle-t-elle de politique ? Pas directement, mais elle a ses « têtes », qu'elle fait écarter, et ses amis, qu'elle fait promouvoir, comme l'écrit Saint-Simon : « Reine de plein rang et d'effet dans le particulier, son règne et sa puissance ne furent que d'artifices. Le Roi, qui se piquait si fort de n'être point gouverné, ne fut pas moins en garde contre elle sur ce point qu'il était avec ses ministres, et n'y fut pas moins trompé que par eux. Son manège fut de ne demander presque jamais rien, de ne s'intéresser à personne, de ne se mêler en apparence d'aucune affaire ; mais elle était présente au travail du roi avec ses ministres qui venaient chacun leur jour chez elle, travailler en tête à tête avec le roi. Il était d'un côté de la cheminée et elle de l'autre. » À l'intérieur de la famille royale, elle ne s'entend guère avec le Grand Dauphin, auquel elle préfère le duc du Maine, qu'elle a élevé. Elle déteste cordialement sa « belle-sœur », la princesse Palatine, qui le lui rend bien, la traitant de tous les noms dans sa correspondance – « vieille ripopée », crotte de souris, borborygme – ce qui, porté à la connaissance du roi, lui vaudra la disgrâce.

Si, en compagnie de la marquise, la vie sexuelle et sentimentale du roi est donc toujours épanouie, sa santé montre des signes de faiblesse. Ainsi, le 18 novembre 1686, Louis XIV accepte de se faire opérer d'une fistule à l'anus, dont il est affligé depuis longtemps et qui le fait de plus en plus souffrir. Le roi est également affligé de la goutte, qui l'empêche souvent de marcher et l'oblige à utiliser sa chaise roulante. Son humeur se ressent-elle des douleurs physiques ? Sans doute, malgré le stoïcisme qu'il affiche quotidiennement. Il préfère désormais son intimité à la Cour, commence à s'isoler et passe davantage de temps en petite compagnie ou dans sa bibliothèque, feuilletant quelques-unes des somptueuses reliures qui la composent, livres d'histoire, le plus souvent, mais aussi quelques volumes de ses textes préférés, comme *Le Prince parfait* de Juste Lipse traduit par Baudoin. « Lassé du beau et de la foule », comme l'écrit si justement Saint-Simon, il finit même par se fatiguer de Versailles et se retire de plus en plus fréquemment à Marly, ce domaine, tout proche mais beaucoup plus petit, que lui a construit Mansart entre 1679 et 1686, en pleine verdure. Sa résidence est entourée de douze pavillons réservés à ses invités, six de chaque côté, reliés entre eux par des treilles.

C'est là, au milieu de quelques familiers, dans une ambiance plus décontractée, parce que moins figée par l'étiquette, que le roi se détend et tente d'oublier les soucis de sa vie et la fuite des jours, voyant peu à peu ses contemporains s'éteindre les uns après les autres, comme son frère, Monsieur, mort en 1701, avec lequel il avait vécu certes comme chien et chat, mais qu'au fond, il aimait bien. Faut-il croire Madame de Maintenon qui trace alors un extraordinaire portrait, totalement différent de ce que ses sujets croient être le Roi-Soleil : « N'ai-je pas raison de dire qu'il est humble ? Il n'a nulle opinion de lui ; il ne se croit point nécessaire ; il est persuadé qu'un autre ferait aussi bien que lui, et le surpasserait même en bien des choses ; il ne s'attribue aucune des merveilles de son règne ; il les regarde comme un effet de la providence de Dieu sur lui. » Incontestablement, l'homme a changé, qui est devenu plus mesuré, plus dévot, plus humble, plus maître de lui, et même plus travailleur encore que dans son jeune temps, puisque ce sont quelque neuf heures par jour qu'il consacre désormais aux affaires de la France. Ce nouveau rythme de vie va être bien nécessaire pour lui permettre de supporter sa destinée, à l'heure où s'approchent tout à la fois l'ultime guerre que la France allume en Europe et les drames qui vont endeuiller sa fin de vie et fragiliser l'avenir de la monarchie.

Comment la musique de Lully, composée pour saluer la réussite de l'opération de la fistule qui incommoda l'anus de Sa Majesté Louis XIV, copiée par Haendel, est-elle devenue l'hymne national anglais ?

À la cour de Louis XIV, 1686 fut « l'année de la fistule », expression qu'utilisèrent les contemporains et qui est souvent reprise par les historiens d'aujourd'hui à travers les méandres de cette curieuse histoire au dénouement des plus étonnants…

Louis XIV souffre d'une fistule anale depuis le 5 février. Il reste assis sur un coussin et ne travaille presque plus. Le 17 novembre, de retour de Fontainebleau, voulant mettre un terme à cette situation qui devient nuisible aux affaires du royaume, il décide de se faire opérer et convoque ses chirurgiens Antoine Daquin et Charles Félix de Tassy. L'intervention a lieu le lendemain 18 novembre à huit heures du matin, dans la chambre du souverain, en présence de son premier médecin, Daquin, du ministre Louvois et de Madame de Maintenon. Elle est réalisée sans anesthésie. Félix de Tassy conçoit pour l'occasion un bistouri « recourbé à la royale », qu'il introduit le long de la fistule à l'aide d'un écarteur. « Faites autant d'incisions qu'il faudra, dit le roi à ses chirurgiens, mais tâchez de ne pas y revenir à deux fois. » L'opération, relatée en détail dans le journal de santé du Roi, tenu de 1647 à 1711, réussit. À neuf heures, le roi, qui a fait preuve d'un courage remarquable, est sur pied ; l'après-midi il monte à cheval ; le soir il préside son Conseil. Quelques jours après, le roi fait même quelque chose d'extraordinaire : prendre un bain. Ce sera le premier et… le dernier de sa longue vie !

Toute la Cour se réjouit du succès de l'opération, qui rehausse le prestige de la chirurgie. Le marquis de Sourches le note : « Cette guérison donna une extrême joie à tout le monde car on peut assurer que depuis les plus grands seigneurs jusqu'aux derniers hommes de la lie du peuple il n'y en avait eu aucun qui n'ait eu d'extraordinaires inquiétudes pour sa vie. »

Le rétablissement de la santé royale inspire nombre de cérémonies. Pour célébrer la guérison de Louis XIV, Madame de Brinon, supérieure de l'École des demoiselles de Saint-Cyr, écrivit le poème *Grand Dieu sauve le roi*, que Jean-Baptiste Lully mit en musique. Le morceau n'eut pas l'heur de plaire à Sa Majesté, pourtant premier « fan » des œuvres de son compositeur, dont c'est ici la dernière. C'est, en effet, en répétant le *Te Deum* prévu, que Lully dirige la canne à la main, puisqu'on ne se sert pas encore d'une baguette, qu'il se l'enfonce malencontreusement dans le pied, ce qui occasionne une gangrène si forte qu'on doit lui couper la jambe. Il ne supporte pas l'opération et en meurt quelques jours plus tard.

En 1714, Haendel, de passage à Versailles, fut émerveillé à l'écoute de ce motet. Il l'emporta en Angleterre sans en changer une seule note et s'en

attribua la paternité. En l'honneur de George Ier,
dont il était le compositeur officiel, il en traduisit
le titre, qui devint *God Save the King.* C'est depuis
l'hymne national des Anglais… ! En 1740, la plume
d'Henry Carey en fit le texte définitif, simple
traduction de la version française :

Grand Dieu sauve le roi !
Longs jours à notre roi !
Vive le roi !
Qu'à jamais glorieux,
Louis victorieux
Voie ses ennemis
Toujours soumis !

16

La Succession d'Espagne

« Les Européens regardent le roi de France comme le roi le plus grand et le plus puissant de l'Europe. Louis XIV est le plus grand roi qui ait été depuis le début de la monarchie. »

Furetière

Une fois de plus, à Versailles, le mardi 16 novembre 1700, la foule des courtisans va et vient dans cette immense promenade de l'ennui qu'est la galerie des Glaces, où la lumière plutôt blafarde de cette fin de journée d'automne se reflète à peine sous les voûtes peintes par Le Brun et ses élèves. Mais, ce jour-là, une certaine tension se manifeste : chacun sait que le roi est enfermé dans son cabinet avec ses ministres, son petit-fils et l'ambassadeur d'Espagne, pour conférer une nouvelle fois sur le testament du défunt Charles II de Habsbourg, roi d'Espagne mort quinze jours plus tôt, sans descendance. Après un long suspens, ce dernier a fini par léguer ses innombrables Couronnes au duc d'Anjou, l'un des trois petits-fils du Roi-Soleil. Ce n'est pas, comme dans

Shakespeare, « être ou ne pas être », mais « accepter ou non l'héritage », principe d'une affaire de grande importance au cœur de l'actualité depuis des mois, et qui va constituer le grand succès diplomatique du règne, celui par lequel les Bourbons vont éclipser les Habsbourg en Europe.

Enfin, au bout d'un temps qui a paru à tous interminable, la porte du Conseil s'ouvre et le roi paraît, tandis que le silence se fait. Chacun n'a d'yeux que pour ce jeune homme en grand habit, que le souverain, son grand-père, tient affectueusement par le bras, comme pour le désigner à tous. Et Louis XIV de lancer à la cantonade cette fameuse phrase qui va retentir, en Europe, comme un coup de tonnerre : « Messieurs, je vous présente le roi d'Espagne ; la naissance l'appelait à cette Couronne ; toute la nation l'a souhaité et me l'a demandé instamment, ce que je lui ai accordé avec plaisir ; c'était l'ordre du ciel. » Cette scène va inspirer la réalisation d'une gravure immortalisant un grand moment de l'histoire nationale et même internationale, dans la mesure où les Espagnols ont fait part de leur satisfaction d'avoir pour roi ce jeune Bourbon qui va devenir Philippe V.

Ensuite, se tournant vers son petit-fils, Louis XIV conclut : « Soyez bon Espagnol, c'est présentement votre premier devoir, mais souvenez-vous que vous êtes né Français pour entretenir l'union entre les deux nations. C'est le moyen de les rendre heureuses et de conserver la paix de l'Europe. » Enfin, cette fois, en direction de l'ambassadeur : « Il n'y a plus de Pyrénées. » En acceptant l'héritage du défunt roi d'Espagne, le Roi-Soleil vieillissant, qui, avec ses ministres, a pesé le pour et le contre, sait parfaitement que ce sont les portes du Temple de la Guerre qu'il ouvre aussitôt, dans la mesure où ses ennemis traditionnels en Europe – l'Angleterre, l'Allemagne et les Provinces-Unies – n'accepteront jamais qu'un Bourbon s'installe à Madrid. Naturellement, le futur souverain a préalablement renoncé à tous ses droits sur la Couronne de France, pour régner sur la plus grande partie du monde connu. Avec l'Espagne, en effet, c'est l'ensemble de l'Amérique du Sud (hormis le Brésil), l'Amérique centrale et même une partie de l'Amérique du Nord (jusqu'à la Californie), qui va lui échoir, d'où les convoitises des uns, le ressentiment des autres.

Si Louis XIV a accepté cet héritage, c'est aussi pour instaurer entre la France et l'Espagne une paix éternelle, et dans l'espoir de voir s'établir de bonnes relations commerciales entre les deux États, et par là même assurer un bon débouché aux produits français. Aussitôt l'empereur d'Allemagne Léopold et le roi d'Angleterre Guillaume concluent une alliance, à laquelle vont adhérer les Électeurs de Bavière et de Cologne, le duc de Savoie et le roi de Portugal. Ils constituent une armée dont ils confient le commandement, pour les régions du Sud, au prince Eugène de Savoie, un intrépide chef de guerre, qui n'est autre que le fils d'Olympe Mancini, l'une des nièces de Mazarin, et pour celles du Nord au duc de Marlborough. C'est le prélude d'un conflit qui durera dix ans, et qui va s'avérer, pour la France et son alliée, l'Espagne, extrêmement complexe, puisque le théâtre des opérations militaires va sans cesse bouger, du Nord au Midi, de l'Allemagne à l'Italie.

La guerre commence d'abord par des succès français, entre Rhin et Danube, où Villars s'empare de Neubourg, écrase les impériaux à Friedlingen, tandis que Tallard prend Trèves puis Nancy. Le succès est encore au rendez-vous en 1703, avec la prise de Kehl et celle de Brisach, année qui s'achève par la victoire de Villars à Höchstädt. Mais, le 13 août 1704, alors que les Anglais débarquent en Espagne, Louis XIV essuie une cuisante défaite en Bavière, que les vainqueurs appellent Bleinheim, nom qui sera donné au château des Marlborough, dans les environs d'Oxford. Un ennui ne venant jamais seul, ce sont d'autres revers qui suivent, Ramillies et Turin, Audenarde, Lille et Gand, ce qui, pour les contemporains, change la face de la guerre, le nombre de morts du côté français ne cessant de s'accroître.

L'année suivante, Louis XIV propose une nouvelle paix de compromis, mais ses ennemis lui imposent des conditions inacceptables : l'abandon de l'Alsace, de Dunkerque, de Lille, de Toul, de Verdun et même de Saint-Pierre-et-Miquelon, sans compter une déclaration de guerre… à son propre petit-fils, le roi d'Espagne. Le conflit se poursuit donc, avec cette fois, de nouveaux succès, dès lors que le duc de Vendôme entre dans la danse, tandis que, sur mer, Duguay-Trouin se distingue avec brio. L'Espagne à son tour réagit, avec la soumission à Philippe V des places que, jusque-là, tenait son concurrent, l'archiduc Charles, même si ce dernier est encore dangereux.

Ce répit est de courte durée, puisque le « grand hiver » de 1709 compromet jusqu'à la continuation de la guerre. Aussi, le 12 juin de cette même année, Louis XIV lance-t-il un appel à la Nation. Ce texte, placardé dans toutes les places des villes de France et lu en chaire dans toutes les églises, est le premier du genre. Il frappe durablement les consciences, comme le montrent ces extraits révélateurs : « L'espérance d'une paix prochaine était si généralement répandue dans mon royaume que je crois devoir à la fidélité que mes peuples m'ont témoignée pendant le cours de mon règne, la consolation de les informer des raisons qui empêchent encore qu'ils ne jouissent du repos que j'avais dessein de leur procurer. J'aurais accepté, pour le rétablir, des convictions bien opposées à la sûreté de mes provinces frontières. Mais plus j'ai témoigné de facilité et d'envie de dissiper les ombrages que mes ennemis affectent de conserver de ma puissance et de mes desseins, plus ils ont multiplié leurs prétentions. J'écris aux archevêques et aux évêques de mon royaume d'exciter encore la ferveur des prières dans leurs diocèses. Et je veux en même temps que mes peuples, dans l'étendue de votre gouvernement, sachent de vous qu'ils jouiraient de la paix, s'il eût dépendu seulement de ma volonté de leur procurer un bien qu'ils désirent avec raison, mais qu'il faut acquérir avec de nouveaux efforts, puisque les conditions immenses que j'aurais accordées sont inutiles pour le rétablissement de la tranquillité publique. »

Et effectivement, un miracle se produit bientôt. Le redressement s'opère. La Nation se range en bon ordre derrière son souverain et fait front à l'adversité, comme toujours lorsque la France est au plus bas. Et de nouveau souffle le vent de la victoire, que confirment les grands succès de Tournai, Rumersheim et Malplaquet, à l'été 1709. À Malplaquet, le maréchal de Villars et son complice Boufflers, à la tête de 70 000 hommes, culbutent tout à la fois le prince Eugène et le duc de Marlborough, au terme d'un effroyable carnage qui laisse quelque 10 000 cadavres côté français, et 15 000 du côté de l'adversaire. La petite histoire retiendra de cette victoire une célèbre chanson raillant le chef de l'armée anglaise, « Marlborough s'en va-t-en guerre… », mais nul doute qu'elle ne fit pas rire les rescapés. Son protagoniste, bien sûr, n'est autre que l'ancêtre direct d'un grand Anglais qui allait tant aimer la France, Winston Churchill. Entre-temps, Villars, assez gravement blessé, est transporté à Versailles, où Louis XIV lui prodigue toute sa reconnaissance. « Si Dieu nous fait la grâce de perdre encore une pareille bataille », déclare le maréchal au souverain, en faisant allusion à la rumeur qui voulut que Malplaquet fût un échec, « Votre Majesté peut compter que ses ennemis seront détruits ».

La guerre, pour autant, n'est pas terminée, malgré les échanges diplomatiques qui cherchent un compromis honorable pour les belligérants. Il est vrai que le problème espagnol n'est pas réglé, puisque, l'année suivante, le compétiteur Habsbourg de Philippe V fait son entrée à Madrid et s'y fait couronner roi, sous le nom de Charles III. Mais le duc de Vendôme, dépêché, remporte alors la victoire de Villaviciosa, qui permet de chasser l'usurpateur et de rendre son trône au petit-fils du roi de France. Le retentissement de cet exploit est tel que plus personne, de ce jour, ne conteste la légitimité de Philippe V, même si les combats continuent de se dérouler sur l'océan Atlantique, où les Français font merveille, allant jusqu'à Rio de Janeiro s'emparer de l'or portugais, ou au Mexique chercher le métal nécessaire aux hôtels des monnaies. Charles III, cependant, ne demeure pas très longtemps sans « emploi » ; l'année suivante, la mort de son frère fait de lui l'empereur d'Allemagne, ce qui change toute la donne. L'Angleterre, ne souhaitant nullement la reconstitution d'un empire germano-espagnol, quitte la coalition.

C'est ainsi qu'en 1712, Villars affronte une armée moins puissante, mais particulièrement déterminée, dont il triomphe à Denain, le 24 juillet, victoire empêchant l'invasion du royaume, prévue par l'ennemi. Le maréchal, ce jour-là, exauce le vœu du roi, qui lui avait annoncé : « Périr ensemble ou sauver l'État, je ne consentirai jamais à laisser l'ennemi approcher de ma capitale. » Denain constitue la dernière bataille du règne et sans doute la plus décisive, puisqu'elle provoque aussitôt un armistice. Entre deux *Te Deum*, il ne reste plus qu'à gagner la paix, après avoir gagné la guerre. Le traité d'Utrecht, signé le 11 avril 1713, et celui de Rastatt, signé le 6 mars 1714, lui-même complété par la paix de Baden, vont y parvenir.

Ceux-ci consacrent d'abord Philippe V comme roi d'Espagne puis le fils de Guillaume III comme roi d'Angleterre. La mort de Jacques II en exil facilite cette reconnaissance. La France cède l'Acadie canadienne, Terre-Neuve et les territoires de la baie d'Hudson, mais conserve l'Alsace et les places du Nord. L'Espagne, elle, cède Gibraltar à l'Angleterre et Naples à l'Empire, ainsi que la Sardaigne et le Milanais. Un nouvel équilibre européen s'instaure, au profit de l'Angleterre et au détriment de l'Empire, qui amorce de ce jour son déclin, tandis que la France achève de dessiner ses frontières qui, hormis la Lorraine, la Savoie et Nice, sont pratiquement les mêmes que celles d'aujourd'hui. Plus même, à partir du congrès de Rastatt, le français se substitue au latin comme langue diplomatique, ce qui perdurera jusqu'au congrès de Vienne, en 1815, soit environ un siècle plus tard. « Le roi, terminant ainsi une guerre préjudiciable à tous les partis, eut la gloire de rendre encore une fois l'Europe à elle-même », écrit joliment l'auteur de « L'Histoire métallique », soulignant ainsi que naît, de ce jour, le concept d'« équilibre européen » qui, désormais, va être de règle pendant un siècle, jusqu'à la Révolution française.

Les amis de Madame de Lafayette, l'auteur du premier roman moderne, *La Princesse de Clèves*, la surnommaient « le brouillard ». Louis XIV lui fit les honneurs de Versailles « comme un particulier qu'on va voir dans sa campagne », nous rapporte, éblouie et jalouse, Madame de Sévigné.

Est-ce à cause de cette phrase issue de son chef-d'œuvre *La Princesse de Clèves* : « Je vous aime bien davantage depuis que je cherche à ne plus vous aimer » que les amis de l'auteur Marie Pioche de La Vergne, comtesse de Lafayette, la surnommaient « le brouillard » ?

Elle est effectivement énigmatique et paraît parfois contradictoire. Quoique de petite noblesse, elle est entourée par les plus grands seigneurs, du duc de La Rochefoucauld au cardinal de Retz, en passant par l'abbé de Rancé. Dès sa naissance les plus prestigieuses personnes de la Cour se penchent sur son berceau. Son parrain est le maréchal de Brézé et sa marraine la duchesse d'Aiguillon, nièce de Richelieu. Son ami pour la vie sera La Rochefoucauld, le fameux auteur des maximes, et elle aura pour mari un homme de vingt ans plus âgé qu'elle, de très ancienne noblesse auvergnate, le comte de Lafayette. Passionnée par la profondeur des sentiments, elle mène une vie mondaine tout en étant éperdue de discrétion, au point de commenter son propre livre comme si elle n'en était même pas l'auteur. Voici ce qu'elle écrit du roman *La Princesse de Clèves* dans une lettre datée du 13 avril 1678 : « Je le trouve très agréable, bien écrit, sans être extrêmement châtié, plein de choses d'une délicatesse admirable et qu'il faut même relire plus d'une fois, et surtout ce que j'y trouve, c'est une parfaite imitation du monde de la Cour et de la manière dont on y vit. Il n'y a rien de romanesque, ni de grimpé. Aussi n'est-ce pas un roman. C'est proprement des mémoires et c'était, à ce que l'on m'a dit, le titre du livre, mais on l'a changé. » Modestie excessive, dissimulation orgueilleuse, prétention déguisée ou lucidité naturelle, on ne sait plus où on en est avec « le brouillard ». Toute la vie de Madame de Lafayette se place sous le signe du paradoxe. Elle est aussi prodigieusement intelligente qu'extrêmement réservée. Face aux feux de l'amour qui la fascinent, celle qui peint le mieux les sentiments et analyse à la perfection les intermittences du cœur semble choisir précocement le parti de la prudence. Dès l'âge de 19 ans, elle écrit à Ménage, le plus brillant esprit de l'hôtel de Rambouillet : « Je suis si persuadée que l'amour est une chose incommode que j'ai de la joie que mes amis et moi en soyons exempts. » La preuve, c'est que, dix ans plus tard, elle composera un essai intitulé *Raisonnement contre l'amour*.

Madame de Lafayette est du genre inclassable. Est-elle une précieuse de province ou une Parisienne invétérée ? En effet, de sa naissance le 18 mars 1634, à sa mort en 1693, elle ne cesse de parcourir le quartier de Saint-Sulpice. Mais elle connaîtra aussi l'exil en province, elle qui déclare n'aimer que « ma campagne de Saint-Maur ». Au moment où l'on se dit qu'elle n'a pu composer ses deux si beaux romans *La Princesse de Montpensier* et *La Princesse de Clèves* que parce qu'elle menait une vie retirée, on s'aperçoit qu'elle fut dame d'honneur de la reine, au mieux avec Madame de Maintenon, et qu'elle était si bien vue à la Cour que c'est Louis XIV en personne qui lui fit en 1671 les honneurs de Versailles « comme un particulier qu'on va voir dans sa campagne », note, éblouie et jalouse, Madame de Sévigné.

Dans un article publié dans le magazine *Femme*, Alain de Ranguevaux nous dit pourquoi Madame de Lafayette a véritablement créé avec *La Princesse de Clèves* le roman moderne : « Pour la première fois dans la littérature mondiale, il n'était plus question d'épopée militaire ou d'exploits cynégétiques, mais du cœur et de ses méandres : ses élans, ses entraînements, ses retenues, ses savantes précautions, ses sublimes renoncements. Mais quelle était la trame de cette intrigue ? Sous le règne de Henri III, une princesse, belle comme les yeux, jeune comme le premier blé, épouse un prince paré de toutes les dignités du corps et de l'esprit, le prince de Clèves, de beaucoup son aîné. Elle croit l'aimer tellement il est parfait. Au premier bal de la Cour, où le prince de Clèves est heureux de faire admirer la sagesse et la beauté de sa femme, celle-ci s'éprend d'un jeune homme des plus beaux de cette Cour qui en regorgeait : le duc de Nemours. Effrayée par la violence du sentiment qui l'atteint et ne voulant céder ni à sa passion nouvelle, ni à son mari qu'elle n'aime plus, elle se retire du monde et s'enferme dans une vertueuse solitude, après avoir repoussé le tendre Nemours et confessé à son mari que si elle ne l'aime plus, elle n'en aimera aucun autre. Jusqu'alors, seuls quelques auteurs dramatiques, grecs ou italiens, avaient approché ce sujet. Dans les romans conventionnels, il n'avait jamais été fait mention de ce ressort si puissant de toutes les actions humaines : la psychologie. La plus grande romancière française venait d'inventer un genre tout à fait nouveau : le roman psychologique. Il faudra attendre deux siècles pour qu'un autre malade de génie, Marcel Proust, renouvelle totalement cet art en y introduisant la psychanalyse et l'introspection. Mais à l'inverse de Marcel Proust, Madame de Lafayette s'effaçait totalement derrière son œuvre, ne voulant même pas paraître pour un écrivain. »

Pour le prince Charles Dedeyan, professeur de littérature comparée à la Sorbonne, qui a consacré un ouvrage à Madame de Lafayette et à son influence sur la littérature universelle : « C'était une femme remarquable par son intelligence et ses connaissances. Elle avait d'ailleurs écrit un roman historique, *Zaïde*, paru en 1669, qui rencontra un grand succès, mais tout à fait oublié aujourd'hui. Elle introduit dans le roman des subtilités qui n'avaient été qu'ébauchées au théâtre. Il faut rapprocher l'aveu de la Princesse de Clèves à son mari de celui de Pauline à Polyeucte dans le drame de Corneille en 1642. Pour moi, Madame de Lafayette est une "précieuse", honnête femme (au sens du XVIIe siècle c'est-à-dire savante), lucide, extrêmement capable par intuition de comprendre ce qu'elle ignore. »

17

Le temps des tragédies

« La France n'est plus qu'un grand hôpital désolé. »

Fénelon

En ce mois de janvier 1709, Versailles est engourdi par un froid sibérien qui vient de s'abattre sur la France, ce qu'on considère, à l'époque, comme un châtiment divin, mais que les historiens d'aujourd'hui, mieux au fait des aléas climatiques, appellent « le petit âge glaciaire ». Il est caractérisé par des étés humides et des hivers précoces et rigoureux, en tout cas extrêmement préjudiciables à l'économie, et à l'agriculture en particulier. Ce mois de janvier est particulièrement terrible, avec une température qui descend à moins vingt degrés, ne laissant de chance qu'aux privilégiés bien vêtus, possédant des maisons confortables, avec du bois pour se chauffer et de quoi se sustenter. Les autres ? Eh bien ils tombent comme des mouches, saisis par la faim et le froid, incapables d'acheter des denrées devenues si rares que leur prix a décuplé en quelques jours, quand ce ne sont pas les épidémies qui les achèvent. Versailles n'est pas épargné, avec ses déploiements d'immenses pièces recouvertes de marbre, impossibles à chauffer, gigantesque palais des courants d'air et d'innombrables vitres offrant un dérisoire rempart au vent glacé. Un certain jour, où, comme à son habitude, Louis XIV soupe en public, on s'aperçoit que le vin vient de geler sur sa propre table !

En fait, la crise climatique durera une trentaine d'années – de 1687 à 1717 – mais elle s'accroît d'une manière particulièrement inquiétante en 1709-1710, ce qui va provoquer la mort de plus d'un million et demi de Français. En témoigne Charles Perrault racontant dans l'un de ses contes, *Le Petit Poucet*, comment un couple devenu très pauvre abandonne ses propres enfants. La princesse Palatine elle aussi en témoigne : « Rien qu'à Paris, il est mort 24 000 personnes du 5 janvier à ce jour… On entend parler tous les matins de gens qu'on a trouvés morts de froid ; on trouve dans les champs des perdrix gelées. » Partout les spectacles sont suspendus. Chacun reste chez soi. Même les parlements arrêtent leurs travaux. La France tout entière grelotte et prie, quand elle ne se révolte pas, ce que constate, parmi tant d'autres, l'évêque de Nîmes Fléchier : « L'hiver, plus long et plus rude que de coutume, a désolé les villes et les campagnes. »

« Le roi voudrait, aux dépens de tout, voir son peuple plus heureux », écrit alors Madame de Maintenon, mais rien n'y fait. La misère s'installe partout, comme le constatent, impuissants, les intendants dans les provinces, incapables d'endiguer les pillages.

Certes, la conjoncture climatique n'est pas seule responsable de la misère du temps, puisqu'en fait, la crise économique a commencé il y a déjà dix-huit ans – soit une génération ! – aux alentours de l'année 1690. La guerre, bien sûr, n'y est pas étrangère, qui obère sérieusement le budget de l'État et fauche des milliers d'hommes qui auraient pu servir différemment la nation. Nombre de Français, qui ne possèdent pas de terre – et ils constituent la majorité de la population –, sont jetés sur les chemins, brassiers, manouvriers ou même « gens de néant », comme le disent les actes de l'époque, vivant de mendicité, de braconnage ou de la charité des gens d'Église, effarés par leur nombre croissant dans les grandes villes, ayant fait dire parfois que s'il nous fallait imaginer ce qu'était le Paris de Louis XIV, c'était le Calcutta d'aujourd'hui ! Reste qu'il faut installer dans la cour du palais des Tuileries une trentaine de fours destinés à la cuisson de mille rations quotidiennes de pain, pour éviter à Paris de mourir de faim !

La crise détruit aussi l'unité sociale et mentale du royaume, avec pour conséquence la multiplication des révoltes, qu'on appelle « les émotions populaires », éclatant un peu partout dans le royaume et qui sont réprimées avec sévérité, cruauté parfois, éloignant ainsi chaque jour le roi de ses sujets. L'injustice d'un système fiscal absurde où, finalement, les plus riches ne payent pas d'impôts, tandis que les plus pauvres en sont surchargés, n'améliore pas les choses. Vauban tente de trouver un certain nombre de solutions dans son ouvrage *La Dîme royale*, publié en 1707, mais cela ne lui vaut que la défaveur du roi, ne comprenant pas l'intérêt de réformer l'ensemble du système fiscal en levant l'impôt sur tous.

Nombre de témoignages sur cette terrible période sont accablants, comme celui de ce curé de Saint-Mars-du-Désert, près de Nantes : « Le nombre de pauvres est incroyable. On voit les pauvres gens de la campagne privés de toutes ressources, ne leur ayant pas resté un chou ni un poireau dans leurs jardins, se jeter en foule dans les villes, pour avoir part aux libéralités des habitants qui sont fort considérables. » Ou encore celui de l'évêque d'Orléans : « On voyait tant de pauvres familles abandonnées dans une si grande misère qu'ils en est trouvé de réduites à brouter de l'herbe, comme les bêtes et à se nourrir de choses, dont les animaux immondes n'auraient pas voulu user. » Sans compter les fameuses lignes de La Bruyère sur les paysans de France : « L'on voit certains animaux farouches, des mâles et des femelles, répandus dans la campagne, noirs, livides et tout brûlés de soleil, attachés à la terre qu'ils fouillent et qu'ils remuent avec une opiniâtreté invincible ; ils ont comme une voix articulée et quand ils se lèvent sur leurs pieds, ils montrent une face humaine et en effet ils sont des hommes ; ils se retirent la nuit dans des tanières où ils vivent de pain noir, d'eau et de racines ; ils épargnent aux autres hommes la peine de semer, de labourer et de recueillir pour vivre et ils méritent ainsi de ne pas manquer de ce pain qu'ils ont semé. »

Combien de centaines de milliers de Français ont péri pendant ces années ? Nul ne sait le dire avec exactitude, mais il est certain que la principale caractéristique du règne de Louis XIV est ce dramatique décalage entre la splendeur absolue de Versailles et la tout aussi absolue détresse du peuple de France ! L'État, lui, est au bord de la banqueroute à la fin du règne. Seul fonctionne à peu près correctement le grand négoce international, mais là encore au prix d'un déséquilibre : d'un côté la France des ports, riche, prospère et innovante, de l'autre celle des campagnes, pauvre, stagnante et incapable d'évoluer, avec ses préjugés et ses techniques archaïques.

Le roi se souvient-il, alors, de cette terrible lettre que le très pacifiste Fénelon lui avait adressée, quelques années plus tôt, au printemps 1694, et dont on peut citer cet extrait caractéristique : « On a rendu votre nom odieux et toute la nation française insupportable à tous nos voisins. On n'a conservé aucun ancien allié, parce qu'on n'a voulu que des esclaves. On a causé depuis plus de vingt ans des guerres sanglantes… Cependant vos peuples, que vous devriez aimer comme vos enfants et qui ont été jusqu'ici si passionnés pour vous, meurent de faim. Vous avez détruit la moitié des forces réelles du dedans de votre État, pour faire et pour défendre de vaines conquêtes au dehors. Le peuple même, qui vous a tant aimé, qui a eu tant de confiance, commence à perdre l'amitié, la confiance et le respect. Vos victoires et vos conquêtes ne le réjouissent plus ; il est plein d'aigreur et de désespoir. La sédition s'allume peu à peu de toutes parts. Cette gloire, qui endurcit votre cœur, vous est plus chère que la justice, que votre propre repos, que la conservation de vos peuples qui périssent tous les jours de maladies causées par la famine, enfin que votre salut éternel incompatible avec cette idée de gloire. » Si le roi en a certes voulu à l'archevêque de Cambrai, pourtant l'une des plus belles plumes du royaume, il réalise rétrospectivement combien il avait raison, même s'il ne l'avouera jamais. Une autre charge sonnera bientôt, celle de Vauban avec *La Dîme royale*, qui lui aussi trouvera la force de protester : « Le menu peuple tombera dans une extrémité dont il ne se relèvera jamais, les grands chemins de la campagne et les rues des villes et des bourgs étant pleins de mendiants que la faim et la nudité chassent de chez eux. »

Alors, une nouvelle fois, on envoie ce qui reste d'argenterie à la fonte et on distribue un peu partout des aumônes, tandis qu'on finance des expéditions pour faire venir du blé d'où il y en a. On crée même un nouvel impôt direct, le dixième, qui frappe les propriétaires fonciers, dans lequel on peut voir, certes toutes proportions gardées, l'ancêtre de l'impôt sur le revenu que Joseph Caillaux mettra en œuvre à la Belle Époque, même si, *in fine*, certains y échapperont, à commencer par l'Église. Reste qu'au sortir du « grand hiver », l'économie française est exsangue, malgré les efforts du contrôleur général des Finances Nicolas Desmarets, neveu de Colbert, qui multiplie la vente des charges, lui l'auteur de cette célèbre formule : « Quand Votre Majesté crée un office, Dieu crée un sot pour l'acheter. »

Le roi lui-même, qui souffre de la goutte, a de plus en plus de mal à marcher. On le voit le plus souvent sur sa « roulette », une ingénieuse voiture roulante à bord de laquelle il se déplace lorsqu'il peine trop et qu'il peut lui-même diriger avec une sorte de gouvernail. Le Soleil n'est qu'un homme, après tout, et un vieil homme maintenant, que ses ennemis anglais, allemands et hollandais se plaisent à caricaturer en faisant circuler dans toute l'Europe des images destinées à le ridiculiser, comme Romeyn de Hooghe, un des plus doués dans ce registre. Malgré tout, sur les portraits officiels, il porte encore beau, même si Antoine Benoist ne cherche pas à dissimuler le poids des ans sur l'extraordinaire effigie en cire qu'il fait de lui, en 1706, qui nous restitue le Louis XIV, âgé de 68 ans, dans sa réalité, y compris les traces de petite vérole sur son visage. Que semble contempler ce regard fatigué ? La féroce lutte contre les protestants qui ont refusé de se soumettre ou celle contre les religieuses de Port-Royal ? Le nombre de soldats gisant dans la plaine du Nord ou les paysans de France terrassés par le « grand hiver » ?

Se demande-t-il pourquoi il vit encore, lui dont Voltaire suggère que s'il était mort au lendemain même du traité d'Utrecht, sa gloire eût été totale ! Mais on ne choisit pas le moment que le destin a fixé et ce sont d'autres morts qu'il va à présent affronter, comme une ultime épreuve initiatique : en moins d'un an, par une fatalité digne de la tragédie antique, il va perdre, un à un, tous ses descendants. Un désastre pour lui qui, jusque-là, faisait l'admiration des souverains d'Europe, parce que seul, il pouvait montrer au monde un fils, trois petits-fils et plusieurs arrière-petits-fils, tous robustes et aptes à ceindre, en leur temps, la couronne des Lys. En témoigne ce beau tableau anonyme où Louis XIV pose assis, dans une attitude familière, avec son fils, le Grand Dauphin, son petit-fils, le duc de Bourgogne et son arrière-petit-fils, le duc de Bretagne, tenu en lisière par sa gouvernante.

Tout commence avec le Grand Dauphin, prince souvent caricaturé par ses contemporains qui, même s'il n'est pas d'une intelligence fulgurante, n'est nullement un sot. Affable, généreux, grand chasseur de loups devant l'Éternel, mais aussi esthète, comme son père, ce veuf d'une princesse bavaroise a refait sa vie avec une demoiselle Choin, sa « Maintenon », auprès de laquelle il vit discrètement dans son château de Meudon. Très populaire auprès du peuple comme des soldats, il incarne la relève pour tous ceux qui commencent à trouver trop long le règne de son père. Au printemps de l'année 1711, après être descendu de son carrosse pour s'agenouiller devant le viatique qu'un prêtre porte à un mourant, il contracte une petite vérole foudroyante qui, en quelques heures, l'emporte le 14 avril.

La douleur du roi, qui a veillé son fils jusqu'au bout, est infinie. Lui qui l'aimait tendrement confie au compositeur Lalande, inconsolable de la mort de ses deux filles : « Vous avez perdu vos filles et moi mon fils. C'est terrible, mais il faut nous soumettre », avant de répéter à plusieurs de ses interlocuteurs : « Dieu me punit, je l'ai bien mérité. » Ceci n'échappe pas à la princesse Palatine, qui note dans une de ses lettres : « J'ai vu le roi, hier, à onze heures, il est en proie à une telle affliction qu'il attendrirait un rocher. Il a très mauvaise mine, je le plains du fond de l'âme. » Heureusement il lui reste deux petits-fils en France, les ducs de Bourgogne et de Berry, ainsi que le duc d'Anjou, qui règne à présent à Madrid.

Hélas, le 12 février 1712, la femme du premier, Marie-Adélaïde de Savoie – la petite-belle-fille préférée du vieux roi – s'éteint d'une rougeole maligne, à l'âge de 25 ans. Elle est suivie par son mari, six jours plus tard. L'ancien élève de Fénelon qui, pour lui, avait écrit *Les Aventures de Télémaque*, la suite de l'*Odyssée*, était un personnage complexe, très aimé de Madame de Maintenon pour sa réelle intelligence. Après son père, il eût dû ceindre la couronne au nom de l'ordre de succession par primogéniture mâle. Les larmes du roi redoublent, mais, le 8 mars, vient le tour du « troisième Dauphin », le duc de Bretagne, fils du précédent, qui meurt, à peine âgé de 5 ans. Une nouvelle fois, le témoignage de la princesse Palatine est le plus authentique, qui écrit : « Hier, le pauvre chien de Monsieur le Dauphin m'a fait pleurer. La pauvre bête vint à la tribune de la chapelle et se mit à chercher son maître à l'endroit où elle l'avait vu s'agenouiller la dernière fois. »

La série noire continue : le 16 avril 1713 meurt le duc d'Alençon, âgé de 28 jours, fils du duc de Berry, frère cadet du duc de Bourgogne.

Le 4 mai 1714, c'est son père lui-même, autre petit-fils du roi, qui rend l'âme. Avec le vieux roi, il ne reste plus que le petit duc d'Anjou, le troisième fils du duc de Bourgogne, que sa gouvernante, Madame de Ventadour, cache chez elle, loin des épidémies… et des médecins. « Quant à notre cher petit Dauphin, écrit le maréchal de Tessé à la princesse des Ursins, seul reste du plus beau et du plus pur sang du monde, il se fortifie; Dieu nous le conservera. » En effet, l'enfant vivra, grandira et deviendra le roi Louis XV. L'insoutenable épreuve cesse enfin. Le roi restera cependant inquiet jusqu'à son dernier souffle, se demandant avec angoisse s'il aura un successeur de sa lignée.

Après son frère et tous ses compagnons de jeunesse, la reine et nombre de ses favorites, son ministre Colbert, ses amis géniaux Molière et Lully, son confesseur, le père La Chaise, et aujourd'hui sa descendance, le vieux souverain ne compte plus ses morts. Ses proches remarquent que, souvent, il pleure, libérant une sensibilité trop longtemps contenue. Mais la perte de ses proches n'est pas qu'affective. Elle relève de la politique du royaume. Le roi sait désormais qu'après lui, vu l'âge de son successeur – il a 5 ans en 1715 – il y aura fatalement une régence, c'est-à-dire une de ces « éclipses de soleil » si difficiles pour la monarchie, puisque la Nation, dans ce cas, devient, comme le dit la Bible, « la ville dont le prince est un enfant ». Inquiet pour l'avenir, le roi va jusqu'à forcer la main du Parlement de Paris pour que ses deux fils adultérins, le duc du Maine et le comte de Toulouse, deviennent accessibles au trône. Il rédige un testament limitant d'avance les pouvoirs de son neveu et gendre, le duc d'Orléans, puisqu'en tant que premier prince du sang, c'est à lui d'assurer la régence à venir. Le Parlement de Paris ayant cassé le testament de son père, Louis XIII, il sait parfaitement que ce chiffon de papier ne vaut pas grand-chose ! En France, le souverain n'est pas propriétaire de la Couronne et, de ce fait, ne peut en disposer. Même

l'absolutisme a ses limites, face surtout aux lois fondamentales du royaume. Il ne faudra au futur Régent
de France qu'une seule séance du Parlement pour
réduire à néant les dernières volontés du roi le plus
redouté de ses contemporains !

Ce n'est pas le réchauffement de la planète que l'on craint en 1709, mais « le petit âge glaciaire » et le « grand hyver ».

Le mémorialiste Saint-Simon nous dit que, le 6 janvier 1709, débute en France un hiver qui « fut de deux mois au-delà de tout souvenir ». Dans tout le royaume, le thermomètre Réaumur descend jusqu'à 15 degrés et demi au-dessous de zéro. La Seine est prise par les glaces et les bateaux du port de la Grève dérivent en tous sens. Le Rhône charrie des glaçons sur quatre mètres de hauteur et partout les communications sont coupées. En Provence, les arbres fruitiers éclatent sous le froid, le bétail et le gibier meurent de faim, seuls les loups rôdent près des villes. Partout les moulins ne peuvent plus tourner et les boulangers n'ont plus de farine.

À Versailles, seule la chambre royale est chauffée jour et nuit. Le mardi 8 janvier, le marquis de Dangeau note dans son journal : « Le roi n'a point voulu aujourd'hui aller à Trianon, parce qu'il vit hier, en allant à Marly, que ses gardes et les officiers qui le suivaient souffraient trop du froid excessif qu'il fait, car pour lui, ni le froid ni le chaud, quelque temps qu'il fasse, ne l'incommode jamais. » Dangeau qui, pour la première fois, considère la vie telle qu'elle est en dehors de la Cour, écrit encore le lundi 4 février : « Toutes les lettres qu'on a des provinces ne parlent que du désordre que le grand froid a fait cet hiver. Beaucoup de vignes sont gelées ; on craint même que les blés ne le soient. » Le duc de Saint-Simon témoigne : « L'hiver avait été terrible, et tel que de mémoire d'homme on ne se souvenait d'aucun qui en eût approché. Une gelée, qui dura près de deux mois de la même force, avait dès les premiers jours rendu les rivières solides jusqu'à leur embouchure, et les bords de la mer capables de porter des charrettes qui y voituraient les plus grands fardeaux. Un faux dégel fondit les neiges qui avaient couvert la terre pendant ce temps-là ; il fut suivi d'un subit renouvellement de gelée aussi forte que la précédente, trois autres semaines durant. La violence de toutes les deux fut telle que l'eau de la reine de Hongrie [macération de romarin dans l'esprit de vin], les élixirs les plus forts et les liqueurs les plus spiritueuses cassèrent leurs bouteilles dans les armoires de chambres à feu, et environnées de tuyaux de cheminée, dans plusieurs appartements du château de Versailles. » Saint-Simon délivre ce détail qui fait froid dans le dos : « Soupant chez le duc de Villeroy, dans sa petite chambre à coucher, les bouteilles sur le manteau de la cheminée, sortant de sa très petite cuisine où il y avait grand feu et qui était de plain-pied à sa chambre, une très petite antichambre entre-deux, les glaçons tombaient dans nos verres. »

Avec ce terrible hiver, la totalité de la récolte de l'année est perdue. Les populations se nourrissent de blé mêlé au chiendent, de pain de fougère et d'avoine ou de racines bouillies. En Bourgogne, on voit des femmes et des enfants racler la terre avec leurs ongles. Les fossés des chemins sont remplis de cadavres. L'hiver est long cette année. En mars, lorsque les beaux jours reviennent, les registres paroissiaux indiquent la mort d'un million et demi de Français.

Jean-Jacques Aillagon, ancien professeur d'histoire-géographie, ancien ministre de la Culture, qui fut ensuite président de l'Établissement public du château, du musée et du domaine national de Versailles, va plus loin dans son livre *Versailles en 50 dates*, étudiant les conséquences de la catastrophe : « Si la vague de froid de janvier n'est que la première de cet hiver 1708-1709 qui en connaîtra encore trois autres, elle est la plus violente. À n'en pas douter, c'est elle qui fait le "grand hyver" qui a tant marqué la population, des ouvriers agricoles aux nobles chroniqueurs de la Cour. Ses conséquences seront terribles. Le froid terrasse les plus pauvres ; conséquence des mauvaises récoltes, le prix de setier de blé monte bientôt de 7 à 82 livres. À la crise des subsistances s'ajoute une crise financière grave puisque le trésor royal doit faire face à la fois aux dépenses de la guerre de Succession d'Espagne et à celles d'achats de blé et de farines pour éviter que la souffrance du peuple ne tourne à la révolte qui déjà gronde. Les libelles et pamphlets s'en prennent désormais directement à la personne du roi, comme cette parodie du *Pater Noster* : "Notre Père qui êtes à Marly, votre nom n'est plus glorieux, votre volonté n'est faite ni sur la terre ni sur la mer, rendez-nous aujourd'hui notre pain, parce que nous mourons de faim." La sédition menace, à Paris comme dans les provinces. La répression d'une émeute au Palais-Royal de Paris fait quarante morts parmi les manifestants qui hurlent : "Nous voulons du pain !" »

18

Le temps du bilan

« Le règne du feu roi avait été si long, que la fin en
avait fait oublier le commencement. »

Montesquieu

Au printemps de l'année 1712, l'horrible « grand
hiver » semble enfin vouloir prendre congé et rendre
à la nature d'Île-de-France un peu de sa splendeur
d'antan, tout en laissant croire que le Soleil, enfin,
réapparaît après ces années glacées qui n'en finissaient
pas. Les arbres verdissent, les fleurs éclosent et même
les orangers semblent vouloir reprendre de la vigueur.
Tout cela semble de bon augure pour Louis XIV qui,
doucement, arpente ses jardins qu'il aime tant. Ce ne
sont plus ceux de Versailles, mais de Marly, son nouveau domaine, où il se plaît davantage depuis que les
épreuves l'ont quelque peu éloigné de la vie publique.
Une singulière résidence qui, désormais, tient lieu de
mirage pour les courtisans, qui n'ont pour but que d'y
être invités et qui, lorsqu'ils ont l'honneur d'approcher le souverain, ne prononcent qu'un mot : « Sire,
Marly. »

Il n'a fallu que six ans à Mansart et Le Brun, les éternels enchanteurs du siècle, pour édifier ce havre de paix et d'harmonie composé d'un grand pavillon central à un étage, destiné au roi et à sa famille et symbolisant le Soleil avec, ordonnancés autour de celui-ci, douze pavillons représentant les douze constellations du zodiaque. Marly montre que la nouveauté ne rebute en rien cet homme, considéré comme déjà très vieux pour son temps. Cela prouve sa totale adaptation à la modernité, à l'heure où certains, dont peut-être lui-même, commencent à dresser le bilan d'un règne aussi long avec l'espoir d'un prochain avènement, comme une promesse d'avenir toujours renouvelé sous la protection de ce Dieu, source de tout pouvoir. Le roi l'a d'ailleurs écrit lui-même à l'attention du Grand Dauphin, à une époque où il ne soupçonnait pas qu'il devait partir avant lui :

« Pour voir, mon fils, comme vous devez reconnaître avec soumission une puissance supérieure à la nôtre et capable de renverser, quand il lui plaira, vos desseins les mieux concertés, soyez toujours persuadé, d'un autre côté, qu'ayant établi elle-même l'ordre naturel des choses, elle ne les violera pas aisément ni à toutes les heures, ni à votre préjudice, ni en votre faveur. Elle peut nous assurer dans les périls, nous fortifier dans les travaux, nous éclairer dans les doutes, mais elle ne fait guère nos affaires sans nous, et quand elle veut rendre un roi heureux, puissant, autorisé, respecté, son chemin le plus ordinaire est de le rendre sage, clairvoyant, vigilant et laborieux. » Autant dire, avec l'adage populaire : « Fais ce que dois, advienne que pourra » !

Il est de bon ton, aujourd'hui, de porter un bilan globalement négatif sur le règne de Louis XIV, mais, sans naturellement méconnaître ses erreurs, cette vision des choses, amorcée par Michelet, n'est pas exacte. Le règne de Louis XIV a été un grand règne, celui dans lequel la France, après une totale réorganisation administrative et politique, s'est imposée partout, en Europe et dans le monde, comme une grande nation que, du reste, personne n'osera attaquer jusqu'à la fin de l'Ancien Régime. Qu'il en fût conscient ou non, Louis XIV a fait entrer la nation dans l'ère de la modernité, quels qu'en fussent les domaines, place de l'État, place de l'armée, place des arts, des lettres et des sciences.

L'État louis-quatorzien, en effet, jusqu'à la fin de l'Ancien Régime, préfigure en partie ce que sera celui de Napoléon et même, par la suite, celui des Républiques successives. Il en va de même de l'armée qui, de ce jour, prend une importance considérable, puisque permanente, ce qui constitue un trait particulièrement français, même si, à partir de 1792, la conscription obligatoire va remplacer les mercenaires. L'art, enfin – dans le sens le plus large que comprend ce terme à l'époque – est au cœur de la politique d'État, ce qui, là encore, va demeurer une caractéristique française, comme le montrera, sous la Ve République, la création d'un ministère de la Culture, unique à cette époque en Europe ou, avec lui, d'un ministère de la Recherche. Cette même V[e], du reste, n'a-t-elle pas fait office de résurgence du Grand Siècle, ce qu'allaient montrer l'usage de donner, dans la galerie des Glaces, à Versailles, de grands dîners d'État – on se souvient de celui offert par le couple de Gaulle au couple Kennedy ou par François Mitterrand aux chefs d'État de la planète – et même la restauration du Grand Trianon, mis à disposition de ces derniers pendant leurs visites officielles.

Qu'on le veuille ou non, à chaque fois que l'on parle de la grandeur de la France, c'est à Louis XIV que l'on pense et c'est toujours Versailles qui l'incarne ! Bien au-delà des idées reçues, Louis XIV a été le premier roi « de l'image », contraignant tous ses successeurs, y compris nos présidents actuels, à donner un reflet positif du pouvoir, quelles que fussent leurs convictions.

Bien sûr, on l'a dit, il y a les zones d'ombre – la guerre, la famine, la politique religieuse – qui choquent tant, et à juste titre, notre sensibilité contemporaine, mais elles n'apparaissent pas, à cette époque, comme telles. La guerre est souvent inévitable, comme la pauvreté, à laquelle doit répondre la charité chrétienne, au nom justement d'une politique religieuse unique. Le roi, qui croit bien faire, n'agit jamais sans prendre l'avis de ses conseillers ou du haut clergé, dont il suit les préconisations. La révocation de l'Édit de Nantes ou la répression des émotions populaires comme celle des « bonnets rouges » de Bretagne, celle d'Audijos dans le Grand Sud-Ouest ou celle des Camisards en Languedoc, en sont les conséquences.

Mais la grandeur de la France louis-quatorzienne ne réside pas seulement dans la magnificence des arts, des lettres et des sciences, ou encore dans son expansion, hors des frontières du royaume. Jamais encore – jusqu'à l'expansion coloniale du XIXᵉ siècle – les navires français n'ont été si loin, n'ont pris possession d'autant de terres, n'ont autant modifié la perception du monde. Le siècle de Louis XIV est le siècle de la marine, à laquelle Louis XV ne s'intéressera pas, mais qui passionnera Louis XVI qui, cependant, ne parviendra pas à égaler son aïeul dans ce domaine, faute de volonté suffisante. Une telle conjoncture ne peut que stimuler ce qui va être une autre des grandes réussites du règne : le commerce, idée majeure de la doctrine d'une Couronne ayant compris la nécessité d'une production nationale destinée à faire obstacle aux importations et à accroître le stock monétaire de la nation.

D'une manière toute paradoxale, en effet, au moment même où le « grand hiver » provoque la mort de centaines de milliers de Français, le grand commerce international et les grandes compagnies qui le gèrent se portent bien. Toute la politique du Roi-Soleil, du début jusqu'à la fin, tend à cet enrichissement de la nation et par là même des Français, appuyant au maximum d'abord le développement des manufactures – c'est sous son règne que le pays vit sa première « révolution industrielle » –, celui de l'écoulement de la production ensuite. Toutes les infrastructures ont été rénovées ou créées, comme le canal du Midi ou celui de Briare. C'est bien sous le règne de Louis XIV que sont encore créées les plantations de sucre et de café aux Antilles, tandis que la notion de « raison économique d'État » s'impose à tous les décideurs. L'armée elle-même ne dope-t-elle pas l'économie par la nécessité qu'il y a de la vêtir, de la nourrir et de l'équiper, de même que la Cour, qui constitue le premier débouché des produits de luxe ?

Des manufactures de draps du Languedoc jusqu'aux soieries de Lyon, des arsenaux de la côte atlantique aux tapisseries de Beauvais, des fabriques de voiles à navire en Bretagne aux savonneries de Paris, d'Aubusson ou de Sedan, la France vit au rythme d'un travail quotidien assurant sa prospérité et permettant à ses ouvriers, même si les conditions de travail sont rudes, de vivre décemment. Plus que de simples administrateurs, les intendants des provinces encouragent le développement local.

Bien sûr, l'agriculture peut passer pour archaïque et elle l'est réellement. Mais le vignoble français est en pleine expansion, avec l'amélioration des techniques de vieillissement, l'invention du champagne et la généralisation du beaujolais, de même que la culture de la soie, qui fait des progrès remarquables. Les ports de France, en conséquence, profitent de cette bonne conjoncture, en particulier Bayonne, Bordeaux, Nantes, Brest, Le Havre, Dunkerque, Sète et Marseille par lesquels transitent les produits du monde, avec une conséquence totalement inattendue : un taux de croissance français, à la fin du règne de Louis XIV, supérieur à celui de l'Angleterre. Enfin, la sphère culturelle constitue la plus grande réussite du siècle qui, si elle ne se mesure pas en valeur marchande, n'en a pas moins contribué au rayonnement de la France, non seulement par la fascination qu'elle a exercée, en son temps, sur l'étranger, mais encore parce qu'elle a cimenté l'esprit même de la nation, autour de sa langue et de son idéal de force et de raison. Cette influence allait largement survivre à Louis XIV, parant la France de cette spécificité qu'aucune nation n'aura jusqu'à l'affermissement de la suprématie américaine au XXe siècle. Voltaire aura le dernier mot quant au regard porté sur le règne : « Il faut toujours que ce qui est grand soit attaqué par les petits esprits » !

Avec son *Projet d'une dîme royale*, Vauban propose en pionnier un impôt égal pour tous, mais son livre est saisi. S'il faut en croire Saint-Simon, le choc est tel qu'il meurt de chagrin !

« Toute ville assiégée par Vauban, ville prise. Toute ville défendue par Vauban, ville imprenable. » Tel est le proverbe qui circule au sujet des travaux de fortifications de Vauban. Ses aptitudes pour le dessin et les mathématiques l'amènent à devenir, en 1677, commissaire général des Fortifications. Durant près de quarante ans, il entoure le royaume d'une ceinture de forteresses. Il définit et protège ainsi les frontières et fait du royaume un « pré carré ».

L'intimité de son caractère est dévoilée par cette description du duc de Saint-Simon : « Vauban s'appelait Le Prestre, petit gentilhomme de Bourgogne tout au plus, mais peut-être le plus honnête et le plus vertueux de ce siècle, et avec la grande réputation du plus savant homme dans l'art des sièges et de la fortification, le plus simple, le plus vrai et le plus modeste. C'était un homme de médiocre taille, assez trapu, qui avait fort l'air de guerre, mais en même temps un extérieur rustre et grossier, pour ne pas dire brutal et féroce. Il n'était rien moins : jamais homme plus doux, plus compatissant, plus obligeant, mais respectueux sans nulle politesse, et le plus avare ménager de la vie des hommes, avec une valeur qui prenait tout sur soi, et donnait tout aux autres… »

L'ingénieur a à son actif près de 200 citadelles construites, 300 places anciennes rénovées, 30 nouvelles. Il a dirigé 53 sièges et participé à 140 autres. Son chef-d'œuvre militaire reste l'édification de ce que l'on nomme la « ceinture de fer », cette barrière de villes fortifiées érigées le long de la frontière française et qui défend le Nord et le Nord-Est.

En 1688, il écrit au ministre Louvois : « Quand on expose d'honnêtes gens à se faire tuer autant que je le fais, on doit du moins rendre témoignage de leur mérite et de leur bon cœur. » Son mérite consiste surtout dans la sagacité avec laquelle il sait rattacher l'art de la fortification à la stratégie, chercher les rapports des places de guerre entre elles, tirer du sol même et des eaux une défense simple et peu coûteuse, coordonner les places à la nature du terrain, à celle du pays, aux routes de terre et d'eau, toutes choses inconnues avant lui. Il est également l'auteur de nombreuses inventions particulières : les feux croisés, le tir à ricochet, les boulets creux, la baïonnette, les cavaliers de tranchée, les parallèles et autres places d'armes.

Vauban ne s'intéresse pas qu'aux fortifications et à la stratégie militaire. Il est féru d'urbanisme, de statistiques, d'économie, d'agronomie, de géographie et de démographie. Louis XIV a plaisir à saluer la multiplicité de ses talents et l'ampleur de ses vues, ainsi la volupté du roi est-elle de récompenser ce grand serviteur pluridisciplinaire aussi fidèle que désintéressé : il le fait tour à tour

Grand Croix de l'ordre de Saint-Louis en 1693, maréchal de France en 1703 et chevalier du Saint-Esprit en 1705.

En 1707, se penchant sur la réforme des impôts, il publie un ouvrage intitulé *Projet d'une dîme royale*, dans lequel il propose de remplacer les impôts existants par un impôt unique de dix pour cent sur tous les revenus, sans exemption pour les ordres privilégiés : « Suivant l'intention de ce système, les fonds doivent être affectés sur tous les revenus du royaume, de quelque nature qu'ils puissent être, sans qu'aucun en puisse être exempt, comme une rente foncière mobile, suivant les besoins de l'État, qui serait bien la plus grande, la plus certaine et la plus noble qui fût jamais, puisqu'elle serait payée par préférence à toute autre, et que les fonds en seraient inaliénables et inaltérables. »

Avec ce nouveau système, il affirme que l'État pourrait tripler ses revenus et diminuer de plus de moitié les charges du peuple. Mais comme en ramenant l'ordre et la justice dans la levée des impôts, il ruine du même coup un grand nombre de déprédateurs, on persuade Louis XIV que ce projet provoquerait le renversement de la monarchie. Ainsi son ouvrage est-il saisi. S'il faut en croire Saint-Simon – vérité ou légende ? –, il en meurt de chagrin, le 30 mars. Il est inhumé à Bazoches, près de Vézelay. Fontenelle prononce son éloge funèbre. Le 28 mai 1808, on place son cœur aux Invalides, en face du tombeau de Turenne.

19

L'éclipse du Soleil

« Pourquoi pleurez-vous ? Est-ce que vous m'avez
cru immortel ? Pour moi, je n'ai jamais cru l'être. »

Louis XIV

À Versailles, ce 19 février 1715, la galerie des
Glaces, le cœur de la nation, est une fois de plus en
effervescence. Déjà, le soleil d'hiver se reflète dans les
ors, les glaces et les peintures, tandis que les dames
de la Cour, en grands atours et joyaux déployés et les
hommes, en grands habits brodés, composent, sur
« des gradins à quatre rangs », cette interminable haie
qui va border l'arrivée de ces invités qu'on attend avec
impatience, dans le brouhaha des conversations, des
rires étouffés et des vingt-quatre violons du roi. Tout
au fond, ces derniers se font déjà entendre, imprimant
à cette énième réunion diplomatique un aspect irréel,
chorégraphique et imposant.

Enfin les portes s'ouvrent et l'ambassade de
Perse fait son entrée, chacun de ses membres portant l'habit traditionnel de son pays, progressant
à pas lents pour parvenir *in fine* devant le trône

sur lequel est assis un très vieil homme aux traits fatigués, mais qui, à la manière d'une momie, porte un fabuleux costume noir sur lequel ont été cousus pour plus de 12 500 000 livres de diamants ! À sa gauche, un enfant sous la garde de sa gouvernante, Madame de Pompadour, son arrière-petit-fils et successeur, le futur Louis XV. À sa droite, son neveu et gendre, le duc d'Orléans, le futur Régent de France. Extraordinaire moment que saisit le peintre Antoine Coypel dans un style totalement différent des autres compositions du Grand Siècle, déjà XVIIIe par ses courbes, son savant désordre et ses couleurs généreusement prodiguées.

Impressionnés, les Persans s'agenouillent devant Louis XIV, qui les salue aimablement, tout en conservant sa majesté naturelle. « Jamais le roi n'affecta tant de magnificence », écrit Saint-Simon, témoin toujours critique et fasciné, ignorant qu'il vient de vivre la dernière grande cérémonie du règne. Celle-ci, en effet, constitue le « chant du cygne » du vieux monarque, perclus de douleur, qui, le 9 août suivant, en rentrant d'une chasse à Marly, sans savoir que c'est la dernière, commence à souffrir d'une sciatique qu'a diagnostiquée son médecin Fagon. C'est en fait une gangrène de la jambe, conséquence de son diabète ignoré, auquel s'ajoutent ses vieux maux plus ou moins guéris – variole, blennorragie, typhoïde, rougeole – et d'autres, plus récents – anthrax, migraines, syncopes stomachiques, calculs, rhumes à répétition, rhinopharyngites, ténia, fièvre paludéenne causée par les moustiques de Versailles, goutte, coliques néphrétiques et même incessantes piqûres de punaises pullulant dans les somptueuses soirées de son lit. Singulière contradiction entre, d'un côté, les diamants cousus sur l'habit et, de l'autre, l'état d'épuisement de ce corps qu'il couvre, et sur lequel les médecins, Vallot, Daquin et Fagon, ne cessent de s'acharner, avec la récurrente litanie des saignées, des lavements et des bouillons purgatifs.

Par une extraordinaire conjonction de force et de volonté, le roi avait tenu bon, jusque-là, ne souffrant jamais ni du froid ni du chaud, ne se plaignant jamais – même lors de l'opération de la fistule. Il voit pourtant peu à peu ses forces l'abandonner. Il ne monte plus à cheval et utilise de plus en plus sa voiture à roulettes, tendue de cuir de Cordoue, pour contempler encore et toujours ses chers jardins de Versailles, ou une autre voiture, plus petite, pour se rendre à sa messe matinale dans l'admirable chapelle enfin achevée.

Il est au tournant ultime de sa vie. Son entourage, comme dans la fable de La Fontaine, anticipe la chute prochaine du grand chêne.

Dès le 15 août de cette année 1715, il doit s'aliter. Ses souffrances vont croissant, comme en témoigne l'horrible pourriture de sa jambe, dont l'insoutenable puanteur emplit toute la chambre. Et peu à peu, davantage du reste sous l'empire du clergé que d'un corps médical continuant à lui administrer d'invraisemblables remèdes – quinquina et lait d'ânesse –, il comprend que c'est la fin. Il s'y prépare en la mettant en scène, comme sa vie, lui qui, le 25 août, jour de la Saint-Louis, ne pourra pas paraître, selon l'usage, pour saluer les fifres et les tambours jouant pour lui dans la cour d'honneur de Versailles. Chaque jour, en effet, le roi reçoit tous ceux à qui il tient à dire adieu, le chancelier de France, ses ministres, les hauts dignitaires de l'Église, ses maréchaux et le duc d'Orléans, dont il sollicite la loyauté : « Mon neveu, je vous fais régent du Royaume. Vous allez voir un roi dans la tombe, un autre au berceau. Souvenez-vous toujours de la mémoire de l'un et des intérêts de l'autre. » Discours ambigu, qui est aussi celui qu'il tient aux princes de l'Église de France en leur rappelant qu'il a toujours suivi leurs conseils et qu'il faudra un jour, à leur tour, en rendre compte au Très Haut !

Enfin – c'est le moment le plus émouvant ! – on mène près de lui son arrière-petit-fils et successeur, à qui il tient ce fameux discours, qui sert tout à la fois de confession publique et de leçon de haute politique : « Mignon, vous allez être un grand roi, mais tout votre bonheur dépendra d'être soumis à Dieu et du soin que vous aurez de soulager vos peuples. Il faut pour cela que vous évitiez autant que vous le pourrez de faire la guerre. C'est la ruine des peuples. Ne suivez pas le mauvais exemple que je vous ai donné sur cela. J'ai souvent entrepris la guerre trop légèrement et l'ai soutenue par vanité. Ne m'imitez pas, mais soyez un prince pacifique, et que votre principale application soit de soulager vos sujets. »

Le 26 août, le roi fait ses adieux aux femmes de sa famille, y compris sa deuxième épouse, Madame de Maintenon, priée, selon la tradition, de quitter Versailles pour s'installer dans sa chère maison de Saint-Cyr, où elle va demeurer jusqu'à sa propre mort, au milieu de ses pensionnaires, et à laquelle il confie :

« J'avais toujours ouï dire qu'il était difficile de se résoudre à la mort ; pour moi, qui suis sur le point de ce moment si redoutable aux hommes, je ne trouve pas que cette résolution soit si pénible à prendre. » Leurs adieux sont assez brefs, tels que rapportés par les témoins :

— Qu'allez-vous devenir, Madame, vous n'avez rien ?

— Sire, je ne suis qu'un rien !

Avant de la recommander à son neveu : « Vous savez la considération et l'estime que j'ai pour elle. Elle ne m'a donné que de bons conseils. J'aurais bien fait de les suivre. Elle m'a été utile en tout, mais surtout pour mon salut. Faites tout ce qu'elle vous demandera pour elle, pour ses parents, pour ses amis ou pour ses alliés. Elle n'en abusera pas. » En fait, elle ne demandera rien, sinon qu'on la laisse finir ses jours en paix. Quant à sa belle-sœur, la Palatine, avec laquelle il s'était brouillé en raison de toutes les méchancetés qu'elle avait proférées contre Madame de Maintenon, il se réconcilie avec elle : « Le roi m'a dit adieu avec des paroles si tendres que je m'étonne de ne pas être tombée à la renverse sans connaissance. »

Il lui faut désormais être seul, pour son dernier voyage. À défaut d'aliments – même son extraordinaire appétit a fini par le lâcher ! – il n'éprouve plus qu'un ultime besoin, entendre encore ses musiciens interpréter ses morceaux favoris, image immuable de ses bonheurs passés, du temps où, grimé en Soleil, il dansait devant sa Cour. Du temps aussi où il donnait l'aubade sous les fenêtres de ses maîtresses et où il sortait de son château accompagné de ses vingt-quatre violons, qui ne le quittaient jamais.

Une foule de courtisans s'écrase à deux pas de la chambre royale, dans l'attente du moment fatidique, chaque soir remis, obligeant la foule à se retirer et à s'en revenir camper le lendemain matin. Le roi est si conscient de son état qu'il prend les dispositions nécessaires pour la répartition de ses organes, après l'autopsie, et pour l'ordonnance de ses funérailles ! Il le dit : « J'ai vécu parmi les gens de ma Cour ; je veux mourir parmi eux. Ils ont suivi tout le cours de ma vie, il est juste qu'ils me voient finir. » Il se trouve même un Provençal, le sieur Brun, qui se présente porteur d'un élixir destiné à guérir le roi, sans que pour autant le miracle ne se produise. Alternant les périodes de lucidité – il trouve le temps de remercier ses serviteurs, d'avaler un biscuit ou de faire brûler ses papiers les plus secrets –, de somnolence, voire de pertes de conscience – on l'entend alors soupirer : « Mon Dieu, venez à mon aide, hâtez-vous de me secourir » –, il s'en va doucement, avec l'été lui-même, répétant parfois : « Du temps que j'étais roi. » Enfin, il reçoit les derniers sacrements des mains du cardinal de Rohan, Grand Aumônier de France, assisté du curé de Versailles. « Il faut avoir vu les derniers moments de ce grand roi, écrit Dangeau, pour croire la fermeté chrétienne et héroïque avec laquelle il a soutenu les approches d'une mort qu'il savait prochaine et inévitable », opinion que partage la princesse Palatine, avec ce jugement en demi-teinte : « J'ai trouvé le roi plus grand dans la mort que dans la vie. »

Le dimanche 1er septembre 1715, Louis XIV meurt doucement, au matin, quatre jours avant sa soixante-dix-septième année, « comme une chandelle qui s'éteint » dit Dangeau, au terme de sa 64e année de règne, ce qui va en faire l'un des plus longs de l'histoire, avec celui de François-Joseph d'Autriche et ensuite, aujourd'hui, d'Élisabeth II d'Angleterre. Selon la tradition, le premier gentilhomme se rend sur le balcon de la chambre du souverain, portant un chapeau à plumes noires, pour annoncer à la foule massée dans la cour d'honneur : « Messieurs, le roi est mort », avant de rentrer et de ressortir, cette fois coiffé d'un chapeau à plumes blanches, pour dire : « Messieurs, le roi est mort, vive le roi. » Pendant ce temps, l'autopsie du corps de Louis XIV est pratiquée dans le salon de l'Œil-de-Bœuf, son cœur déposé dans une urne d'argent (pour être porté dans l'église Saint-Paul-Saint-Louis de Paris), ses viscères dans un vase (pour être portés à Notre-Dame de Paris), pour la plus grande joie des folliculaires :

« Qu'à Saint-Denis, comme à Versailles,
Il est sans cœur et sans entrailles ! »

Débarrassé de ses organes internes, le roi repose à présent sur son lit de parade bordé de chandeliers, dans la chambre contiguë à la salle du Trône, exposé, les mains jointes sur un crucifix, image traditionnelle du souverain très chrétien, devant laquelle tous ceux qui le souhaitent peuvent défiler. En fait, ils sont peu nombreux : l'essentiel de la Cour est en train de présenter ses respects à son nouveau maître, Philippe d'Orléans, tout à la fois neveu et gendre du feu roi, en sa qualité de Régent de France. Parmi les

rares à venir contempler la dépouille de Louis XIV,
personne ne s'aperçoit que, tout en haut du ciel de
lit qu'on est allé quérir à la hâte dans le mobilier de
la Couronne, figure un portrait oublié de Madame
de Montespan, contemplant cette scène de ses yeux
moqueurs ! Jusqu'au dernier moment, le grand amour
de la vie de Louis XIV aura été présent, omnipré-
sent ! Les ultimes prières achevées, le corps du roi
est enfin déposé dans un cercueil de plomb qui, le
9 septembre, prend le chemin de l'abbaye royale de
Saint-Denis pour y être enseveli.

En quelques heures, tout est achevé. L'enterrement
est prestement escamoté, ce que regrette si fort le père
de La Rue, auteur du Panégyrique de Louis XIV :

« Quel bruit impétueux, quelle rage effrénée
Travaille à l'instant tous les cœurs ?
À peine de Louis la course est terminée,
Ses sujets déchaînés vomissent mille horreurs ;
De libelles grossiers, l'injurieux déluge
Inonde la ville et la Cour.
La halle même, en critique à son tour
Au rimeur insolent prête un honteux refuge.
Que faut-il pour vous exciter,
Traîtres adulateurs, troupe avide et servile ? »

Diversité à Versailles : Aniaba, enfant d'Afrique et fils du roi Zéna, devient le filleul de Louis XIV qui lui donne son prénom.

Le 16 novembre 1664 naquit Marie-Anne de France, troisième enfant de Louis XIV et de Marie-Thérèse. Les médecins signalèrent qu'elle était née « noire comme de l'encre de la tête aux pieds », ce qui ne signifiait rien d'autre qu'elle avait la peau violacée due, expliquèrent-ils, au difficile accouchement de la reine.

Il n'en fallut pas davantage pour que les courtisans s'écrient que Marie-Anne était un monstre noir et velu comme une bête sauvage. Des légendes, surtout, firent bientôt leur apparition. L'une prétendait que le roi, réputé pour ses infidélités, avait fauté avec une Africaine ; l'autre, que la princesse était le fruit des amours de Marie-Thérèse avec l'un de ses pages, un négrillon nommé Nabo, ramené des côtes barbaresques en 1663 par le duc de Beaufort, petit-fils naturel de Henri IV. La reine aurait entretenu cette liaison pour se venger de son royal époux, ne supportant pas la présence à la Cour de sa maîtresse Louise de La Vallière. Une autre fable certifiait que les simples regards du négrillon Nabo sur sa maîtresse pendant toute sa grossesse avaient suffi à la reine pour mettre au monde cette princesse noire. Un médecin de la Cour l'aurait lui-même expliqué au roi, qui lui aurait répliqué : « Vous me parlez là de regards bien pénétrants. » Monsieur, frère du roi, aurait trouvé à l'enfant un air de ressemblance avec « le petit Maure qui ne quittait pas sa Majesté ». Les rumeurs cessèrent dès le 26 décembre suivant, lorsque mourut Marie-Anne, un peu plus d'un mois seulement après sa naissance.

Le 30 septembre 1695, une femme de couleur noire entra dans les ordres et prononça ses vœux au couvent des bénédictines de Moret-sur-Loing sous le nom de sœur Louise Marie-Thérèse. Elle prétendit être la fille de Louis XIV et de Marie-Thérèse, née le 16 novembre 1664, nommée Marie-Anne de France. Selon elle, elle était la princesse, et on l'avait fait passer pour morte un mois après sa naissance. Voltaire affirma avoir vu Louise Marie-Thérèse avec l'intendant des Finances Caumartin. Il écrivit : « On soupçonna, avec beaucoup de vraisemblance, une religieuse de l'abbaye de Moret d'être la fille de Louis XIV. Elle était extrêmement basanée, et d'ailleurs lui ressemblait. Le roi lui donna vingt mille écus de dot, en la plaçant dans ce couvent. L'opinion qu'elle avait de sa naissance lui donnait un orgueil dont ses supérieures se plaignirent. Madame de Maintenon, dans un voyage de Fontainebleau, alla au couvent de Moret ; et voulant inspirer plus de modestie à cette religieuse, elle fit ce qu'elle put pour lui ôter l'idée qui nourrissait sa fierté. "Madame, lui dit cette personne, la peine que prend une dame de votre élévation, de venir exprès ici me dire que je ne suis pas fille du roi, me persuade que je le suis." »

Louise Marie-Thérèse, qui, pour souligner sa haute naissance, signait toujours Marie-Louise de Sainte-Thérèse, vanta en effet toute sa vie son sang royal. Sa Mère supérieure raconta même qu'un jour, voyant le Dauphin près du couvent, la religieuse lui dit : « Tenez, voici à l'instant mon frère qui chasse. » La nouvelle se répandit rapidement et – est-ce une légende de plus ? – elle eut jusqu'à sa mort, vers 1732, la visite régulière des plus hauts personnages de l'État. Le tableau d'un peintre anonyme, intitulé *La Religieuse noire dite la Mauresse*, devait même la représenter, quelques années plus tard. Avant d'être confié à la bibliothèque Sainte-Geneviève de Paris, il demeura longtemps suspendu au couvent de Moret.

Philippe Delorme donne une réponse à toutes les questions qui peuvent se poser à propos de la religieuse de Moret depuis que le duc de Saint-Simon a lancé le bruit par ses écrits et répandu la rumeur qu'elle était de sang royal. Pour l'historien, « la femme de Louis XV, Marie Leszczynska, ne croyait pas à cette histoire rocambolesque. Elle confia au duc de Luynes une explication pleine de bon sens. Le nommé La Roche, concierge de la Ménagerie, avait un Maure et une Mauresque qui accoucha d'une fille. Ils en parlèrent à Madame de Maintenon qui en eut pitié et en fit prendre soin. Elle la mit dans le couvent de Moret. C'est là l'origine de la fable. »

Il ne faut pas s'étonner de la présence d'enfants noirs à la cour de Louis XIV. Au Grand Siècle, le château de Versailles avait déjà eu pour hôtes des

personnes de couleur. Colbert avait envoyé des missions exploratoires sur les côtes d'Afrique afin de faire commerce de l'ivoire et de l'or. Les années avaient passé, les échanges s'étaient développés et les liens s'étaient renforcés. Comme le raconte superbement Jean-Louis Gouraud dans *L'Afrique par monts et par chevaux* : « Trois ans après la première installation des Blancs, le roi Zéna, profitant du passage sur ses côtes du *Saint-Louis*, navire affrété par la Compagnie de Guinée, décide d'envoyer en France un de ses fils, Aniaba, alors âgé de quatorze ou quinze ans, accompagné d'un garçon du même âge, un cousin peut-être, un dénommé Banga, afin qu'ils puissent saluer de ma part, explique Zéna, le grand roi de France et voir comment les choses vont dans son royaume. » Conduits de La Rochelle à Paris, ils furent saisis d'une révélation, terrassés par la foi sous la lumière de Notre-Dame. Madame de Maintenon, informée de la conversion des jeunes païens, persuada le roi de les recevoir. Jean-Louis Gouraud raconte la scène : « Louis le quatorzième est à son tour séduit par la personnalité du jeune Aniaba. Il suggère – ses désirs sont des ordres – que Bossuet, le fameux prédicateur, le plus célèbre évêque France, veille personnellement à l'éducation religieuse de celui qu'il considère comme son protégé, mieux : son filleul. Et auquel il donne d'ailleurs son propre prénom, Louis. »
Ainsi que le précise Claude Ribbe, il n'y a jamais eu de racisme à la cour du grand Bourbon, le mot « nègre » n'existait pas au Grand Siècle comme

substantif : on préférait dire « Éthiopien » ou
« Maure » ou « Sarrazin ». La preuve en est que
Louis XIV réserva un destin peu ordinaire à
ce filleul qui, d'abord affecté à un régiment de
cavalerie en Normandie, sera promu capitaine des
Mousquetaires du roi. Un « d'Artagnan noir »,
une histoire qui aurait bien inspiré Alexandre
Dumas, dont le père était mulâtre et dont les veines
charriaient aussi du sang noir !

Enfin, les enfants d'Afrique sont partout présents à
Versailles et dans le patrimoine pictural français de
l'époque. La plus belle toile est peut-être ce *Jeune
Nègre tenant un arc* réalisée par le portraitiste
officiel de Louis XIV, Hyacinthe Rigaud. Le second
portrait de genre est signé Nicolas de Largillierre
et s'intitule *Princesse Rakoczi et un page noir.*
Dans *Mademoiselle de Clermont en Sultane*, cette
majestueuse mise en scène de Jean-Marc Nattier
– aujourd'hui à la Wallace Collection de Londres –
on découvre quelques enfants d'Afrique, dont l'un
tient délicatement entre les mains le collier de la
baigneuse. Plus tard, le tableau *Marie-Antoinette à
cheval* de Louis-Auguste Brun, dit Brun de Versoix,
œuvre qui, elle, est demeurée au musée national du
château de Versailles, représente la reine à cheval
accompagnée d'un page noir. Enfin, le continent
noir est symboliquement représenté par une statue
dans le parterre nord du château de Versailles.
Cette statue, dont le modèle est de Gaspard Marsy,
commencée par Georges Sibrayque et achevée par
Jean Cornu vers 1687, est intitulée *L'Afrique*.

20

L'enseigne de Gersaint

« Je m'en vais, mais l'État demeure. J'espère que
vous vous souviendrez de moi. »

Louis XIV

C'est une évidence, le XVIIIᵉ siècle s'ouvre avec la
mort de Louis XIV, et c'est un jeune peintre encore
inconnu, Antoine Watteau, qui en fait la démonstration, dans l'enseigne qu'il peint en 1720 pour son ami
le marchand de tableaux Gersaint, installé à Paris, sur
le pont Notre-Dame encore encadré de boutiques et
de maisons. Que voit-on sur ce tableau aujourd'hui à
Berlin ? Entre quelques personnages de qualité, des
employés maniant des tableaux, dont l'un, à gauche,
représentant Louis XIV par Charles Le Brun, est
remisé dans une caisse.

Peut-on trouver meilleure conclusion à un règne si
complexe et si long que cette boîte dans laquelle, à
la manière d'un purgatoire, l'image du défunt maître
de la France disparaît, comme un navire faisant nau-
frage, tandis que les témoins de la scène, totalement
indifférents à cette descente aux oubliettes, semble

prêts à s'embarquer pour l'île de Cythère, autre chef-d'œuvre du maître lillois, c'est-à-dire à tourner le dos au règne passé ? À moins de citer ce témoignage lapidaire d'un curé du Blésois écrivant dans son journal : « Louis XIV, roi de France et de Navarre, est mort le 1er septembre dudit an, peu regretté de tout son peuple, à cause des sommes exorbitantes et des impôts considérables qu'il a levés sur ses sujets. »

La bougie, posée sur la fenêtre de la chambre du roi, à Versailles, sitôt mouchée par le premier valet de chambre, ce qui signifie que le roi n'est plus, la foule des courtisans se précipite en effet aux pieds du nouveau maître, le Régent Philippe d'Orléans, qu'on ne saluait même pas quinze jours plus tôt. Les observateurs de l'époque ont été frappés par cette scène extraordinaire, dans laquelle, à la manière d'un tremblement de terre, des milliers de talons ébranlent les planchers de Versailles ! Quant à la dépouille du roi, aussitôt mise en bière, elle est abandonnée aux prêtres, de même que son beau palais, puisque, par ordre du Régent, toute la Cour prend le chemin de Paris, d'où la France sera gouvernée, jusqu'à la majorité du nouveau roi Louis XV, prévue huit ans plus tard.

Plus personne n'a désormais d'yeux pour ce cercueil et la dépouille gangrenée qu'il renferme, à l'exception de quelques prêtres psalmodiant leurs prières. Pire : pour conduire la dépouille royale à Saint-Denis, on évite de traverser Paris, tant le peuple est remonté contre ce règne interminable dont il ne voit plus, avec l'usure, que les mauvais côtés. Partout brûlent les feux de joie spontanément allumés et, avec eux, les cris de joie, les danses improvisées au son des violons, mais aussi les imprécations. Aussi faut-il contourner la grande ville par l'ouest, puis le nord, empruntant un itinéraire complexe, qu'on appellera « le chemin de la Révolte ». Et c'est finalement en catimini que le cercueil descend dans la crypte de Saint-Denis, avec très peu de témoins, pratiquement pas d'office et encore moins de monument, de statue ou d'effigie d'aucune sorte. Le roi le plus puissant de la Terre aura des funérailles escamotées. La tradition est tout de même respectée, puisque le cœur du roi est placé dans une urne d'argent, déposée en l'église parisienne Saint-Louis des Jésuites, dans le Marais, et ses viscères dans un autre vase d'argent, déposé, lui, en la cathédrale Notre-Dame. Ces trois sépultures seront profanées pendant la Révolution et il n'en restera strictement rien. Comment ce règne, commencé sous les meilleurs auspices, a-t-il pu si mal finir ? Ce sera l'éternelle question demeurée sans véritable réponse que les contemporains se sont posée et que nous nous posons toujours !

Bien sûr, en cet automne de l'année 1715, les Français sont toujours royalistes, mais un lien vient de se rompre, cassure encore imperceptible qui annonce 1789. Massillon, dans l'homélie funèbre qu'il consacre à Louis XIV, remet les choses à leur place, commençant ainsi son texte, devant la Cour réunie : « Dieu seul est grand, mes frères. » Et que dire des couplets cyniques circulant un peu partout ? Comme ceux-ci, choisis parmi des milliers d'autres, qui font que, contrairement à Henri IV, dont l'assassinat trau-

matisa les Français, Louis XIV mourut copieusement
détesté de ses sujets :

« Ci-gît au milieu de l'église
Celui qui nous mit en chemise.
Et s'il eut plus longtemps vécu
Il nous eût fait montrer le cul. »

« Ci-gît Louis le Petit
Ce dont tout le peuple est ravi. »

« Ci-gît notre invincible roi,
Qui meurt pour un acte de foi.
Il est mort comme il a vécu,
Sans nous laisser un quart d'écu. »

« Ci-gît le roi des maltôtiers,
Le partisan des usuriers.
L'esclave d'une indigne femme,
L'ennemi juré de la paix.
Ne priez point Dieu pour son âme :
Un tel monstre n'en eut jamais. »

Ou enfin :

« Ci-gît de qui les édits
Nous ont rendus misérables.
Qu'il aille droit en paradis,
Et son conseil à tous les diables ! »

Est-ce déjà le jugement de l'histoire ou seulement
ceux des derniers témoins d'un règne, dont chacun a

fini par se lasser, parce qu'on aspire à autre chose ou, plus simplement, parce qu'on veut s'amuser et que, depuis des années, on ne s'amusait plus à Versailles ? D'où cette Régence – où selon le mot de Voltaire, on fera tout « sauf pénitence » – qui débute comme une fête de l'esprit et des sens, dans une explosion libératoire, y compris en politique, où on dira, face à chaque problème : « On faisait ainsi du temps du feu roi. Eh bien faisons le contraire ! » Cela ne durera pas, puisqu'au bout de deux ans, on reviendra aux bonnes vieilles méthodes de gouvernement, mais au moins, on aura essayé, tout en mettant en place les ferments contestataires du siècle des Lumières : le développement de la presse, la naissance de la franc-maçonnerie, la montée de l'opinion publique, bientôt la contestation des privilèges, du pouvoir absolu, de l'ordre régi par la naissance.

Mais, d'une manière toute paradoxale, la reconnaissance de l'action et de l'œuvre de Louis XIV viendra pourtant au siècle suivant, avec Voltaire, qui le premier en mesure les effets, dans le livre qu'il consacre à son siècle, et dans lequel il énonce cette vérité : « Non seulement il s'est fait de grandes choses sous son règne, mais c'est lui qui les faisait. » Il est vrai qu'à cette époque, l'histoire n'est pas neutre, qui compare le règne du grand roi à celui de son arrière-petit-fils, Louis XV, sévèrement jugé par les philosophes. Ainsi le romantisme, à travers quelques plumes, parmi lesquelles celle de Michelet, a plutôt souligné la légende noire du roi. C'est d'ailleurs à cette époque qu'est inventée la légende d'un jumeau du roi condamné à porter un masque de fer ! L'influence de l'historien du XIXe Lavisse et de quelques autres, incapables de considérer l'œuvre d'un souverain dont, au fond, la Révolution, le Premier Empire, la Restauration, la monarchie de Juillet, le Second Empire et la IIIe République avaient poursuivi la politique, accentuera cette tendance.

Le règne de Louis XIV offre certes une face sombre, avec le Code noir, les galères, l'affaire des Poisons, Port-Royal, les dragonnades, la guerre des Camisards, la révocation de l'Édit de Nantes, le « grand hiver » ou l'invasion du Palatinat, mais il offre aussi une face lumineuse, avec l'équipe des grands commis, de Colbert à Louvois, les manufactures et l'encadrement économique, l'Académie des sciences, le « pré carré », les écrivains, les peintres, les musiciens et les architectes, de Molière à Mansart, en passant par Racine, Lully, La Fontaine ou Delalande, et surtout Versailles, qui non seulement clame toujours, haut et fort le génie de la France, mais encore celui de son inventeur et maître d'ouvrage exceptionnel, qui savait avec précision ce qu'il voulait et pourquoi il le voulait. Loin d'un absolutisme monolithique, le règne de Louis XIV est une aventure collective. Son succès sera la synthèse des talents entourant le roi, qui estimait que c'était par cette voie qu'il pouvait servir au mieux les intérêts de la Nation, dont Dieu lui avait confié la garde. Il n'est du reste que considérer les innombrables gravures illustrant les différents aspects du règne et toute la littérature les commentant pour réaliser que critiques ou admiratifs, les Français furent tout sauf indifférents à ce règne, dont le principal défaut reste sans doute qu'il fut trop long – le plus long de toute l'histoire de France ! – et s'acheva en laissant les caisses vides, même si l'État était plus fort et mieux organisé qu'avant et le pays plus grand et plus influent. Depuis, les historiens (Goubert, Mandrou, Lebrun, Bluche) ont plutôt tendance à réhabiliter un Louis XIV, que le cinéma a, depuis Sacha Guitry, célébré à foison et avec lui, Versailles, qui ne cesse de fasciner le monde depuis quatre siècles. En témoignent l'intérêt que lui portent ses nombreux donateurs américains et les interminables files d'attente, l'été, dans lesquelles sont représentées toutes les nations du monde venues voir la demeure du roi, mais aussi celle de la France dans ce qu'elle eut probablement de meilleur dans toute son histoire, comme voulut peut-être le dire le père de La Rue, dans ce morceau destiné à combattre les autres :

« Pourquoi donc, insensés, par les traits les plus lâches

Jusque dans son tombeau troublez-vous son sommeil ?

Il avait des défauts, le Soleil a ses taches

Mais il est toujours le Soleil. »

Et peut-être est-ce « le Parnasse français » qui définit le mieux ce règne paradoxal qui, d'un côté, a incarné l'exercice solitaire du pouvoir et de l'autre, comme jamais, le génie collectif d'une époque qui fut rarement aussi créative. Titon du Tillet, en effet, décide au XVIIIe siècle d'édifier un groupe sculpté à la mémoire du feu roi, sous les traits d'un Apollon dominant une montagne, dont les pierres ne sont autres que les gloires littéraires et artistiques qui l'ont servi, et avec lui la Nation. Ce monument ne devait jamais être réalisé, mais il anticipe ce jugement de Chateaubriand, que nous faisons nôtre : « Devant le tombeau de Napoléon, on ne perçoit que le génie de Napoléon ; devant celui de Louis XIV, on perçoit le génie de la France. »

Est-ce pour cela que Louis XIV va compter parmi les souverains les plus représentés au cinéma ? L'évocation de sa longue vie a bercé nos imaginaires d'enfants et d'adolescents à travers de nombreux films – on ne saurait tous les citer – en commençant par *Si Versailles m'était conté*, de Sacha Guitry, en 1953, avec lui-même dans le rôle du Roi-Soleil, *La Prise du pouvoir par Louis XIV* de Roberto Rossellini, en 1966, le *Molière* d'Ariane Mnouchkine, en 1978, avec Philippe Caubère dans le rôle du génial dramaturge, *Louis, enfant roi*, de Roger Planchon, en 1993 et, en 2000, pas moins de trois œuvres : Le *Vatel*, de Roland Joffé, avec Gérard Depardieu dans le rôle du fameux cuisinier, le *Saint-Cyr* de Patricia Mazuy, avec Isabelle Huppert dans le rôle de Madame de Maintenon et *Le roi danse* de Gérard Corbiau, avec Benoît Magimel incarnant le jeune souverain.

Quoi de plus naturel que le plus photogénique de nos souverains ait inspiré tant d'images ? Louis XIV, assurément, est, après François Ier et Henri IV, le roi que les Français reconnaissent le plus. Leurs qualités, et sans doute aussi leurs défauts, sont en effet les plus français, avec, d'un côté, le panache, le courage, la galanterie, la générosité et même l'humour, et de l'autre, l'autoritarisme, l'interventionnisme, la domination et l'égoïsme. Un cocktail subtil et parfois destructeur, dans lequel on trouve le meilleur et

le pire, mais avec toujours cet idéal, qui est aussi la
transposition, au service de l'humanité, de tout ce
qui est né en France de beau, de grand et de fort, ce
qui est peut-être l'ultime message que le roi voulut
adresser au monde, ce que Saint-Simon conclut à sa
manière, d'une assertion que personne ne contesta
jamais : « Jamais prince ne posséda l'art de régner à
un si haut point. »

À Beauchesne, en Anjou,
le dimanche 2 septembre 2012

CHRONOLOGIE

1638   Naissance du Dauphin Louis Dieudonné, fils du roi Louis XIII et de la reine Anne d'Autriche, au château de Saint-Germain-en-Laye (5 septembre).

1640   Naissance du duc d'Anjou, futur duc d'Orléans, frère cadet du Dauphin (21 septembre).

1643   Mort du roi Louis XIII (14 mai). Le Dauphin de 4 ans devient le roi Louis XIV, mais jusqu'à sa majorité, la régence est exercée par sa mère, avec l'aide du cardinal Mazarin, principal ministre. Cette même année, Turenne est fait maréchal de France.

1647   Le jeune roi survit à la petite vérole.

1648   Commencement de la Fronde (13 mai). Signature du traité de Westphalie, qui met fin à la guerre de Trente Ans (24 octobre).

1649   La reine, le jeune roi et le cardinal s'enfuient de Paris (5-6 janvier), où ils ne retournent que le

19 août. Paix de Saint-Germain conclue entre les frondeurs et Mazarin (1er avril).

1650 Victoire des troupes royales sur les frondeurs (5 septembre).

1651 Proclamation de la majorité de Louis XIV (7 septembre).

1652 Exil provisoire de Mazarin. Retour du roi à Paris et fin de la Fronde (octobre).

1654 Sacre de Louis XIV à Reims (7 juin).

1655 Fouquet surintendant des Finances.

1657 Le jeune roi survit à la fièvre typhoïde (juillet).

1658 À la bataille des Dunes, victoire de Condé sur les Espagnols (15 juin).

1659 Signature de la paix des Pyrénées qui met un terme à la guerre franco-espagnole (7 novembre).

1660 À Saint-Jean-de-Luz, mariage de Louis XIV avec l'Infante Marie-Thérèse (9 juin), qui effectue son entrée officielle à Paris le 26 août suivant.

1661 Mort de Mazarin à Vincennes (9 mars) et prise du pouvoir par Louis XIV (10 mars); début de la liaison du roi avec Mademoiselle de La Vallière (juillet); arrestation de Fouquet (5 septembre);

naissance du Grand Dauphin (1er novembre), premier enfant du roi. Cette même année, commencement des grands travaux pour transformer le petit château de Versailles qui, à la fin du règne, sera le plus grand palais d'Europe et le modèle de tous les autres.

1662   Premier carrousel dans la cour du Louvre (5-6 juin). Rachat de Dunkerque (27 octobre).

1663   Création de la manufacture des Gobelins. La même année, « la Nouvelle-France » (entendons Québec) devient colonie de la Couronne.

1664   « Les Plaisirs de l'Île enchantée », première grande fête donnée à Versailles (7-8-9 mai) ; création de la Compagnie des Indes (28 mai). Condamnation de Fouquet (20 décembre).

1665   Colbert contrôleur général des Finances (12 décembre). Lit de justice déclarant l'interdiction du droit de remontrances (22 décembre).

1666   Mort d'Anne d'Autriche, mère du roi (20 janvier) ; fondation de l'Académie des sciences (22 décembre). Cette même année, début de la construction du canal du Midi.

1667   Promulgation du code de justice civile (avril) ; commencement de la liaison du roi avec Madame de Montespan (mai) ; début de la guerre de Dévolution (mai). Prise de Lille (28 août).

1668   Traité d'Aix-la-Chapelle mettant fin à la guerre de Dévolution (2 mai).

1669   Colbert secrétaire d'État à la Marine (7 mars); création de l'Académie royale de musique, dont Lully prend la direction (28 juin).

1670   Fondation des Invalides (24 février); naissance du duc du Maine, le préféré des bâtards de Louis XIV (31 mars); mort d'Henriette d'Angleterre, belle-sœur du roi (30 juin); promulgation du code de justice criminelle (août).

1671   Création de l'Académie royale d'architecture (décembre).

1672   Début de la guerre de Hollande (avril). Le roi franchit le Rhin (12 juin).

1673   Mort de Molière (17 février).

1675   Mort de Turenne (27 juillet).

1678   Vauban commissaire général aux Fortifications (4 janvier). Signature du traité de Nimègue avec les Provinces-Unies (10 août).

1679   Début de la construction du château de Marly. Arrestation de la Voisin et début de l'affaire des Poisons (12 mars).

1680   Création de la Comédie-Française (22 octobre).

1681 Début des « dragonnades » contre les protestants ; création de la Ferme générale pour le recouvrement des impôts (25 juillet) ; entrée du roi dans Strasbourg (23 octobre).

1682 Fin de la conquête de la Louisiane (janvier) ; installation définitive du roi à Versailles (6 mai) ; naissance du duc de Bourgogne, premier petit-fils du roi (6 août). Cette même année, Cavelier de La Salle fonde la Louisiane.

1683 Mort de la reine Marie-Thérèse (30 juillet) ; mort de Colbert (6 septembre) ; mariage secret du roi avec Madame de Maintenon (9 octobre).

1684 Trêve de Ratisbonne (15 août).

1685 Promulgation du Code noir (mars) ; réception du Doge de Gênes (15 mai) ; Édit de Fontainebleau révoquant l'Édit de Nantes (17 octobre).

1686 Réception des ambassadeurs du Siam (1er septembre) ; opération du roi par Fagon (18 novembre).

1687 Construction du Grand Trianon.

1688 Début de la guerre de la Ligue d'Augsbourg (26 novembre).

1689 Sac du Palatinat par l'armée française.

1690 Victoires françaises de Fleurus et de Béveziers.

1691 Mort de Louvois (16 juillet).

1692 Défaite de La Hougue (2 et 3 juin) et victoire de Luxembourg à Steinkerque (3 août).

1693 Victoire de Neerwinden (29 juillet).

1697 Signature du traité de Ryswick mettant fin à la guerre de la Ligue d'Augsbourg (30 octobre).

1700 Mort de Le Nôtre (15 septembre) ; acceptation de l'héritage de Charles II faisant que le duc d'Anjou, petit-fils du roi, devient roi d'Espagne sous le nom de Philippe V (16 novembre).

1701 Mort de Monsieur, frère du roi (9 juin) ; le duc d'Anjou, petit-fils de Louis XIV, roi d'Espagne (automne).

1702 Début de la guerre des Camisards (juillet).

1703 Début de la guerre de Succession d'Espagne (juin).

1707 Naissance du duc de Bretagne, premier arrière-petit-fils du roi (8 janvier) ; mort de Vauban (30 mars).

1708 Mort de Mansart (11 mai). Défaite d'Audenarde (11 juillet) et début du « grand hiver » (décembre).

1709   Mort du père La Chaise (20 janvier); défaite de Malplaquet (11 septembre); expulsion des religieuses de Port-Royal (29 octobre).

1710   Naissance du duc d'Anjou, arrière-petit-fils du roi et fils du duc de Bourgogne, le futur Louis XV (15 février); destruction de Port-Royal (avril); inauguration de la chapelle de Versailles (juin) et victoire de Villaviciosa (10 décembre).

1711   Mort du Grand Dauphin (14 avril).

1712   Mort du duc de Bourgogne (18 février); mort du duc de Bretagne (8 mars); victoire française à Denain (24 juillet).

1713   Signature du traité d'Utrecht mettant fin à la guerre de Succession d'Espagne (11 avril).

1714   Traité de Rastatt (6 mars); mort du duc de Berry (4 mai); Édit déclarant les bâtards légitimés aptes à la succession au trône.

1715   Réception des ambassadeurs de Perse (19 février); mort de Louis XIV (1er septembre). Avènement de Louis XV et début de la Régence.

REPÈRES BIBLIOGRAPHIQUES

AILLAGON (Jean-Jacques),
  Versailles en 50 dates. Les secrets d'histoire du château,
  Paris, Albin Michel, 2011.
AUROIR (Philippe),
  Louis XIV, le roi monarque, Paris, Éditions Molière,
  2008.
BARATON (Alain),
  Le Jardinier de Versailles, Paris, Grasset, 2006.
  L'Amour à Versailles, Paris, Grasset, 2009.
  Vice et Versailles, Paris, Grasset, 2011.
BEAUSSANT (Philippe), de l'Académie française,
  Versailles, opéra, Paris, Gallimard, 1981.
  Louis XIV artiste, Paris, Payot, 1999.
BÉLY (Lucien),
  Espions et ambassadeurs au temps de Louis XIV, Paris,
  Fayard, 1990.
  Louis XIV, le plus grand roi du monde, Paris, Éditions
  Gisserot, 2005.
BERCÉ (Yves-Marie),
  Louis XIV, Paris, Éditions Cavalier Bleu, 2005.
BERTIÈRE (Simone),
  Les Femmes du Roi-Soleil, Paris, Éditions de Fallois,
  1998.

BLUCHE (François),
    Louis XIV, Paris, Fayard, 1986.
    Dictionnaire du Grand Siècle (dir.), Paris, Fayard, 1990.
BURKE (Peter),
    Louis XIV, les stratégies de la gloire, Paris, Seuil, 1998.
CHALINE (Olivier),
    Le Règne de Louis XIV, Paris, Flammarion, 2005.
    L'Année des quatre dauphins, Paris, Flammarion, 2009.
    Collectif,
    Louis XIV, le règne éblouissant, Paris, Éditions Atlas,
    2008. Catalogue de l'exposition « Louis XIV, l'Homme
    et le Roi », Paris, Flammarion, 2009.
CORNETTE (Joël),
    *Le Roi de guerre. Essai sur la souveraineté dans la France
    du Grand Siècle*, Paris, Payot, 1993.
    *Chronique du règne de Louis XIV. De la fin de la Fronde
    à l'aube des Lumières*, Paris, Sedes, 1997.
    Louis XIV, Paris, Éditions du Chêne, 2007.
DA VINHA (Mathieu),
    *Le Versailles de Louis XIV. Le fonctionnement d'une ré-
    sidence royale au XVIIe siècle*, Paris, Librairie académique
    Perrin, 2009.
DECKER (Michel de),
    Louis XIV, le bon plaisir du roi, Paris, Belfond, 2000.
    Madame de Montespan, Paris, Pygmalion, 2010.
DELALEX (Hélène), MARAL (Alexandre) et MILOVANOVIC
(Nicolas),
    Louis XIV pour les Nuls, Paris, First Éditions, 2011.
DÉON (Michel),
    Louis XIV par lui-même, Paris, Éditions Jean-Cyrille
    Godefroy, 1983.
DINFREVILLE (Jacques),
    Louis XIV, les saisons d'un grand règne, Paris, Éditions
    Albatros, 1977.

DUNETON (Claude),
  Petit Louis, dit Louis XIV. L'enfance du Roi-Soleil, Paris,
  Seuil, 1985.
GALLO (Max),
  Louis XIV (2 vol.), Paris, XO Éditions, 2007.
GAXOTTE (Pierre),
  Louis XIV, Paris, Flammarion, 1974.
GOUBERT (Pierre),
  Louis XIV et vingt millions de Français, Paris, Fayard,
  1975.
LABATUT (Jean-Pierre),
  Louis XIV, roi de gloire, Paris, Imprimerie nationale,
  1984.
LEBRUN (François),
  Louis XIV, le roi de gloire, Paris, Gallimard, 2007.
LEVANTAL (Christophe),
  Louis XIV, chronographie d'un règne (2 vol.), Gollion,
  Infolio éditions, 2009.
  Louis XIV,
  Mémoires, Paris, Librairie Jules Tallandier, 1927.
LYNN (John A.),
  Les Guerres de Louis XIV, Paris, Librairie académique
  Perrin, 2010.
MAGNE (Émile),
  Images de Paris sous Louis XIV, Paris, Calmann-Lévy,
  1939.
MANDROU (Robert),
  Louis XIV en son temps, Paris, Presses universitaires de
  France, 1973.
MARAL (Alexandre),
  Louis XIV, un règne de grandeur, Paris, Le Figaro Édi-
  tions, 2011.

MILOVANOVIC (Nicolas),
    Louis XIV, la passion de la gloire, Rennes, Éditions Ouest-France, 2011.
NASSIET (Michel),
    La France au XVIIᵉ siècle. Société, politique, cultures, Paris, Belin, 2006.
PEREZ (Stanis),
    La Santé de Louis XIV, Paris, Librairie académique Perrin, 2010.
PETITFILS (Jean-Christian),
    Louis XIV, Paris, Librairie académique Perrin, 1995.
PIGAILLEM (Henri),
    Petites anecdotes insolites de l'Histoire de France, Saint-Victor-d'Épine, City Éditions, 2010.
REBOUX (Paul),
    Les Alcôves de Louis XIV, Paris, Raymond Castells Éditions, 2000.
SABATIER (Gérard),
    Versailles ou la Figure du roi, Paris, Albin Michel, 1999.
SAINT-SIMON (Louis de Rouvroy),
    Mémoires (8 vol.), Paris, Gallimard, 1987-1990.
SARMANT (Thierry),
    Le Grand Siècle en mémoires, Paris, Librairie académique Perrin, 2011.
SARMANT (Thierry) et STOLL (Mathieu),
    Régner et gouverner. Louis XIV et ses ministres, Paris, Librairie académique Perrin, 2010.
VERLET (Pierre),
    Le Château de Versailles, Paris, Fayard, 1961.

REMERCIEMENTS

À Catherine Pégard
Présidente de l'Établissement public du château,
du musée
et du domaine national de Versailles
À Alain Baraton
Jardinier en chef des jardins de Trianon,
du parc de Versailles et du domaine de Marly
et à Laure Menier,
Conservateur du château de Chenonceau
où est exposé ce portrait de Louis XIV

Du même auteur :

QUI EST SNOB ? *essai*, Calmann-Lévy, 1973.

ATHANASE OU LA MANIÈRE BLEUE, *roman*, Julliard, 1976.

LE ROMANTISME ABSOLU, *essai*, Stock, Éditions n° 1, 1978.

LIGNE OUVERTE AU CŒUR DE LA NUIT, *document*, Robert Laffont, 1979.

LA NOSTALGIE, CAMARADES ! *essai*, Albin Michel, 1982.

LES HISTOIRES DE L'HISTOIRE, *récits*, Michel Lafon, 1987.

LA FAYETTE, LA STATURE DE LA LIBERTÉ, *biographie*, Éditions Filipacchi, 1989 (prix Contrepoint 1989, Award de littérature de l'Université J.F. Kennedy, prix de la Société de géographie, Plume d'or de la biographie).

DESAIX, LE SULTAN DE BONAPARTE, *biographie*, Librairie Académique Perrin, 1995 (prix Dupleix).

Trilogie : L'Histoire de France en trois dimensions

LES DYNASTIES BRISÉES, Lattès (prix Grand Véfour de l'Histoire), 1992.

LES AIGLONS DISPERSÉS, Lattès, 1993.

LES SEPTENNATS ÉVANOUIS OU LE CERCLE DES PRÉSIDENTS DISPARUS, Lattès, 1995.

LES ÉGÉRIES RUSSES *(en collaboration avec Vladimir Fedorovski)*, Lattès, 1994.

LES ÉGÉRIES ROMANTIQUES *(en collaboration avec Vladimir Fedorovski)*, Lattès, 1996.

ROMANS SECRETS DE L'HISTOIRE, Michel Lafon, 1996.

ALFRED DE VIGNY OU LA VOLUPTÉ ET L'HONNEUR, Grasset, 1997.

LES LARMES DE LA GLOIRE, Anne Carrière, 1998.

AGNÈS SOREL, BEAUTÉ ROYALE, Éditions de la Nouvelle
    République, 1998.
JE VOUS AIME, INCONNUE. BALZAC ET EVA HANSKA, Nil,
    1999 (prix Cœur de France).
LE BEL APPÉTIT DE MONSIEUR DE BALZAC, Éditions du
    Chêne, 1999.

La Trilogie impériale
    LE SACRE…, ET BONAPARTE DEVINT NAPOLÉON,
        Tallandier, 1999.
    LES VINGT ANS DE L'AIGLON, Tallandier, 2000.
    LE COUP D'ÉCLAT DU 2 DÉCEMBRE, Tallandier, 2001.

LA GRANDE VIE D'ALEXANDRE DUMAS, Minerva, 2001.
LES VIEILLARDS DE BRIGHTON, *roman*, Grasset, 2002 (prix
    Inter-allié).
MES CHÂTEAUX DE LA LOIRE, *carnets de voyage*, Flam-
    marion, 2003.
LES PRINCES DU ROMANTISME, *biographies*, Robert Laffont,
    2003.
L'ÉDUCATION GOURMANDE DE FLAUBERT, *essai*, Minerva,
    2004.
SUR LES PAS DE GEORGE SAND, *carnets de voyage*, Presses
    de la Renaissance, 2004.
SUR LES PAS DE JULES VERNE, *carnets de voyage*, Presses de
    la Renaissance, 2005.
LA FAYETTE, Télémaque, 2006 ; Gallimard, 2007.
MARIE, L'ANGE REBELLE, Belfond, 2007 ; Pocket, 2009.
HISTOIRES D'ÉTÉ, Télémaque, 2007.
LES ROMANS DE VENISE, Rocher, 2007.
LA MALIBRAN : LA VOIX QUI DIT JE T'AIME, Belfond, 2009.
FRANÇOIS Iᵉʳ ET LA RENAISSANCE, Télémaque, 2009.
HENRI IV ET LA FRANCE RÉCONCILIÉE, Télémaque, 2009.

Au paradis avec Michael Jackson, Presses de la Cité, 2010.

Alfred de Musset, Grasset, 2010.

Balzac : une vie de roman, Télémaque, 2011.

Les Châteaux de la Loire vus par Gonzague Saint Bris, Hugo Image, 2011.

Rosa Bonheur : liberté est son nom, Robert Laffont, 2012.

En tête à tête avec Victor Hugo, Gründ, 2012.

Marquis de Sade, l'ange de l'ombre, Télémaque, 2013.

Le Livre de Poche s'engage pour l'environnement en réduisant l'empreinte carbone de ses livres. Celle de cet exemplaire est de : 350 g éq. CO$_2$ Rendez-vous sur www.livredepoche-durable.fr

PAPIER À BASE DE FIBRES CERTIFIÉES

Composition réalisée par MAURY IMPRIMEUR

Achevé d'imprimer en avril 2014 en France par CPI BRODARD ET TAUPIN La Flèche (Sarthe) N° d'impression : 3005140 Dépôt légal 1re publication : avril 2014 LIBRAIRIE GÉNÉRALE FRANÇAISE 31, rue de Fleurus – 75278 Paris Cedex 06

31/7666/6